AF304531

**Ana Dee** liebt Bücher, seit sie lesen kann, das Knistern der Seiten und die Geschichten, die sich darin verbergen. Und so war es nicht verwunderlich, dass sie schon als Kind damit begonnen hat, ihre eigenen Erzählungen zu Papier zu bringen. Doch es sollte noch eine Weile vergehen, bis sie nach dem Studium ihr liebstes Hobby zur Passion machte. Die Autorin schreibt ihre Krimis mit viel Herzblut und Empathie, obwohl sie tief in die menschlichen Abgründe taucht. Der Erfolg gibt ihr recht. Ihre Bücher sind stets auf den vorderen Rängen zu finden und sie konnte schon zahlreiche Leser:innen mit ihren spannenden Krimis in Atem halten.

# ANA DEE

# BIS DEIN ATEM GEFRIERT

Ein Schweden-Krimi

Überarbeitete Neuausgabe Juni 2025

Copyright © 2025 dp Verlag, ein Imprint der
dp DIGITAL PUBLISHERS GmbH
Made in Stuttgart with ♥
Alle Rechte vorbehalten

**Bis dein Atem gefriert**

ISBN 978-3-98998-757-9
E-Book-ISBN 978-3-98998-756-2
Hörbuch-ISBN 978-3-98998-908-5

Copyright © 2020, Ana Dee
Dies ist eine überarbeitete Neuausgabe des bereits 2020 bei Ana Dee
erschienenen Titels Bis dein Atem gefriert (ISBN: B0886LMPVT).

Covergestaltung: Verena Kern
Umschlaggestaltung: ARTC.ore Design
Unter Verwendung von Abbildungen von
shutterstock.com: © Elena_Suvorova, © Stas Moroz,
© YARphotographer, © StephanSmit , © Jure Divich, © SCi Nature
Lektorat: Katrin Gönnewig
Satz: dp DIGITAL PUBLISHERS GmbH
Druck und Bindung: Books on Demand GmbH, Norderstedt

# KAPITEL 1

Frija setzte sich mit einer Tasse Tee an den Schreibtisch und schaltete den Computer und die Monitore ein. Der Blick auf den See verhieß nichts Gutes, was die Sturmwarnung, die der Wetterbericht herausgegeben hatte, bestätigte. Dunkle Wolken ballten sich am Horizont zusammen, sodass der angrenzende Wald düster und bedrohlich wirkte. Der Wind heulte durch die Bäume, deren Äste wie knorrige Finger gegen den grauen Himmel ragten. Das Wasser des Sees, sonst ruhig und einladend, war jetzt unheimlich und aufgewühlt. Die Wellen schlugen ungestüm gegen das Ufer, als ob sie das Land verschlingen wollten, und die Umgebung war in ein unheimliches Zwielicht getaucht. Ein Gefühl von Beklemmung und Vorahnung lag in der Luft, so als würde sich die Natur auf einen bevorstehenden Kampf vorbereiten.

Bei diesem Anblick jagte Frija ein Schauer über den Rücken. Es war, als ob die Welt den Atem anhielt, kurz bevor das Unvermeidliche hereinbrechen würde. Angst mischte sich mit einer seltsamen Faszination – die rohe, ungezähmte Kraft der Natur war beeindruckend und furchteinflößend zugleich. Man fühlte sich klein und verletzlich, während der Sturm seine Macht entfaltete und die Landschaft in ein düsteres, dramatisches Schauspiel verwandelte.

Zum Glück hatte sie endlich eine kurze Nachricht auf dem Messenger erhalten, wann sie ihre Tochter wieder von der Schule abholen konnte. Zwar hasste Sara es mittlerweile und fühlte sich von ihr gegängelt, aber sie hatte keine ruhige Minute, wenn sie nicht genau wusste, wo ihre Tochter gerade steckte.

Beruhigt umfasste sie die Tasse, um ihre Hände aufzuwärmen, und trank einen Schluck. Sie schmeckte die Süße des Honigs heraus und leckte sich über die Lippen. Seit sie damit begonnen hatte, wieder etwas mehr für ihre Gesundheit und Fitness zu tun, fühlte sie sich bedeutend wohler.

Der Wind peitschte die Wellen, auf denen die weiße Gischt thronte, an das Seeufer des Erken und riss die letzten Blätter von den Bäumen. Aufgrund der Wetterwarnung hatte Frija das Joggen am Morgen ausfallen lassen. Mittlerweile war sie fast süchtig danach, sich die Laufschuhe anzuziehen, um am Ufer des Sees entlangzulaufen und sich körperlich zu verausgaben. Sobald die Endorphine ausgeschüttet wurden, verblassten die Sorgen. Und bei Gott, dieses Glücksgefühl hatte sie seit Jahren vermisst.

Seufzend wandte sie sich wieder den Monitoren zu. Die große Fensterfront im Arbeitszimmer mit Blick auf den See war ausschlaggebend für den Kauf des Hauses gewesen. Im Grunde genommen war es viel zu überteuert und renovierungsbedürftig angeboten worden, aber sie hatte ein Kleinod daraus erschaffen. Den größten Raum des Hauses hatte sie kurzerhand in ein Jugendzimmer umfunktioniert und sich selbst nur ein schnödes Klappbett ins Arbeitszimmer gestellt. Aber es reichte und sie war zufrieden damit.

Die Tastatur klackerte leise, als sie mit der Arbeit begann. Sie war in der Werbebranche tätig, weitab von der Firma, die ihren Hauptsitz in Stockholm hatte. Das Material wurde per Mail hin- und hergeschickt oder landete gleich nach Fertigstellung in der Cloud. Einmal im Vierteljahr musste sie sich in der Stockholmer Zentrale blicken lassen, um die neuen Aufträge zu besprechen. Während dieser Zeit wohnte Sara bei Matilda, Frijas bester Freundin.

Insgesamt war sie mit ihrem Leben zufrieden und bis auf einen passenden Mann fehlte ihr nichts. Aber das war ein Kapitel für sich. Entweder zog sie immer die falschen Typen an Land oder sie ließ es gleich nach dem ersten Date bleiben. Gebranntes Kind scheut das Feuer, obwohl einst aus diesem leidenschaftlichen Funkenschlag Sara entstanden war. Und sie sah ihre Tochter tatsächlich als ein Geschenk des Himmels an.

Das Smartphone gab einen leisen Ton von sich und Frija schaute aufs Display. Die Nachricht war von Matilda.

*Hast du Lust, übernächsten Samstag mit unserer Clique zum Bowling zu gehen?*

Und ob sie das hatte. Endlich wieder raus aus den eigenen vier Wänden, unter denen sie sich doch ab und zu begraben fühlte. Sie liebte das Leben fernab der großen Städte, war aber manchmal doch sehr allein. Hier draußen konnte es ziemlich einsam sein und nur selten verirrten sich Wanderer oder Touristen an diesen Ort.

Frija pickte sich verschiedene Grafiken heraus, die das Produkt des Kunden perfekt in Szene setzen sollten. Sie hatte drei Entwürfe in der engeren Auswahl, war aber immer noch nicht hundertprozentig überzeugt. Inzwischen hatte sie sich in der Branche einen guten Ruf erarbeitet und legte sich jedes Mal aufs Neue ins Zeug.

Ein Geräusch ließ sie aufhorchen. Hatte es gerade geklopft?

Fröstelnd zog sie die Schultern hoch. Gestern war ihr das schon einmal passiert. Als sie jedoch nach unten gestürmt war, hatte niemand vor der Tür gestanden. Sie versuchte, sich wieder auf die Arbeit zu konzentrieren, doch es ließ ihr keine Ruhe.

Neugierig trat sie ans Fenster und musterte aufmerksam die Umgebung. Es war keine Menschenseele zu sehen. Der kleine Garten hinter dem Haus, den sie liebevoll hergerichtet hatte, lag nackt und verwaist vor ihr. Schließlich wandte sie sich ab und lief hinunter in die untere Etage. Sie linste durch den Spion und stieß erleichtert die Luft aus. Niemand stand vor der Tür. In letzter Zeit war sie schreckhafter als sonst, bei jedem noch so leisen Geräusch zuckte sie zusammen. Sie wusste ganz genau, dass sie sich das Klopfen am gestrigen Tag nicht eingebildet hatte.

In der Küche angelte sie sich einen Schokoriegel aus der Packung und schob ihn in den Mund. Nervennahrung, dachte sie lächelnd, manchmal muss man auch sündigen. Dann nahm sie ihre Arbeit vor dem Computer wieder auf. Der Wind heulte ums Haus und die Fensterläden klapperten. Heute war genau das richtige Wetter, um sich wie in einem Horrorfilm zu fühlen.

Aus der unteren Etage hörte sie wiederholt ein leises Poltern und fühlte sich gestört. Mit einem Seufzen erhob sie sich und ging nach unten.

„Na, ausgeschlafen?", sagte sie zu Smilla.

Schnurrend strich ihr die getigerte Katzendame um die Beine und setzte sich anschließend demonstrativ vor die Tür.

„Willst du wirklich bei diesem Wetter raus?", fragte Frija, während Smilla wiederholt an der Eingangstür kratzte und Freilauf einforderte.

„Ist ja schon gut, wie Madame befiehlt."

Der Wind riss Frija die Tür beinahe aus der Hand und wirbelte ihr durchs Haar.

„Lauf nicht so weit weg …", rief sie der Katzendame besorgt hinterher, die davonstiefelte und sie keines Blickes mehr würdigte.

Frija wollte die Tür gerade wieder zusperren, als sie nur wenige Meter vom Haus entfernt einen roten Stofffetzen entdeckte, der sich in den Sträuchern verfangen hatte.

„Was zum Teufel …?"

Mit nur wenigen Schritten war sie am Gebüsch angelangt und griff nach dem roten Stoff. Skeptisch rieb sie das Material zwischen ihren Fingerspitzen und hob den Blick, um sich genauer umzusehen. Irgendetwas stimmte hier nicht, das konnte sie deutlich spüren. Oder war sie gerade dabei, paranoid zu werden?

Sie lief zurück zum Haus, knallte die Tür hinter sich zu und lehnte sich mit dem Rücken an das weiß lackierte Holz. Erneut betrachtete sie das ausgefranste Stück Stoff und ein kalter Schauer jagte ihr über den

Rücken. Es schien von einem Strickpullover zu stammen. Genau so einen hatte sie vor der Geburt für ihre Tochter gestrickt. War es tatsächlich möglich, dass sich jemand unbemerkt an ihren Sachen zu schaffen gemacht hatte?

Achtlos ließ sie den roten Fetzen auf die alte Kieferntruhe fallen, riss die Kellertür auf und stürzte die Stufen hinunter. In einem Regal, in Plastikboxen vor Feuchtigkeit geschützt, lagerten die Schätze aus ihrem früheren Leben. Keuchend stapelte sie die Boxen um und stieß einen Freudenschrei aus, als sie Saras Babykleidung gefunden hatte. Mit fliegenden Fingern wühlte sie in den bunten Sachen und zog einen roten Strickpullover hervor. Gott sei Dank, sie hatte noch alle Sinne beisammen.

Liebevoll drückte sie das winzige Kleidungsstück an ihre Brust und erinnerte sich an Saras Geburt – den schönsten Moment ihres Lebens, als sie das kleine Bündel endlich in den Armen halten durfte. Ihre Tochter war schon damals ein sehr willensstarkes Kind gewesen und hatte ihren Unmut lautstark kundgetan.

Mit einem seligen Lächeln sammelte Frija die Kleidungsstücke wieder ein und faltete sie zusammen. Dann schob sie die Boxen zurück an ihren angestammten Platz und verließ mit einem zufriedenen Gesichtsausdruck den Keller. Vielleicht half die Packung Johanniskraut im Küchenschrank, die sie dort für den Notfall aufbewahrt hatte. Sie machte sich mit ihrer inneren Unruhe noch verrückt.

Mit einer Tasse Kaffee kehrte sie für drei weitere Stunden an den Schreibtisch zurück und hatte endlich die zündende Idee, die ihren anspruchsvollen Kunden überzeugen würde. Das neue Konzept könnte ihm gefallen, davon war sie felsenfest überzeugt. Aber für heute war Schluss.

Sie stand auf, streckte sich und warf erneut einen Blick aus dem Fenster. Von Smilla fehlte jede Spur und auch der Sturm hatte nichts von seiner Kraft eingebüßt. Nach wie vor peitschte der Wind die Wellen hart gegen das Ufer und die kahlen Wipfel der Bäume beugten sich mit jeder Bö. Früher hatte Frija diese Wetterkapriolen gemocht, wenn sich nicht einmal mehr die mutigsten Wanderer aus dem Haus getraut hatten. Dann war ihr das falunrote Häuschen wie eine Festung erschienen, in der sie sich sicher fühlte wie in Abrahams Schoß.

Sie löste sich vom Anblick des Sees und ging hinunter in die Küche, um das Essen zuzubereiten. Das war einer der großen Vorteile, wenn man von zu Hause aus arbeitete. Egal wann ihre Tochter Schulschluss hatte, das Essen stand immer frisch gekocht auf dem Tisch.

Heute sollte es Pytt i Panna geben, knusprige Schinkenwürfel mit Kartoffeln und einem Spiegelei obendrauf. Eine schnelle Mahlzeit, da sie Sara gleich von der Schule abholen musste. Sie schälte die Kartoffeln, würfelte den Schinken und röstete sie in der Pfanne. Dann wusch sie sich die Hände, zog sich ihre Jacke über und verließ das Haus. In der Garage neben dem Haus stand ein Geländewagen, den sie sich nach jahrelangem Sparen endlich geleistet hatte. Sie verdiente nicht schlecht und ein robustes Fahrzeug war bei diesen unberechenbaren Witterungsbedingungen unverzichtbar.

Das elektrisch angetriebene Garagentor glitt nach oben und nur wenige Sekunden später heulte der Motor auf. Die Strecke bis zum Dorf betrug nur zwei Kilometer, ein Katzensprung. Frija fuhr einen unbefestigten Schotterweg entlang, der stellenweise durch den Wald führte. Der Wind traf seitlich auf das Fahrzeug und sie musste kraftvoll gegenlenken.

Die ersten Häuser von Svanberga tauchten vor ihr auf und sie bog schwungvoll auf die Hauptstraße ab, die zur Schule führte, wo sie den Wagen auf dem Parkplatz abstellte. Ein Blick auf die Uhr verriet ihr, dass sie sich noch fünf Minuten bis zum Schulschluss gedulden musste.

Ein schwarzer Wagen zockelte im Schritttempo an Frija vorüber und ihr Herzschlag setzte für eine Schrecksekunde aus, als sie den Mann hinter dem Steuer bemerkte. Die Kappe, das rot-schwarz karierte Hemd, der Vollbart ...

Hastig wischte sie sich über die Augen und riskierte einen zweiten Blick. Sie hatte sich getäuscht, das war nur Thore, der als Holzfäller in den umliegenden Wäldern arbeitete. Was, verdammt noch einmal, war nur mit ihr los?

Endlich ertönte die Schulglocke und Frija atmete auf. Sara verließ mit Svea, ihrer besten Freundin, das Schulgebäude und winkte ihr zu. Sie öffnete die Autotür und pfefferte ihren Schulrucksack auf den Beifahrersitz.

„Hallo, Mom. Was dagegen, wenn wir Svea vor ihrem Haus absetzen?"

„Nein, kein Problem, ist ja nur ein kleiner Umweg."

Die Mädchen stiegen ein und setzten sich auf die Rückbank. Frija startete den Motor und fuhr los.

„Und, wie ist die Klausur gelaufen?", fragte sie und musterte Sara im Rückspiegel. Wie schnell die Kinder doch groß wurden. Hatte ihre Tochter nicht erst gestern mit einem bezaubernden Zahnlückenlächeln im Kindersitz gesessen und genüsslich ein Eis geschleckt?

„Ging so", antwortete Sara einsilbig.

„Jetzt komm schon, lass dich nicht immer bitten", sagte Frija. Die Zeiten waren vorbei, in denen Sara wegen jeder Kleinigkeit zu ihr gekommen war. Sie vermisste diese enge Bindung, die sich allmählich aufzulösen schien. Aber so war das Leben. Altes verging, um Platz für Neues zu schaffen.

„Ich denke, dass ich mit einer guten Note rechnen kann. Die Fragen waren zwar kompliziert formuliert, aber im Großen und Ganzen konnte ich alle beantworten."

Svea saß neben Sara und grinste breit.

„Wollt ihr euch später noch treffen? Ich meine nur, wegen des stürmischen Wetters."

„Nein, nein, wir sind doch nicht lebensmüde", antwortete Svea lachend. „Wir müssen nur noch für Mathe üben und falls wir Fragen haben, gibt es ja noch den Messenger."

„Tja, die Vorteile der heutigen Zeit", erwiderte Frija.

„Ach, Mama, wir wissen schließlich, dass du barfuß fünfzehn Kilometer durch den Schnee zur Schule laufen musstest." Sara kicherte albern.

„Immerhin, du hast dir die alten Kamellen gemerkt." Frija lachte und stoppte den Wagen vor Sveas Elternhaus. „So, da wären wir. Svea, dir noch einen schönen Nachmittag."

„Danke, ebenso", antwortete sie brav und stieg aus. „Bye-bye, Sara, wir sehen uns morgen."

„Alles klar. Wir treffen uns wieder, wenn sich der Sturm verzogen hat."

„Davon kannst du ausgehen …"

„Mädels, habt ihr es jetzt?", fragte Frija ungeduldig.

„Jaaaa, Mom", antwortete Sara gereizt und Svea schlug die Autotür zu.

Die restliche Strecke bis zum Haus legten sie schweigend zurück. Mehrere Tannenzapfen trafen die Windschutzscheibe, als eine heftige Bö durch die Bäume fegte. Frija fuhr den Wagen wieder in die Garage und rief besorgt nach Smilla.

„Miez, Miez, wo steckst du nur?"

Die Katzendame ließ sich nicht blicken und Frija schloss hastig die Haustür auf. Der Sturm hatte an Stärke zugelegt und das Holzhaus erzitterte bei jeder Böe.

„Himmel, was für ein Wetter", sagte sie und huschte in den Flur. „In fünf Minuten ist das Essen fertig."

„Okay, ich ziehe mich in der Zwischenzeit um."

Kurz darauf saßen sie am Tisch.

„Was macht dein neues Projekt?", erkundigte sich Sara.

„Ich hatte vorhin quasi den Durchbruch und wenn ich mich ranhalte, kann ich bis zum Abend meine Vorschläge nach Stockholm schicken."

„He, das ist doch super. Falls es einen Extrabonus gibt, lass es mich wissen. Ich könnte eine neue Jeans gebrauchen."

„Typisch, meine Tochter. Wenn es etwas zum Abgreifen gibt, dann bist du die Erste." Frija lachte.

Nur noch drei Jahre würden sie gemeinsam am Tisch sitzen und die Mahlzeiten gemeinsam einnehmen. Schon jetzt wurde ihr schwer ums Herz, ihr kleines Mädchen ziehen zu lassen. Sara hatte große Pläne und wollte ausgerechnet in Stockholm studieren. Dabei wäre es Frija lieber gewesen, wenn sich Sara für eine andere Stadt entschieden hätte. Kleiner, überschaubarer und sicherer. Vielleicht würde es ihr noch gelingen, Sara in puncto Uni umzustimmen.

„Danke, es hat wie immer lecker geschmeckt." Sara stand auf und stellte den Teller in die Spüle. „Ich bin dann wieder in meinem Zimmer, lernen und so."

„Ja, mach mal", antwortete Frija abwesend.

Das wenige Geschirr spülte sie per Hand und hob mehrmals den Blick, um aus dem Fenster zu schauen. Sie hätte Smilla nicht ins Freie lassen sollen, schon gar nicht bei diesem unberechenbaren Wetter.

Ständig musste sie alles kontrollieren, es war fast schon eine Obsession. Sara reagierte in letzter Zeit auf Frijas übergroßen Mutterinstinkt mit Ablehnung, sie nabelte sich ab. Bei einem Streit hatte Sara ihr an den Kopf geworfen, dass sie von ihren Freundinnen oft mitleidig belächelt wurde, wenn sie die zehnte Nachricht von ihr in Folge beantworten musste. Sara schwärmte seit einiger Zeit für einen Jungen, aber bis heute hatte sie ihr keinen Namen verraten. Das Loslassen fiel Frija alles andere als leicht und dass Sara Geheimnisse hatte, versetzte ihr einen Stich mitten ins Herz.

Sie kehrte in ihr kleines Büro zurück und machte sich wieder mit Feuereifer an die Arbeit. Es herrschte eine friedliche Atmosphäre im Haus, in der sie zur Höchstform auflief und ihr die kreativen Einfälle nur so zuflogen. Die Dämmerung hatte die Umgebung bereits in ein einheitliches Grau getaucht, als Frija auf den Senden-Button klickte und sich zufrieden zurücklehnte. Auftrag erledigt.

Anschließend klopfte sie an Saras Zimmertür und drückte die Klinke herunter. Ihre Tochter tippte in rasanter Geschwindigkeit einen Text ins Handy.

„Wolltest du nicht lernen?", fragte Frija.

„Wolltest du nicht abwarten, bis ich dich ins Zimmer bitte?", erwiderte Sara aufgebracht.

„In Ordnung, ich habe verstanden. Was möchtest du zum Abendessen?"

„Zwei Brote mit Käse und Tee."

„Majestät, euer Wunsch ist mir Befehl." Frija lächelte.

Bevor sie in der Küche verschwand, ging sie noch einmal nach draußen, um nach Smilla Ausschau zu halten. Der heulende Wind verschluckte ihre Worte und sie sah ein, dass es wenig Sinn hatte, nach der Katze zu rufen.

Sie wollte sich gerade abwenden, als sie eine dunkel gekleidete Gestalt zwischen den Birkenstämmen verschwinden sah. Ihr Herz klopfte wie ein flatterndes Vögelchen und die Furcht kroch ihr den Nacken hinauf. Wie gebannt starrte sie auf die Stelle, an der sich die Gestalt scheinbar in Luft aufgelöst hatte. Die Umgebung war zu einer dunklen Masse verschmolzen, denn das Tageslicht hatte sich bereits verabschiedet.

„Smilla?", rief sie ein letztes Mal, dann eilte sie ins Haus zurück. Nervös strich sie sich die Haare aus dem Gesicht. Die letzten Jahre hatte sie sich so geborgen und energiegeladen gefühlt wie nie zuvor. Warum kehrte ausgerechnet jetzt die Angst zurück?

„Mama?" Sara hatte ihr Zimmer verlassen und musterte sie fragend. „Du siehst aus, als hättest du ein Gespenst gesehen."

„Ich war kurz draußen, um nach Smilla zu sehen. Aber sie ist wie vom Erdboden verschluckt."

„Ich habe dir doch schon so oft gesagt, dass du eine Katzenklappe in die Haustür einbauen sollst", sagte Sara neunmalklug. „Ständig lässt du die Katze raus und machst dir anschließend Sorgen. Dabei ist Smilla immer wieder aufgetaucht."

„Du hast ja recht, aber ich kann ihrem bettelnden Blick einfach nicht widerstehen."

Frija hätte Sara gern von der unheimlichen Gestalt erzählt, von ihren nagenden Ängsten, aber sie brachte kein einziges Wort über ihre Lippen. Reiß dich gefälligst zusammen, ermahnte sie sich, deine Fantasie hat dir nur einen üblen Streich gespielt. Sie durfte ihre Tochter keinesfalls verunsichern, schon gar nicht jetzt, wo sich die Situation zwischen ihnen veränderte.

„Wir könnten Smilla zum Beispiel ein Häuschen zimmern, in dem sie sich verkriechen kann, wenn es regnet", sagte Sara.

„Gute Idee", antwortete Frija. „Vielleicht gibt es so etwas auch im Internet zu kaufen, das spart eine Menge Zeit."

„Immerhin ein Kompromiss."

Sara verschwand wieder in ihrem Zimmer, während Frija an den Schreibtisch zurückkehrte, um nach einem Häuschen für Smilla zu suchen. Diesmal zog sie die Vorhänge zu, man wusste schließlich nie, wer sich da draußen herumtrieb. Wahrscheinlich wäre es besser gewesen, sich statt der Katze einen Hund zuzulegen. Während Smilla stets durch Abwesenheit glänzte, hätte der Hund ganz sicher angezeigt, wenn ein Fremder in der Nähe gewesen wäre.

Suchend klickte sich Frija durch die Seiten. Die Auswahl an Hütten für Hund und Katz hielt sich in Grenzen und so hatte sie innerhalb weniger Minuten ihren Kauf getätigt. Nun würde Sara endlich Ruhe geben und Smilla hätte einen Ruheplatz – zwei Fliegen mit einer Klappe geschlagen.

Frija wälzte sich unruhig von einer Seite auf die andere. Schüsse hallten in ihren Ohren wider und der Boden war mit Blut bedeckt. Leise stöhnend griff sie sich an die Brust und fuhr schweißgebadet aus dem Schlaf. Das Mondlicht, das sich durch einen schmalen Spalt im Vorhang zwängte, ließ ihre Haut sanft schimmern. Hektisch tastete sie nach dem Schalter der Nachttischlampe. Das warme Licht vertrieb die dunklen Schatten und ihr Herzschlag beruhigte sich.

Fröstelnd schlug sie die Bettdecke zurück, streifte sich den Morgenmantel über und schlüpfte in ihre Schuhe. Mit der Taschenlampe bewaffnet schlich sie nach unten, um Sara nicht zu wecken. Eine innere Unruhe hatte sie erfasst, weil Smilla immer noch draußen herumstreunte. Außerdem konnte sie die unheimliche Gestalt nicht vergessen, die sich wie ein Geist zwischen den Bäumen aufgelöst hatte.

Der Schlüssel kratzte leise im Schloss, als sie die Tür öffnete. Abwartend blieb sie auf der Schwelle stehen und lenkte den Strahl der Taschenlampe über den Boden. Ausgeblichenes, verdorrtes Gras, kahle Zweige, die der Sturm von den Bäumen gerissen hatte, und mittendrin ein reflektierendes Augenpaar. Sie wollte gerade erleichtert aufatmen, als der Fuchs mit weit ausholenden Sprüngen in den angrenzenden Wald flüchtete.

„Smilla, wo steckst du nur?", rief sie in die undurchdringbare Finsternis. Der Wind trug ihre Worte fort, ohne dass sie ihr Ziel erreicht hätten.

Sie zog den Morgenmantel fester um ihre schmalen Schultern und lief nach draußen. Die Haustür fiel mit einem leisen Klicken hinter ihr ins Schloss. Frija entfernte sich mit zögerlichen Schritten, während der helle Lichtkegel der Taschenlampe die nähere Umgebung erforschte.

Der Ruf eines Käuzchens ließ sie zusammenzucken. Smilla schien nicht in der Nähe zu sein, es hatte keinen Sinn, weiter nach ihr zu suchen. Der eisige Wind fuhr ihr unter den dünnen Morgenmantel, Zeit umzukehren. Die Katzendame würde schon wieder auftauchen.


Sara bestrich ihr Knäckebrot dick mit Erdbeerkonfitüre und trank einen Kakao. „Der Sturm hat nachgelassen, ich werde wieder mit dem Bike zur Schule fahren", erklärte sie zwischen zwei Bissen.

„Nichts da", widersprach Frija. „Ich werde dich mit dem Wagen bringen, es ist viel zu gefährlich."

„Warum?"

Teenager und ihre tausend Fragen. Sie hatte schon seit Tagen ein ungutes Gefühl im Bauch, nur wie sollte sie das Sara erklären?

„Dich könnte zum Beispiel ein herunterfallender Ast treffen und das Autodach ist bekanntlich härter als dein kleiner Dickschädel." Frija lächelte, obwohl ihr keineswegs zum Scherzen zumute war.

„Mom, bitte übertreib nicht."

„Mach ich doch nicht."

Frija strich ihrer Tochter liebevoll durchs lange Haar.

„Wir haben heute eine Stunde früher aus, nur damit du Bescheid weißt."

„Geht in Ordnung, mein Mädchen. Können wir los?"

„Von mir aus ..."

Frija leerte ihre Kaffeetasse und schnappte sich die Autoschlüssel. Draußen vor der Tür kam ihnen Smilla laut maunzend entgegen.

„Gott sei Dank, du bist wieder da", rief Frija erleichtert und bückte sich, um Smilla auf den Arm zu nehmen und ins Haus zu tragen. Im Katzenfell hatten sich Spinnweben und Tannennadeln verfangen und Frija fragte sich, wo sich Smilla wohl überall herumgetrieben haben könnte. „Für heute hast du Stubenarrest, Madame", sagte sie und setzte die Katze auf dem Küchenstuhl ab.

„Moooom, ich komme zu spät", rief Sara ungeduldig.

„Ich bin schon unterwegs", antwortete Frija und zog die Haustür hinter sich zu.

Na also, es gab nichts, worüber sie sich den Kopf zerbrechen müsste. Wahrscheinlich hatten ihr die Sinne gestern in der Dämmerung einen Streich gespielt.

# KAPITEL 2

„Matilda, du weißt Bescheid?" Frija musterte sie fragend.

„Ich habe dein Töchterchen doch nicht zum ersten Mal in meiner Obhut", erwiderte ihre beste Freundin lachend. „Sie wird für die bevorstehende Klausur fleißig büffeln und anschließend gibt es eine extragroße Pizza." Matilda zwinkerte Sara fröhlich zu. „Entspanne dich und genieße die zwei Tage. Es wird wirklich Zeit, dass du Stockholm wieder unsicher machst." Sie nickte wissend.

„Ich bin nur dort, um meinen Job zu erledigen", sagte Frija.

„Ja, sicher. Aber wer sagt denn, dass du nicht auch ein wenig Spaß haben kannst?"

Matilda versuchte bei jeder Gelegenheit, sie zu verkuppeln. Frija war gerade einmal Anfang vierzig und lebte seit Jahren allein. Ihrer Freundin hatte sie den Grund bis heute nicht erzählt, und das war auch gut so. Je weniger Personen involviert waren, desto besser. Das brachte sie zwar hin und wieder in Erklärungsnot, aber damit konnte sie leben.

Frija nahm ihre Tochter zum Abschied in den Arm und küsste sie auf die Stirn. „Mach keine Dummheiten, meine Kleine."

„Ich doch nicht", erwiderte Sara genervt.

„Gut, dann werde ich mich jetzt auf den Weg machen“, sagte Frija und stand unschlüssig vor der Tür.

Matilda ergriff daraufhin die Initiative und schob Frija nach draußen. „Los jetzt, hopp, hopp, ab nach Stockholm.“

„Du bist unmöglich.“ Frija lachte. „Pass bitte gut auf mein Mädchen auf.“

„Du kannst dich auf mich verlassen, großes Indianerehrenwort.“

Frija winkte Sara und Matilda noch ein letztes Mal zu und stieg in den Wagen. Bevor sie losfuhr, atmete sie mehrmals tief durch. Sie hatte diese innere Unruhe immer noch nicht abgelegt, obwohl, oberflächlich gesehen, alles wieder in bester Ordnung war. Katzendame Smilla hatte inzwischen ihr hübsches Holzhäuschen neben dem Eingang bezogen und es irrte auch keine unheimliche Gestalt durch die Nacht, deren dunkle Silhouette sich im Nichts auflöste.

Frija startete den Motor, drückte kurz auf die Hupe und fuhr in Richtung Schnellstraße. Dunkle Wälder, lichtdurchflutete Seenlandschaften und idyllische Ortschaften zogen an ihr vorüber. Bunte Schilder am Straßenrand verwiesen auf Feriendomizile. Nach einer Stunde Fahrzeit verdichtete sich der Verkehr rund um Stockholm und Frija spürte die ersten Anzeichen einer Kopfschmerzattacke. Ein starker Kaffee würde sicher helfen.

Am späten Vormittag hatte sie schließlich ihr Ziel erreicht. Stockholm ist eine der schönsten Städte der Welt, dachte sie, während sie den Wagen durch die Straßen lenkte. Sie fuhr gern in die Großstadt, auch wenn der Aufenthalt mit einigen Risiken verbunden war, dass jemand sie erkennen würde. Sie liebte die Architektur, das viele Wasser ringsum, das Stockholm ein gewisses Inselfeeling verlieh.

In der Innenstadt steuerte sie das Parkhaus an, in dem die Agentur Parkplätze für die Mitarbeiter gemietet hatte, und stieg aus. Der Hall der zuschlagenden Autotür war hier besonders laut. Frija lief zu den Aufzügen und fuhr in die vierte Etage. Lautlos glitten die Türen auf und ein weicher Teppichflor dämpfte ihre Schritte. Die Büros der Agentur waren modern und geschmackvoll eingerichtet. Bodentiefe Fenster sorgten für lichtdurchflutete Räume. Weiße Schreibtische und extravagante Bürostühle komplettierten den futuristisch anmutenden Look.

„Hallo, Frija, schön, Sie zu sehen.“

Frija reichte Jördis Lind die Hand und setzte sich vor den Schreibtisch aus Glas und Chrom. Ihre Chefin blätterte geschäftig in den Unterlagen, die Frija ihr zugeschickt hatte. Seit elf Jahren arbeitete sie nun schon für diese Agentur, aber die Distanz zu ihrer Vorgesetzten war geblieben.

„Ich habe unserem Kunden die Entwürfe gestern vorgelegt und er war ...“ Jördis Lind legte eine künstliche Pause ein und Frija runzelte besorgt die Stirn. „Ihr Konzept hat ihn regelrecht umgehauen, wenn ich das einmal so salopp formulieren darf.“ Auf dem sonst so ernsten Gesicht von Jördis Lind zeigte sich ein schmallippiges Lächeln.

Auch Frijas Miene erhellte sich. „Das sind doch fantastische Neuigkeiten.“

„Und wie, Sie haben wie immer hervorragende Arbeit geleistet. Auch die vorhergehenden Aufträge sind zur vollsten Zufriedenheit der Kunden ausgeführt worden."

„Danke, das freut mich sehr", antwortete Frija überrascht, dass ihre Chefin sich zu einem Lob hatte hinreißen lassen. „Ich wäre dann für neue Aufträge bereit."

„Nichts lieber als das. Folgendes ..."

Frija hatte den gesamten Tag im Büro verbracht und war auf dem Weg ins Birger Jarl, wo sie sich ein Zimmer gebucht hatte. Das Hotel war ein moderner kastenförmiger Bau ohne viel Schnickschnack, und genauso schlicht waren auch die Zimmer eingerichtet. Tisch, Sessel, Fernseher, karierte Tagesdecke.

Bis zum frühen Abend blieb Frija in ihrem Hotelzimmer, um sich einen Überblick über die neuen Kundenaufträge zu verschaffen. Sie notierte erste Gedanken und freute sich schon darauf, ihrer Kreativität wieder freien Lauf zu lassen. Aber das Schönste daran war, von zu Hause aus arbeiten zu können. Trautes Heim, Glück allein, dachte sie zufrieden.

Erst als ihr Magen wegen des ausgebliebenen Abendessens rebellierte, legte sie die Unterlagen beiseite und öffnete den Koffer. Kniehohe Stiefel, ein klassischer Hosenanzug und ein eleganter Mantel landeten auf dem Bett. Frija hatte über all die Jahre ihre mädchenhafte Figur behalten, was ihr manchmal den einen oder anderen bewundernden Blick einbrachte.

Sie sprang kurz unter die Dusche, föhnte ihr langes Haar, das anschließend in leichten Wellen ihre Schultern umschmeichelte. Dank der Schminktipps ihrer Tochter, die in dieser Hinsicht einiges mehr draufhatte, verlieh sie ihrem Gesicht mit ein wenig Make-up ein frischeres, jugendlicheres Aussehen.

Zufrieden betrachtete sie sich im Spiegel. Nun ja, die Männer würden nicht reihenweise umfallen, aber sie fühlte sich ausgesprochen wohl in ihrer Haut. Bevor sie loszog, rief sie noch einmal Sara an, um ihr eine gute Nacht zu wünschen.

„Hallo, mein Mäuschen, wie geht es dir?"

„Hi, Mom, hier alles okay", antwortete Sara. „Und was wirst du heute Abend noch so anstellen?"

„Ich habe mich bereits in Schale geworfen, um in meinem Lieblingsrestaurant einen Happen zu essen."

„Na dann, guten Appetit. Und bleib bitte anständig." Sara kicherte.

„Das werde ich", erwiderte Frija lachend.

„Bis morgen, Mom."

„Schlaf schön, Liebes."

Auf dem Weg zum Fahrstuhl schwebte sie fast lautlos über den flauschigen Teppich. Die Lobby war wie leer gefegt, nur ein älterer Herr saß in einem Sessel und studierte die Tageszeitung. Frija trat durch die Tür nach draußen. Die Luft war kühl, genau das Richtige, um die aufkommende Müdigkeit zu vertreiben. Die kurze Strecke bis zum Restaurant legte sie innerhalb weniger Minuten zurück. Es lag zwar in einer Nebenstraße, war aber wegen seiner ausgezeichneten Küche sehr beliebt. Obwohl das Restaurant gut besucht war, ergatterte Frija einen Fensterplatz. Als die Bedienung an ihren Tisch trat, bestellte sie ein Glas Weißwein und Schweinemedaillons mit Kartoffelecken. Das hatte sie sich nach diesem erfolgreichen Arbeitstag redlich verdient.

An den Tischen saßen hauptsächlich Paare und Frija fühlte sich ein wenig verloren. Vielleicht lag es aber auch daran, dass die Großstadt eine gewisse Hektik und Distanz ausstrahlte, die Frija in ihrem heimeligen Nest sonst nie zu spüren bekam.

„Guten Abend, ist dieser Platz noch frei?"

Überrascht schaute Frija auf und blickte in ein markantes Männergesicht mit wachen Augen. Das grau melierte Haar war kurz und akkurat geschnitten, der Anzug elegant.

„Bitte schön", murmelte Frija.

„Vielen Dank."

Der Mann setzte sich und der Duft eines ausgesprochen teuren Aftershaves stieg ihr in die Nase.

„Ich störe Sie doch nicht?" Er lächelte sanft.

„Nein, keineswegs", antwortete sie.

Der Fremde schien mindestens zehn Jahre älter als sie zu sein, sah jedoch ausgesprochen attraktiv aus. Aber das war es nicht, was sie so an ihm faszinierte. Ihn umgab eine außergewöhnliche Aura, die sie magisch in ihren Bann zog.

„Wie schmeckt der Wein?", fragte er.

„Blumig", antwortete sie einsilbig.

„Vielen Dank für die Empfehlung." Er hob die Hand und winkte die Kellnerin zu sich heran. „Bringen Sie mir auch ein Glas." Er nickte lächelnd und wandte sich wieder Frija zu. „Immer wenn ich geschäftlich in Stockholm unterwegs bin, kehre ich in dieses Restaurant ein. Es hat einen sehr guten Ruf."

„Stimmt", erwiderte sie. „Genau aus diesem Grund sitze ich hier und warte auf mein Abendessen."

Wahrscheinlich werde ich ihn mit meiner Art noch vergraulen, dachte sie. Aber sie fühlte sich in seiner Gegenwart befangen, ohne zu wissen, woran das liegen könnte. Sonst war sie nie um eine witzige und humorvolle Antwort verlegen.

Die Kellnerin servierte ihm den Wein und ging mit wiegenden Hüften zur Theke zurück. Bevor er an seinem Glas nippte, warf er einen für ihren Geschmack anzüglichen Blick auf die Rückseite der jungen Frau.

„Es scheint so, als ob wir den gleichen Geschmack hätten. Der Wein ist eine sehr gute Wahl", sagte er.

„Wohl eher nicht", antwortete sie.

Oh, wie peinlich, die Worte waren ihr einfach herausgerutscht. Sie war gedanklich noch beim Hüftschwung der jungen Servicekraft gewesen.

„Wie bitte?" Der Mann zog die Stirn kraus.

„Verzeihung, ich hatte Sie missverstanden." Sie lächelte entschuldigend.

„Schon gut." Seine Stirn glättete sich. „Leben Sie in Stockholm?", fragte er und warf einen neugierigen Blick auf ihre Hände.

„Nein. Ich bin genau wie Sie beruflich unterwegs."

„Als Geschäftsfrau?", fragte er nach.

„Nicht so ganz, ich bin in der Werbebranche tätig. Und womit verdienen Sie Ihre Kronen, wenn ich fragen darf?"

„Ich arbeite als Consultant und besitze eine eigene Firma."

„Nicht schlecht." Sie prostete ihm zu.

Die junge Kellnerin kehrte an den Tisch zurück und servierte die Schweinemedaillons. „Guten Appetit."

„Vielen Dank." Frija griff zum Besteck.

„Lassen Sie es sich schmecken", sagte ihr Gegenüber, der diesmal auf einen Blick in Richtung Servicekraft verzichtete.

Frija teilte das Fleisch und probierte den ersten Bissen.

„Kommen Sie aus der Gegend?"

Sie schaute irritiert von ihrem Teller auf.

„Entschuldigen Sie, ich habe mich noch gar nicht vorgestellt." Er reichte ihr umständlich die Hand. „Ich bin Leif Bergmann."

Frija reagierte leicht verwirrt, sie wollte ihm keinesfalls ihren Namen verraten. Doch er hielt ihre Hand fest in seiner und wartete auf eine Antwort.

„Ich bin Frija. Angenehm, Sie kennenzulernen."

Sie zog ihre Hand rasch zurück und merkte, dass er sich enttäuscht zurücklehnte.

„Frija, ein sehr schöner Name", sagte er. „Ich wohne übrigens in Södergarn, in der Nähe des Sees. Das Segeln gehört zu meinen großen Leidenschaften."

Sie betrachtete seine gepflegten Hände. Auch er trug keinen Ehering.

„Ich bin am Erken zu Hause", antwortete sie, wenn auch mit einem gewissen Widerwillen.

„Tatsächlich? Dann haben wir ja schon die zweite Gemeinsamkeit." Seine Augen blitzten. „Möchten Sie noch ein Glas Wein?"

„Ja, warum nicht", erwiderte sie.

Er orderte gleich eine ganze Flasche, während sie den Teller leerte. Das Essen war mittlerweile kalt geworden.

„In welchem Hotel sind Sie untergekommen?", fragte Frija, um das Gespräch wieder in eine andere Richtung zu lenken. Sie hatte schon viel zu viel Privates über sich preisgegeben.

„Ich besitze ein kleines Loft in Stockholm", antwortete er nicht ohne Stolz.

Tja, Consulting eben, dachte sie. Leif wusste demnach, was er tat, und war anscheinend erfolgreich darin. Allerdings ließ sie sich nicht davon beeindrucken, was er auch zu spüren schien.

„So spare ich mir die hohe Hotelrechnung, denn ich halte mich sehr oft in Stockholm auf", sagte er.

„Verständlich. Aber ein eigenes Apartment würde sich nicht lohnen, dafür bin ich viel zu selten in Stockholm."

„Was genau machen Sie in der Werbung? Filme?"

„Nein, eher selten. Die Arbeit ist sehr vielfältig, es kommt ganz darauf an, was der Kunde wünscht."

Ihre Antwort schien ihn zufriedenzustellen.

„Ich habe Betriebswirtschaft studiert und liebe es, mit Zahlen zu jonglieren."

Er lachte und sie sah seine blendend weißen Zähne. *Sonnyboy* war das erste Wort, das ihr bei diesem Anblick in den Sinn kam.

„Mathematik ist mir schon seit der Schulzeit suspekt. Kein Wunder also, dass ich bei meiner Berufswahl keinen Gedanken daran verschwendet habe", erwiderte sie. „Dafür war die Fotografie schon immer mein Steckenpferd."

„Ich mag es, wenn Menschen etwas für Kunst übrig haben", sagte er. „Hin und wieder unterstütze ich junge Künstler, um ihr Talent zu fördern."

„Das ist sehr bemerkenswert", entgegnete sie und nippte an ihrem Wein.

„Darf ich Ihnen nachschenken?", fragte Leif aufmerksam.

„Ich glaube, zwei Gläser genügen."

„Ach was, so jung kommen wir nie wieder zusammen." Leif lächelte charmant und Frija gab sich geschlagen. Er füllte das Glas.

„Skål."

„Zum Wohl." Sie hob ihr Glas.

Sie war schon ein klein wenig beschwipst und schwebte wie auf Wolken. Leif schien Gefallen an ihr gefunden zu haben und flirtete sehr offensichtlich. Frija legte immer wieder den Kopf in den Nacken und lachte. Obwohl er sehr von sich überzeugt war, zeigte er ihr auch seine bodenständige Seite. Das imponierte ihr und mit jedem Schluck Wein fühlte sie sich mehr zu ihm hingezogen. Sie musste an einen Magneten denken und kicherte albern.

„Habe ich etwas Falsches gesagt?", fragte er.

„Nein, nein, ganz im Gegenteil", antwortete sie rasch.

Leif war ein ausgesprochen guter Zuhörer und sie erzählte den Abend nur von sich. Sein Interesse schmeichelte ihr, sie hatte schon ganz vergessen, wie sich die positiven Schwingungen zwischen Mann und Frau anfühlten. Ein Blick auf die Uhr holte sie jedoch in die Gegenwart zurück.

„Oh, es ist schon nach Mitternacht", sagte sie bedauernd und gab der Kellnerin einen Wink, um die Rechnung zu begleichen.

„Ich übernehme", sagte Leif großzügig und reichte der jungen Frau die Scheine. „Stimmt so."

Dann half er Frija ganz gentlemanlike in den Mantel und geleitete sie zur Tür, wo sich Frija von ihm verabschiedete.

„Vielen Dank für diesen netten Abend, ich habe mich seit Langem nicht mehr so gut unterhalten", sagte sie.

Er neigte seinen Kopf und ihre Blicke trafen sich. Eine angenehme Wärme breitete sich in ihrer Magengegend aus.

„Ich habe mich noch gar nicht erkundigt, in welchem Hotel Sie wohnen." Leif musterte sie fragend.

„Ich wohne im Birger Jarl, nur ein paar Straßen entfernt", antwortete sie.

„Das ist ja nur ein Katzensprung. Ich würde Sie gern hinbringen, wenn Sie nichts dagegen haben."

„Von mir aus gern." Sie hakte sich bei ihm unter und schwankte kurz. „Ich glaube, das war ein Glas Wein zu viel. Normalerweise bin ich zurückhaltender."

„Mach dir nicht so viele Gedanken, Frija", raunte er ihr ins Ohr und sein warmer Atem streifte ihre Haut.

Ein prickelnder Schauer durchfuhr sie. Aber sie hatte definitiv zu viel Wein intus und sollte lieber einen klaren Kopf bewahren. Leif war ohne ihre Zustimmung in ein vertrauliches Du übergegangen und die Distanz zwischen ihnen schrumpfte.

„Da vorn ist es ja schon", sagte er und griff nach ihrer Hand.

Frija atmete erleichtert auf, Zeit für den Abschied. „Leif, ich danke dir noch einmal für diesen wunderschönen Abend." Sie entzog ihm sanft ihre Hand. „Gute Nacht."

Doch Leif schien andere Pläne zu haben. Er umfasste ihren Nacken und zog sie behutsam zu sich heran.

Dann folgte ein stürmischer Kuss. Seine Zunge bahnte sich fordernd einen Weg zwischen ihre Lippen, während seine Hände ihre Taille umfassten.

Frija hob ihre Hände und drückte sie gegen seinen Oberkörper, um sich zu befreien, doch Leif ließ keinen Zentimeter locker. Er schmeckte nach Wein und roch so verdammt gut. Irgendwann erstarb ihre Gegenwehr und sie gab sich diesem leidenschaftlichen Kuss hin.

„Leif, bitte!“ Atemlos taumelte sie zurück.

Er machte einen Schritt auf sie zu. „Lass uns nach oben gehen ...“, raunte er.

„Ich weiß nicht, ob das so eine gute Idee ist.“ Ihr schwirrte der Kopf und sie konnte keinen klaren Gedanken fassen. Wie sollte sie ihm nur deutlich machen, dass sie nicht wollte? Oder wollte sie doch?

Mit einem Mal waren seine Hände überall und Frija spürte, wie eine Welle der Erregung durch ihren Körper pulsierte. Leif wusste anscheinend genau, welche Knöpfe er zu bedienen hatte. Genau in diesem Moment verließ ein junges Paar das Hotel.

„Hey, warum macht ihr nicht auf dem Zimmer weiter“, rief ihnen der junge Mann lachend zu.

„Gute Idee“, raunte Leif, umfasste Frijas Hand und zog sie mit sich. „Welches Zimmer?“

„Ich gehe voraus“, erwiderte sie. Zwischen ihren Beinen loderte ein unstillbares Verlangen. Es war der helle Wahnsinn, was sie hier tat, auch in Anbetracht ihrer Vergangenheit. Aber sie konnte dieser intensiven Lust nicht widerstehen. Sie sah das Feuer in seinen Augen, in denen sich die pure Leidenschaft spiegelte.

Hastig öffnete sie die Zimmertür und stolperte mit Leif im Schlepptau ins Innere. Sie spürte seine Dominanz, auf die sie abermals erregt reagierte. Mit ungezügelter Leidenschaft rissen sie sich die Kleidung vom Leib und landeten auf dem Doppelbett, das ihren Sturz sanft abfederte.

Sie spürte Leifs heißen Atem auf ihrer Haut, als er ihren Körper mit der Zunge erforschte und sich in tiefere Bereiche vorarbeitete. Sie zitterte, und als der erste Orgasmus sie wie eine meterhohe Welle überrollte, biss sie in ihre Faust, um ihre Lust nicht laut hinauszuschreien und die anderen Hotelgäste zu wecken.

Leif beugte sich wieder über sie und liebkoste ihren Hals. Dann drang er in sie ein, und sie spürte seine harten Stöße. Ihre Nägel bohrten sich in das feste Fleisch seines durchaus muskulösen Rückens, und sie fieberte einem weiteren Höhepunkt entgegen.


Verwirrt richtete sich Frija auf und griff sich leise stöhnend an den Kopf. Wein, Leif und Sex. Die Erinnerung schlug wie eine Bombe ein. Die Betthälfte neben ihr war kalt und leer. Wo war Leif nur abgeblieben?

Das passiert, wenn der Körper das Ruder übernimmt und sich der Kopf komplett ausschaltet, dachte sie ernüchtert. Seufzend schwang sie die Beine aus dem Bett. Auf dem Tisch fand sie einen Zettel.

*Musste los, danke für die wundervolle Nacht. Heute Abend – gleiche Uhrzeit, gleiches Lokal?*
*Leif*

Hm, wollte sie ihn überhaupt wiedersehen? Der Sex mit ihm war grandios gewesen, so etwas hatte sie bisher noch nie erlebt. Gnadenlos, hart und animalisch. Eine Explosion war der nächsten gefolgt, und das ganze Hotelzimmer roch nach wilder Begierde.

Uneins mit sich und der Welt riss sie den Fensterflügel auf und sog die kühle Luft in ihre Lungen. Verdammt, diese Kopfschmerzen brachten sie noch um. Zum Glück musste sie erst gegen zehn im Büro erscheinen.

Nackt, wie Gott sie erschaffen hatte, tappte sie ins Badezimmer und stellte sich unter die Dusche. Das warme Wasser prasselte auf sie nieder, und sie spülte sich die Sünden der Nacht von der Haut. In all den Jahren war sie standhaft geblieben, hatte sich den körperlichen Freuden verwehrt. Wahrscheinlich ein Fehler.

Jetzt ärgerte sie sich, dass der Wein ihre Zunge gelöst hatte. Bei den Gesprächen mit Leif hatte sich alles nur um sie gedreht, und das bereute sie jetzt. Hoffentlich war sie nicht zu offenherzig gewesen, denn der Wein hatte einen Großteil der Erinnerungen an den Abend vernebelt.

Sie griff nach dem flauschigen Badehandtuch und rubbelte sich trocken. Anschließend putzte sie die Zähne, um den pelzigen Geschmack loszuwerden. Die obligatorische Kopfschmerztablette folgte. Ein gutes Frühstück würde es schon wieder richten.

Das Büfett war mittlerweile abgegrast, und Frija gab sich mit den Resten zufrieden. Saurer Hering landete auf ihrem Teller, Knäckebrot und eine Tasse starken Kaffees, der die Lebensgeister wecken sollte. Es war wohltuend, als die leichte Übelkeit endlich verebbte.

Während sie an ihrem Kaffee nippte, dachte sie an Leif, und diese Gedanken lösten ein beunruhigendes Kribbeln in ihr aus. Wie sehr hatte sie diese Gefühle doch vermisst. Leif hielt sich nicht lange mit irgendwelchem Geplänkel auf, er kam gleich zur Sache. Das gefiel ihr. Für sein Alter war er unglaublich fit und gut gebaut, das musste man ihm lassen. Sie störte allerdings, dass sie so überraschend schnell intim geworden waren. Das war absolut nicht Frijas Art. Wahrscheinlich war sie grenzenlos ausgehungert nach all den Jahren der Einsamkeit.

Im Hotelzimmer legte sie noch ein wenig Make-up auf, um die Spuren der Nacht zu verwischen, und stieg anschließend in den Wagen, um zur Agentur zu fahren.

„Hallo, Frija." Ole begrüßte sie mit einem strahlenden Lächeln und führte sie in sein Büro. „Du siehst abgekämpft aus", sagte er nach einer kurzen Musterung.

„Ja, die viele Arbeit."

„Dann gönn dir ein paar Tage Ruhe, bevor du das nächste Projekt startest."

„Ich werde deinen Rat befolgen", sagte sie.

Ole war fünf Jahre jünger als sie und ein feiner Kerl. Er machte keinen Hehl daraus, was er für Frija empfand, aber bisher war der Funke einfach nicht übergesprungen. Ole lebte getrennt und hatte einen Sohn aus erster Ehe.

„Frija?" Er sah sie fragend an.

„Entschuldige, was hattest du gerade gesagt?"

„Alles in Ordnung mit dir? Du wirkst heut so abwesend."

„Na ja, diese Tage haben wir doch alle, wenn sich die Melancholie ins Gemüt schleicht." Sie lächelte.

„Nun gut, weiter im Text."

Ole erklärte ihr die Aufträge ausführlich, doch sie war mit ihren Gedanken ständig bei Leif. Sollte sie ihn noch einmal treffen? Sie schwankte mit ihrer Entscheidung und war hin- und hergerissen. Dieser Mann berührte etwas tief in ihrem Inneren, das sie nicht genau benennen konnte.

„Hast du noch Fragen?"

„Nein. Und falls doch, dann rufe ich dich an."

„Genau, so machen wir es", sagte er.

Frija verstaute die Unterlagen wieder in ihrer Tasche und stand auf.

„Noch Lust auf einen Kaffee, bevor du fährst?", fragte er und lächelte schüchtern.

„Ja, warum nicht."

Erst jetzt fiel ihr auf, wie unterschiedlich Leif und Ole doch waren. Leif nahm viel mehr Raum ein, war sofort präsent, und man konnte sich nur schwer seiner Aufmerksamkeit entziehen. Ole wirkte eher still und in sich gekehrt. Sobald sie mit ihm zusammen war, beruhigte sich ihr Herzschlag, während bei Leif ihr Puls raste. Verrückte Welt.

Ole kehrte mit zwei vollen Tassen in sein Büro zurück und holte eine Packung Kekse aus dem Schreibtisch. „Man gönnt sich ja sonst nichts." Er lächelte. „Nicht jeder hat es so gut wie du. Es muss wunderbar sein, jeden Morgen mit diesem grandiosen Ausblick auf den See aufzuwachen. Lass mich raten, dein Schreibtisch steht direkt am Fenster?"

„Stimmt, und ich weiß dieses Glück durchaus zu schätzen", antwortete sie verträumt. Dieses Haus war für sie wie ein Hochsicherheitstrakt. Nur dort konnte sie den Rest der Welt ausschließen, fühlte sich geborgen, und so sollte es auch in Zukunft bleiben. „Sara kann wie in einem Kokon wohlbehütet aufwachsen, das war mir von Anfang an sehr wichtig."

„Trotzdem bin ich der Meinung, dass du dich viel zu sehr einigelst. Du lebst seit Jahren allein, das muss dich doch auf Dauer zermürben."

„Ganz so schlimm ist es nun auch wieder nicht", entgegnete sie. „Die Gemeinschaft von Svanberga ist unschlagbar. Jeder hilft jedem, und diesen Zusammenhalt möchte ich nicht missen."

„Ich dachte eher an den privaten Bereich", sagte Ole leise. „Für dich gibt es keine Schulter zum Anlehnen, du darfst keine Schwäche zulassen, und sage mir nicht, dass es anders ist."

Eine seiner Stärken war eine gehörige Portion Empathie. Er konnte sich unglaublich gut in sein Gegenüber einfühlen.

„Ich kann leider nicht über meinen Schatten springen", erwiderte sie aufrichtig. „Trotzdem bin ich zufrieden mit meinem Leben. Es gibt Freunde, die mich auffangen und mir den Weg weisen, und dich zähle ich dazu."

„Tja, Freunde ..."

Ole ließ den Satz unvollendet, aber Frija wusste genau, worauf er anspielte. Enttäuschung, aber auch Schmerz spiegelten sich auf seinem Gesicht wider. Es wurde Zeit, sich zu verabschieden, und sie leerte die Tasse.

„Danke für den Kaffee", sagte sie und umarmte Ole, der die Umarmung nicht erwiderte. „Lass es dir gut gehen, bis zum nächsten Mal."

„Ja, bis zum nächsten Treffen." Er reagierte kühl und begleitete sie nicht wie üblich zur Tür.

Nachdem sie sein Büro verlassen hatte, atmete sie auf. Was nun? Sie war ein wenig verärgert wegen Leif, weil er ihr nur diesen zerknitterten Zettel hinterlassen hatte. Sie konnte ihn weder anrufen noch anderweitig erreichen, und der Gedanke, ihn nie wiederzusehen, bereitete ihr Unbehagen. Das war völlig untypisch, sich schon nach so kurzer Zeit einem Menschen verbunden zu fühlen.

Eigentlich müsste sie jetzt die Rückfahrt antreten. Nervös schritt sie auf und ab und setzte sich dann in ihren Wagen. Für ein weiteres Treffen mit Leif hatte sie nichts Passendes im Koffer, und so entschied sie sich kurzerhand für eine Shoppingtour, wo sie nun schon einmal hier war.

Sie legte die kurze Strecke in den Stadtkern zurück und stellte ihren Wagen auf einem Parkplatz ab. Bevor sie ausstieg, schickte sie Sara und Matilda eine Nachricht, dass es später werden würde, weil sie noch etwas Wichtiges zu erledigen hatte. Es wäre das erste Mal, dass sie nicht pünktlich zurückfahren würde, und erneut meldete sich das schlechte Gewissen zu Wort. Hatte sie wirklich die richtige Entscheidung getroffen? Wiederum ... Stand ihr nicht auch ein wenig Freiraum nach all den Jahren zu?

Sie schaute an sich herunter – sportlich, bequem, unauffällig. So konnte sie Leif unmöglich gegenübertreten und es war sicher nicht verkehrt, sich etwas Schickes zu gönnen. Auf der Suche nach ein wenig mehr Glamour durchstreifte sie die Boutiquen. Mittendrin kippte jedoch die Vorfreude auf das Treffen mit Leif.

Sie hatte gerade die Umkleidekabine mit einem Arm voller Kleidungsstücke verlassen, als sie einen Mann bemerkte, der ständig zu ihr herüberblickte. Er war ihr schon in den vorherigen Geschäften aufgefallen und sie glaubte nicht an Zufälle.

Zwei der Kleider gab sie der Angestellten zurück, mit dem Rest steuerte sie die Kasse an. Immer wieder warf sie einen misstrauischen Blick über die Schulter, bis sie sah, wie der Mann seiner Frau eine Hose in die Hand drückte. Gott sei Dank, nur falscher Alarm.

Sie zahlte, nahm die große Tüte entgegen und eilte zum Ausgang. Jetzt nur noch Schuhe, und der Abend wäre gerettet. In einem kleinen Laden wurde sie fündig und ergatterte im Ausverkauf zwei günstige Paar Schuhe. Jetzt musste sie schnellstens ins Hotel zurück, um sich umzuziehen und auszuchecken. Sie gönnte sich noch eine Dusche, wechselte die Kleidung und packte ihren Trolley. An der Rezeption gab sie ihre Karte zurück und beglich die Rechnung.

Um die Zeit bis zum Abend zu überbrücken, besuchte sie die Nachmittagsvorstellung eines Kinos. Hier war es warm und gemütlich und der Film würde sie ablenken. Sie wollte nicht ständig an Leif denken. Mit einem Getränk und einer kleinen Tüte Popcorn setzte sie sich in die letzte Reihe und genoss die Vorführung.


Frija saß im hinteren Bereich des Restaurants, der Tisch am Fenster war leider schon besetzt gewesen. Nervös nippte sie an ihrem Mineralwasser und hatte den Blick fest auf die Eingangstür geheftet. Bereits zehn Minuten waren vergangen und ihr schwante nichts Gutes. Sie fühlte sich wie eine aufgetakelte Fregatte und schalt sich eine Närrin. Leif hatte wahrscheinlich nur Interesse geheuchelt, um sie ins Bett zu kriegen. Nicht mehr und nicht weniger.

Dummerweise war sie ihm auf den Leim gegangen, weil sie tatsächlich angenommen hatte, dass sie ihm gefallen würde. Obwohl sie ahnte, dass er sie versetzt hatte, wollte sie ihm noch eine Viertelstunde Galgenfrist gewähren und dann nach Svanberga zurückfahren.

Ihr Blick wanderte durch den Raum und das beschämende Gefühl, nur in glückliche Gesichter zu schauen, nahm überhand. Frauen, die mit geröteten Wangen ihren Männern vom Tag erzählten und Paare, die verliebt Händchen hielten. Sollte Ole doch am Ende recht behalten, dass sie tief in ihrem Inneren mit ihrem Leben unzufrieden war?

Sie winkte verdrossen die Kellnerin zu sich heran und zahlte das Wasser, das sie nicht einmal ausgetrunken hatte. Wütend streifte sie sich ihren Mantel über und lief zur Tür, wo sie beinahe mit Leif zusammenstieß.

„Wo willst du denn hin?", fragte er.

„Nachdem ich eine halbe Stunde vergebens auf dich gewartet habe, möchte ich jetzt gehen", antwortete sie mit fester Stimme.

„Ach komm, verdirb uns doch nicht den schönen Abend." Er strahlte sie an und schob sie sanft zum Tisch zurück. Dann setzte er sich und schlug die Beine übereinander. „Wie war dein Tag?", erkundigte er sich.

Sichtlich irritiert nahm sie wieder Platz. Er entschuldigte sich nicht einmal für sein Zuspätkommen, den Mantel hatte er ihr auch nicht abgenommen.

„Hallo?“

„Ja, gut …“, antwortete sie zögerlich.

„Ich nehme an, du sprichst von deinem Tag.“

Sie nickte.

Er beugte sich nach vorn. „Ich bin wirklich sehr froh, dass du gekommen bist.“

Sie wollte eine Erklärung von ihm, weil er sie hatte warten lassen, überlegte es sich dann aber anders.

„Bei mir ist es heute wie in einem Taubenschlag zugegangen, die Kunden können einem wirklich die Kraft rauben.“

Er fuhr sich müde übers Gesicht und wirkte mit einem Mal abgekämpft. Vielleicht tat sie ihm Unrecht und er hatte sich den Abend erst freischaufeln müssen. Das stimmte sie versöhnlich.

„Das kann ich gut verstehen, in meiner Branche ist es ähnlich“, sagte sie.

„Ich wusste vom ersten Augenblick an, dass wir uns gut verstehen und die eine oder andere Gemeinsamkeit teilen“, erwiderte er. „Möchtest du ein Glas Wein?“

„Nein, danke, ich muss noch zurückfahren.“

„Zum Erken?“ Er schien enttäuscht.

„Ich würde gern länger bleiben, aber ich werde zu Hause erwartet.“

„Du hast Familie?“

„Ich bin nicht verheiratet, falls du das meinst“, erwiderte sie. Genau in diesem Augenblick klingelte ihr Smartphone.

„Hallo, Sara … ja, ich fahre gleich los. Keine Sorge, mein Mäuschen, es ist alles in Ordnung. In zwei Stunden bin ich da.“

Sie steckte das Telefon wieder zurück in ihre Handtasche und genau in diesem Moment wurden die Getränke serviert.

„Du hast eine Tochter?“ Sein Blick ruhte fragend auf ihr.

Frija bejahte.

„Schön.“ Er war so unglaublich attraktiv und hatte das sanfte Lächeln eines Engels. „Wie alt ist sie denn?“

„Sechzehn.“

Er lächelte noch immer. „Schwieriges Alter. Sie wollen immer mit dem Kopf durch die Wand“, sagte er verständnisvoll.

„Stimmt, ich kann ein Lied davon singen.“ Sie nippte an ihrem Wasser. „Hast du auch Kinder?“

Er schüttelte bedauernd den Kopf. „Es hat nicht sollen sein. Ich bin seit Jahren geschieden und friste das trostlose Dasein eines Singles.“

„Oh …“ Sie hätte alles vermutet, aber nicht das. Sicher, er trug keinen Ehering, das war ihr schon am Anfang aufgefallen. Aber seit Jahren allein?

„Ich habe immer nach der *Einen* Ausschau gehalten“, sagte er und unterbrach ihre Gedankengänge, als hätte er diese erraten. „Wahrscheinlich ist dieser Wunsch zu anspruchsvoll, mit einem Seelenverwandten sein Leben teilen zu wollen.“

„Nein, keineswegs“, widersprach sie. „Ich denke ähnlich darüber.“

„Nun, vielleicht werden meine Träume ja doch noch in Erfüllung gehen.“ Er prostete ihr zu.

Meine Güte, dieses charmante Lächeln, dachte sie bestimmt zum x-ten Mal. In ihrem Bauch kribbelte es gewaltig, und nicht nur dort. Zwischen ihnen herrschte

eine knisternde Stimmung, die ganze Wälder hätte in
Brand stecken können. Zumindest empfand sie so, und
ihm erging es sicher ähnlich. Ein Blick auf die Uhr ließ
sie erschrocken innehalten.

„Entschuldige, Leif, aber es wird Zeit für den Auf-
bruch", sagte sie und stand auf. „Danke für die Einla-
dung, es war ein netter Abend."

Mit einem rundum zufriedenen Gesichtsausdruck erhob sich Leif ebenfalls. „Wollten wir nicht noch Num-
mern austauschen?"

Er sah sie erwartungsvoll an, doch sie zögerte. Sollte
sie nach all den Jahren ihre Deckung aufgeben? War er
das wirklich wert? Leif verführte sie wie noch kein
Mann je zuvor, aber auch auf der geistigen Ebene
herrschte ein gewisser Einklang.

„Ja natürlich", antwortete sie und reichte ihm das
Kärtchen, das er mit einem glücklichen Lächeln in sein
Portemonnaie steckte.

„Von diesem Augenblick an trage ich dich immer bei
mir", sagte er.

Sie hielt seine Ausdrucksweise für ein wenig übertrie-
ben, aber wenn er so empfand, warum nicht. Welches
Recht hatte sie schon, über ihn zu urteilen?

Leif nahm sie zum Abschied in den Arm und küsste
sie auf die Wange. „Bitte fahr vorsichtig. Und es wäre
nett, wenn du mir eine kurze Nachricht schicken könntest, dass du gut zu Hause angekommen bist."

Seine Fürsorglichkeit rührte sie. Da war wieder jemand, der sich Gedanken um sie machte. Sie hatte beinahe schon vergessen, wie gut sich das anfühlte.

„Leif, ich muss jetzt wirklich los", hauchte sie und
löste sich aus seiner Umarmung.

Er nickte verständnisvoll, half ihr in den Mantel und begleitete sie zur Tür. „Pass auf dich auf."

„Das werde ich."

Sie winkte ihm noch einmal zu und entfernte sich mit schnellen Schritten. Kaum war sie außer Reichweite, meldete sich sofort das schlechte Gewissen zu Wort. Wie konnte sie ihre Tochter nur warten lassen? Sie verhielt sich wie ein unreifer Teenager, völlig chaotisch und destruktiv. Aber die Ausstrahlung dieses Mannes vernebelte ihr die Sinne. Leif war auf eine fast diabolische Art und Weise attraktiv und anziehend.

Endlich hatte sie ihren Wagen erreicht und ließ sich auf den Fahrersitz fallen. Meine Güte, was für ein Abend. Wenn sie Matilda davon erzählen würde ... Kopfschüttelnd steckte sie den Schlüssel ins Zündschloss. Sie hatte sich noch nicht einmal angeschnallt, da verkündete ihr Smartphone eine neue Nachricht.

*Ich will dich wiedersehen.*

Wer weiß, dachte sie, und ein seliges Lächeln umspielte ihre Lippen. Sie ließ das Handy zurück in ihre Tasche gleiten und wendete den Wagen, um nach Svanberga zurückzufahren.

„Hej, schön, dich zu sehen." Matilda umfasste Frijas Schultern und forschte in ihrem Gesicht. „Irgendetwas ist mit dir passiert", sagte sie daraufhin.

„Ach was." Frija winkte ab. „Du interpretierst wieder viel zu viel hinein."

„Aber in all den Jahren bist du noch nie zu spät gekommen", erwiderte Matilda mit ernster Miene.

„Soll das etwa ein Verhör werden?"

„Niemals ..." Ihre beste Freundin schüttelte den Kopf.

„Wir können gern ein anderes Mal darüber reden", sagte Frija rasch, weil sie sich müde fühlte. „Aber nach diesem anstrengenden Tag möchte ich mit Sara nur noch nach Hause."

„Schon in Ordnung." Matilda lächelte. „Sara, deine Mom ist da", rief sie in den Flur.

„Ich komme ja schon." Mit dem Rucksack über der Schulter erschien Sara in der Tür. „Ist was passiert?", lautete ihre erste Frage.

„Nein, entschuldige bitte die Verspätung."

„Okay", erwiderte Sara schulterzuckend, verabschiedete sich von Matilda und ging zum Wagen.

„Ich werde mich morgen bei dir melden, Matilda", sagte Frija in einem versöhnlichen Ton.

„Du wirst schon deine Gründe haben", erwiderte sie lachend. „Ich will mir mit Kjell noch einen gemütlichen Abend machen. Ruf kurz durch, wenn du angekommen bist. Smilla ist im Haus."

„Danke, du bist ein Schatz."

Frija umarmte ihre Freundin, deren blumiges Parfüm ihr sofort in die Nase stieg. Sie würde Matilda bei einer Tasse Tee die heiße Nacht mit Leif beichten, nichts sollte zwischen ihnen stehen. Vielleicht konnte sie auch mit ihr darüber beratschlagen, wie es mit diesem Mann weitergehen sollte. Schon jetzt spukte er ihr unablässig im Kopf herum, obwohl sie nicht unbedingt vorhatte, ihn nochmals zu treffen. Im Nachhinein ärgerte sie sich, dass sie so leichtfertig ihre Handynummer herausgegeben hatte.

„Mom?"

„Entschuldige, ich war mit meinen Gedanken gerade woanders", sagte sie und schenkte sich ein Glas Wasser ein.

„Du bist ganz schön durcheinander." Sara musterte sie aufmerksam. „Waren deine Entwürfe nicht korrekt?"

„Doch, doch", erwiderte Frija rasch, als sie in den Wagen stiegen. „Meine Chefin war sehr zufrieden und du weißt ja, was für hohe Ansprüche sie an ihre Mitarbeiter stellt."

„Na dann, ab nach Hause." Sara legte ihren Gurt um.

„Hast du schon zu Abend gegessen?", fragte Frija.

„Ja. Matilda hatte Lasagne in den Backofen geschoben, war lecker."

„Auch gut, dann muss ich nichts mehr zubereiten."

Innerhalb weniger Minuten hatten sie die kurze Strecke zurückgelegt, das Haus lag einsam und verlassen im Dunkeln. Die glatte Oberfläche des Sees schimmerte wie poliertes Glas, in dem sich die schmale Mondsichel spiegelte.

„Was bin ich froh, wieder in meinem Bett schlafen zu können." Frija seufzte und schloss die Haustür auf.

Smilla kam ihnen laut maunzend entgegen, ließ sich aber weder von Frija noch von Sara streicheln. Beleidigt setzte sie sich vor ihre Futternäpfe, obwohl diese noch bis zum Rand gefüllt waren.

„Unsere Dramaqueen." Sara lachte.

„Oh, oh, da kenne ich noch eine." Frija stimmte in das Lachen ihrer Tochter ein.

„Ach, Mama, du nun wieder."

Sara verschwand in ihrem Zimmer, während Frija ihren Trolley auspackte. Hastig stopfte sie die Schmutzwäsche in die Trommel der Waschmaschine, damit Sara die Dessous nicht entdeckte und Verdacht schöpfte. Warum nur fühlte sie sich mit einem Schlag so schuldig? Das erotische Knistern zwischen Leif und ihr schien ihren Hormonhaushalt gehörig durcheinandergewirbelt zu haben.

Während die Waschmaschine leise rumpelnd ihre Arbeit versah, entkorkte Frija in der Küche eine Flasche Rotwein und schenkte sich ein Glas ein. Es war total unüblich, sie trank sonst nur zu besonderen Anlässen. Aber gerade in diesem Moment hatte sie das dringende Bedürfnis, ihr aufgewühltes Gemüt beruhigen zu müssen. Himmelherrgott, es war doch nur Sex gewesen!

Ein helles Licht streifte die weiß gestrichene Holzbalkendecke und verwundert schaute Frija aus dem Fenster. Ein Fahrzeug wendete umständlich vor dem Haus und fuhr wieder davon. War das nicht ein Stockholmer Kennzeichen? Hastig zog sie die Vorhänge zu.

Sara steckte den Kopf zur Tür hinaus. „Was war denn das für eine Schnarchnase? Wo wollte der Typ um diese Uhrzeit hin?"

„Keine Ahnung", erwiderte Frija. „Sonst verirren sich Touristen nur in den Sommermonaten zu uns."

Zu ihrem Grundstück gehörten ein kleines Stück Wald und ein Teilstück der Uferzone des Sees. Obwohl ein Parken-verboten-Schild am Wegesrand stand, nahm es damit niemand so genau.

„Sara, was würdest du von einem Hund halten?", fragte Frija.

„Echt jetzt? Ich habe seit Ewigkeiten darum gebettelt, und nun kommst du damit um die Ecke.“ Sara verzog das Gesicht und schmollte. „Mama, du kannst mir sagen, was du willst, aber irgendetwas stimmt doch nicht?“

„Ach, Spätzchen, es war doch nur so ein Gedanke. Ich jogge immer allein und so ein vierbeiniger Begleiter wäre schon ganz nett.“

„Mach, was du denkst, ich gehe jetzt ins Bett.“ Sara gähnte demonstrativ.

Frija wusste, dass ihre Tochter noch lange wach sein würde, um mit ihren Freundinnen zu chatten. Aber gut, die Kids waren nur einmal jung.

„Gute Nacht, mein Mäuschen.“ Sie küsste Sara auf die Stirn.

„Gute Nacht, Mom.“


Nach einer kurzen Nacht, in der Frija nur wenig Schlaf gefunden hatte, saß sie wieder hinter ihrem Schreibtisch. Sara war in der Schule und Smilla tobte sich am Waldrand aus, während Frijas Gedanken ständig bei Leif verweilten. Was hatte dieser Mann nur an sich, dass er sie so in seinen Bann zog?

Immer wieder starrte sie auf das Smartphone, wischte über das Display und wartete sehnsüchtig auf eine Nachricht von ihm. Sie hatte ihm einen guten Morgen gewünscht und auch gesehen, dass er ihre Message bereits gelesen hatte. Nun ja, wahrscheinlich steckte er in einem Meeting fest oder führte ein Beratungsgespräch, wer wusste das schon. Oder hatte sie seinen Worten zu viel Gewicht verliehen?

Frija fühlte sich wie ein frisch verliebter Teenager. Schmetterlinge flatterten in ihrem Bauch und sie spürte eine gewisse Nervosität. Noch immer konnte sie seine forschenden Hände auf ihrem Körper spüren und seine Küsse schmecken. Ein Blick auf die Uhr brachte sie jedoch wieder zur Räson. Hatte sie tatsächlich eine ganze Stunde vertrödelt, in der sie nur von Leif geträumt hatte?

Es fiel ihr ausgesprochen schwer, sich auf die Arbeit zu konzentrieren, aber letztlich hatte sie zwei erste Entwürfe abgespeichert. Zufrieden mit dem Tagwerk streifte sie sich die Sportsachen über und trat aus dem Haus. Smilla begleitete sie ein Stück des Weges, bis ein heruntersegelndes Blatt ihre gesamte Aufmerksamkeit verlangte.

Frija verfiel in einen leichten Trab und ließ sich treiben. Das Wetter war mild und die Wellen kräuselten sich am Ufer des Sees. Hin und wieder brach die Sonne durch die ansonsten dichte Wolkendecke und malte ein sich wandelndes Spiel von Licht und Schatten auf den mit Laub bedeckten Boden.

Frija joggte in gemäßigtem Tempo einen Trampelpfad entlang, der um den See führte. Sie liebte die Natur und konnte sich ein Leben in der Stadt nicht mehr vorstellen. Dieses Haus zu kaufen, war eine der besten Entscheidungen ihres Lebens gewesen.

Allmählich kam sie in Fahrt und öffnete die Jacke, um nicht zu schwitzen. Der weiche Waldboden dämpfte ihre Schritte, und der Wind fuhr leise säuselnd durch das Geäst der Bäume. Inzwischen hatte sie die Stelle erreicht, an der sie wendete, und verlangsamte das Tempo. Etwas glitzerte am Wegesrand, und sie bückte sich, um es aufzuheben. War das nicht Saras Kette, die sie ihr zum sechsten Geburtstag geschenkt hatte?

Frija ließ die Kette spielerisch durch ihre Finger gleiten und betrachtete stirnrunzelnd den Anhänger – ein galoppierendes Pferd mit wehender Mähne. Wie die meisten Mädchen in diesem Alter war auch ihre Tochter verrückt nach Pferden gewesen und hatte unbedingt Reitunterricht nehmen wollen. Aber das gehörte schon eine Weile der Vergangenheit an. Nachdem das Schulpferd krankheitsbedingt ausgemustert und eingeschläfert werden musste, wollte sich Sara nicht mehr diesem Hobby widmen.

Frija riss sich vom Anblick der Kette los und zog fröstelnd die Schultern hoch. Plötzlich fühlte sie sich beobachtet und gar nicht mehr wohl in ihrer Haut. Suchend schaute sie sich um, und als sie versehentlich auf einen trockenen Ast trat, erhob sich ein Schwarm Krähen lautstark protestierend in die Lüfte. Das war für sie das Startzeichen. So schnell ihre Beine sie trugen, sprintete sie zurück zum Haus. Unterwegs sammelte sie noch Smilla ein, riss die Tür auf und schlüpfte ins Innere. Endlich in Sicherheit.

Sie setzte die Katze auf dem Boden ab und ging sofort in Saras Zimmer, wo sie die Schmuckschatulle ihrer Tochter auf dem Bett ausschüttete. Nachdem sie den Schmuck vor sich ausgebreitet hatte, entdeckte sie die Kette, und erst jetzt fiel ihr auf, dass die Anhänger nicht identisch waren.

„Ich werde noch wahnsinnig", murmelte sie und ließ sich mit einem Seufzer aufs Bett sinken. Sie umschlang ihren Oberkörper mit den Armen, legte den Kopf in den Nacken und starrte an die Decke. Sie hatte gewusst, dass irgendwann der Zeitpunkt kommen würde, sich mit den Geistern der Vergangenheit auseinanderzusetzen. Womit sie nicht gerechnet hatte, war die Furcht, das bange Herzklopfen und die üblen Träume, die ihr zusetzten. Sie fühlte sich beobachtet, ständig schnellte der Puls in die Höhe, und sie konnte schon nicht mehr zählen, wie oft sie mit sorgenvollem Gesicht aus dem Fenster starrte. Auch jetzt zitterten ihre Hände, und sie schmeckte die bittere Galle auf der Zunge.

Das Motorengeräusch eines sich nähernden Wagens weckte Frijas Aufmerksamkeit. Sie richtete sich auf und eilte zur Tür. „Hallo, was machst du denn hier?", rief sie erstaunt.

„Dein Auftritt gestern hat mir keine Ruhe gelassen", antwortete Matilda.

„Jetzt übertreibst du aber maßlos."

„Da bin ich aber anderer Meinung." Matilda zwängte sich an ihr vorbei in den Flur und lief direkt ins Wohnzimmer. Erst jetzt bemerkte Frija das Päckchen in Matildas Händen.

„Jetzt schau mich nicht so vorwurfsvoll an, ich habe Kuchen mit dabei."

„Dann hätte ich mir das Joggen ja sparen können." Frija lachte und verschwand in der Küche, um Kaffee zu kochen. Nur wenige Minuten später saßen sie zusammen auf der Couch und machten sich über den Kuchen her.

„So, und jetzt raus mit der Sprache: Warum bist du wirklich zu spät gekommen?"

„Matilda ..." Frija seufzte.

„Ein Mann, nicht wahr? Das sehe ich dir doch an der Nasenspitze an."

„Ach, sag bloß." Frija rang mit sich, aber ihrer Freundin konnte sie nichts vormachen. „Ja, ich hatte ein Date", sagte sie kleinlaut.

„Wusste ich's doch." Zufrieden lehnte sich Matilda zurück. „Tatsächlich nur ein Date?" Sie zog fragend eine Braue hoch.

„Okay, ich habe mit ihm geschlafen, falls du darauf anspielst. Und am Tag darauf haben wir uns noch einmal getroffen."

„Das ist doch wunderbar." Matilda freute sich und strahlte sie an. „Ich hatte schon befürchtet, dass mit dir etwas nicht stimmen könnte. Kein Mensch kann über Jahre hinweg wie ein Eremit dahinvegetieren."

„Also wirklich, ich lebe doch nicht wie eine Einsiedlerin", widersprach Frija.

„Wenn ich ehrlich bin, dann hatte es manchmal schon den Anschein." Matilda nippte an ihrem Kaffee. „Und jetzt erzähl mir alles. Wie ist er so?" Ihre Augen glänzten.

„Er ist um einiges älter als ich, mindestens zehn Jahre. Aber immer noch fit und gut gebaut."

Matilda nickte anerkennend. „Hat der gute Mann auch einen Namen?"

„Leif."

„Nun lass dir doch nicht jedes Wort aus der Nase ziehen. Verheiratet oder Single?"

„Er hat gesagt, dass er seit Jahren allein lebt, und da er keinen Ehering trägt, wird das wohl der Wahrheit entsprechen."

„Was macht er beruflich?", fragte Matilda nach und zerteilte den Kuchen mit der Gabel.

„Soll das ein Verhör werden?"

„Nun komm schon, es ist das erste Mal, dass ich dich so aufgelöst erlebe. Ich gönne dir das Glück von Herzen, als ob du das nicht wüsstest."

„Wenn doch alles nur so einfach wäre. Allein der Gedanke, Sara mit meinem Liebesleben zu konfrontieren, bereitet mir Bauchschmerzen."

„Sie wird es verstehen, da bin ich mir sicher. Es hat doch keinen Sinn, die Gefühle zu unterdrücken."

Ach, Matilda, dachte Frija betrübt. Sie hatte bisher niemandem von ihrer Vergangenheit erzählt, zum Schutz aller. Ein Mann in ihrem Leben würde die Sache nur noch verkomplizieren – und damit war die Entscheidung auch schon getroffen. Sie würde Leif nicht wiedersehen.

„Matilda, wir brauchen nicht weiter darüber zu sprechen, das Thema ist erledigt", sagte sie, um weiteren Fragen aus dem Weg zu gehen.

„Warum willst du dieser Beziehung keine Chance geben? Sara wird nicht ewig bei dir wohnen, dann bist du ganz allein."

„Ich habe immerhin noch Smilla." Frija lächelte über ihren Scherz, aber Matilda verzog keine Miene.

„Hör auf mit dem Quatsch, es ist mir ernst. Du ganz allein hier draußen ... Allein dieser Gedanke schnürt mir die Kehle zu."

„Jetzt mach mal einen Punkt, es ist doch noch eine Weile bis dahin. Du führst dich auf, als wäre das ein Weltuntergangsszenario."

Matilda schüttelte ungläubig den Kopf. „Frija, irgendetwas stimmt doch nicht."

„Pass auf, ich werde ein Kreuzchen in den Kalender machen und diese kurze Liaison abhaken. Es war nur eine Nacht, und noch mehr hineinzuinterpretieren bringt rein gar nichts. Außerdem ist Leif beruflich viel unterwegs, er führt ein eher unstetes Leben. Keine Ahnung, ob ich dem auf Dauer gewachsen wäre."

„Was macht er beruflich?"

„Consultant."

„Alle Achtung, da verdient er nicht schlecht."

„Ich habe mein Auskommen", antwortete Frija nüchtern.

„Kann es sein, dass du dich heute ständig auf den Schlips getreten fühlst?" Matilda musterte sie von der Seite.

„Ich bin nach dieser Nacht ziemlich durcheinander und muss mich erst einmal sammeln. Leif ist ein ungewöhnlicher Mann, das muss ich schon zugeben. Im Bett war er einmalig, so etwas habe ich noch nie erlebt."

„Und du willst ihn laufen lassen?"

„Aber es war doch nur eine Nacht", erwiderte Frija gequält.

„Wer weiß, wer weiß." Matilda lachte. „Irgendwann in nächster Zeit wird auch Sara mit einem Freund nach Hause kommen, ob dir das nun passt oder nicht."

„Oh nein, erinnere mich bloß nicht daran." Frija seufzte. „Ich bin wirklich froh darüber, dass sie es so langsam angeht."

Insgeheim musste sie Matilda allerdings recht geben, ihre heimelige Zweisamkeit mit Sara war nicht für die Ewigkeit bestimmt. Sie würde über kurz oder lang ihre eigenen Wege gehen.

„Matilda, ich muss Sara von der Schule abholen, danke für deinen Besuch."

Sie brachte ihre Freundin zur Tür und umarmte sie zum Abschied.

„Ich wünsche dir trotzdem alles Glück dieser Welt. Du hast es verdient, mehr als jeder andere", sagte Matilda.

„Danke für deine lieben Worte. Aber jetzt muss ich wirklich los."

Frija schnappte sich die Autoschlüssel und warf einen schnellen Blick auf das Smartphone. Leif hatte noch immer nicht geantwortet.

# KAPITEL 3

Sara steckte mit ihren Freundinnen die Köpfe zusammen.

„Seid ihr euch wirklich sicher, dass Adrians Interesse nicht nur vorgetäuscht ist?", fragte sie verunsichert.

Joline hielt ihr kichernd das Smartphone unter die Nase. „Bester Beweis ever."

Zu dritt schauten sie sich das Video an, das Joline heimlich im Unterricht aufgenommen hatte. Adrian verrenkte sich immer wieder den Kopf, um Sara verstohlen zu beobachten.

Mit geröteten Wangen räusperte sich Sara. „Ich habe gedacht, er wäre hinter Clara her."

„Du sollst nicht so viel denken. Schnapp dir den Typen", sagte Svea.

„Ich weiß nicht so recht", antwortete Sara zögerlich.

„Es muss ja nicht ausgerechnet heute sein. Aber du bist die einzige Jungfrau im Bunde."

„Na, vielen Dank auch, dass du mich daran erinnerst", murrte Sara. „Aber ich möchte schon, dass beide etwas davon haben. Nicht so hoppla hopp wie bei dir, Joline."

Klar, Joline musste natürlich auch ihren Senf dazugeben. Sie wirkte um einiges reifer und kam beim männlichen Geschlecht ziemlich gut an. Manchmal war sie für Saras Geschmack ein wenig zu flatterhaft. Sie selbst wollte das Thema mit einer gewissen Ernsthaftigkeit angehen und sich nicht dem Erstbesten an den Hals werfen. Obwohl man nie sicher sein konnte, dass man nicht doch ausgenutzt wurde.

Svea stieß Sara mit dem Ellenbogen in die Seite.

„Da kommt er …“, wisperte sie.

„Ich bin doch nicht blind“, raunte Sara zurück. Als sie spürte, dass Adrian sie musterte, senkte sie ihren Blick.

„Warum musstest du ausgerechnet jetzt auf deine Schuhe starren?“, zischte Joline und stemmte angriffslustig die Fäuste in die Taille.

„Weil es mir unangenehm ist, ihn wie ein Affe im Zoo anzugaffen“, antwortete Sara missmutig und blickte ihm hinterher. Vor dem Tor drehte er sich noch einmal zu ihr um und hob seine Hand.

„Sieh nur, Sara, er hat dir zugewinkt“, rief Svea begeistert.

„Nun sei doch nicht so laut, du bist total peinlich“, flüsterte Sara.

„Dir kann man es auch nicht recht machen“, sagte Svea. „Wir wollen doch nur, dass du glücklich bist.“

„Falls ihr nichts dagegen habt, würde ich mir meinen Zukünftigen selbst aussuchen“, erwiderte Sara gekränkt.

„Du weißt aber schon, dass du die Einzige bist, die in der Klasse noch keinen festen Freund hatte.“

„Jetzt reicht’s aber, ja?“, rief Sara empört. „Ihr müsst nicht die ganze Zeit darauf herumreiten.“

„Herumreiten …“ Joline kicherte albern.

„Kommt, lasst uns gehen. Meine Mutter wartet sicher schon.“

Sara warf sich den Rucksack über die Schulter und steuerte den Parkplatz an. „Macht’s gut, ihr Girlies“, rief sie Joline und Svea zu und öffnete die Beifahrertür. „Hey, Mom.“

„Hallo, meine Kleine“, antwortete Frija. „Und, wie ist die Klausur gelaufen?“

„Ganz gut. Ich konnte alle Aufgaben lösen, obwohl die Zeit ziemlich knapp war.“

„Ich wusste, dass du es schaffst.“ Ihre Mutter beugte sich zu ihr herüber und küsste sie zur Begrüßung auf die Wange. „Können wir?“

„Klar, von mir aus.“

Sara schaute gedankenverloren aus dem Seitenfenster und war mit ihren Gedanken noch bei Adrian. Sie fühlte sich auf eine gewisse Weise geschmeichelt, denn er war sehr gut aussehend. Ein wenig kindisch vielleicht, aber das waren die anderen Jungs auch.

„Sara, aussteigen bitte“, sagte Frija.

„Ja, okay.“ Sie schnappte sich ihren Rucksack und folgte ihrer Mutter ins Haus. Im Flur kickte sie die Turnschuhe von den Füßen und verschwand in ihrem Zimmer. Nur einen Augenblick später stand sie wieder an der Treppe.

„Mom, warum hast du mein Schmuckkästchen ausgeräumt?“, rief Sara in die obere Etage.

„Oh, das hatte ich ganz vergessen. Einen Moment, ich bin gleich bei dir“, antwortete Frija.

Sara malte gelangweilt mit dem großen Zeh Kringel auf den Dielenboden.

„So, da bin ich wieder.“ Ihre Mutter hielt eine Kette in der Hand. „Du wirst mich sicher für verrückt halten, aber ich habe doch tatsächlich gedacht, dass du deine Kette am Seeufer verloren hättest.“

„Ach so", sagte Sara. „Ich wusste gar nicht mehr, dass ich die noch habe. Aber warum hast du den Inhalt der Schmuckschatulle auf dem Bett verteilt?"

„Matilda ist überraschend aufgetaucht und wir haben uns festgequatscht. Du kennst uns doch."

„Sie wollte bestimmt wissen, warum du mich nach deiner Stockholmtour nicht pünktlich abgeholt hast, stimmt's?" Sara konnte sich ein Grinsen nicht verkneifen.

„Tja, was soll ich sagen …" Ihre Mutter zuckte ratlos mit den Schultern.

„Die Wahrheit", antwortete Sara frei heraus.

„Also gut. Ich habe einen Mann kennengelernt, aber es ist nichts Ernstes."

„Mach dir nicht so viele Gedanken, Mom. Ich weiß, wie das ist."

„Weil du noch keinen festen Freund hast?", fragte Frija vorsichtig nach.

„Unter anderem", antwortete Sara.

„Gibt es denn jemanden, auf den du … stehst?"

„Ja, wenn du es genau wissen willst", antwortete Sara genervt.

„Du weißt doch, wie neugierig Mütter sind."

„Kann ich jetzt wieder in mein Zimmer gehen?"

„Ich rufe dich, sobald das Essen fertig ist. Und Sara …" Ihre Mutter warf ihr einen strengen Blick zu. „Vergiss bitte nicht, zu lernen."

Sara stieß einen entrüsteten Laut aus und zog die Tür hinter sich zu. Nachdem sie den Schmuck eingesammelt und sortiert hatte, legte sie sich aufs Bett und klappte den Laptop auf. Sie loggte sich in den Chat ein und wartete auf ihre Freundinnen. Wider Erwarten blinkte eine Nachricht von einem gewissen Noah auf.

*Hej, hej.*

*Hallo.*

*Wie geht's?*

*Gut, und dir?*

Sara musste lachen. So fingen die meisten langweiligen Chatverläufe an, aus denen sich nie ein ernsthaftes Gespräch entwickelte.

*Ich bin Noah und du?*

*Du siehst doch meinen Namen. Warum fragst du?*

*Schlechte Laune?*

Na, das konnte ja heiter werden. Wahrscheinlich war es das Beste, sich auszuloggen, bis Joline und Svea endlich online waren.

*Nein, bei mir ist alles okay.*

*Schön, das freut mich. Magst du ein wenig chatten?*

*Wir sind doch schon mittendrin.*

Mann, Mann, Mann, der Typ hatte vielleicht Nerven.

*Bist du immer so biestig?*

*Ja, das liegt in meinen Genen.*

*Finde ich gut.*

*Echt jetzt?*

*Warum nicht? Das macht dich interessant.*

*Ach ja?*

*Ich mag dein Profil, deshalb habe ich dich angeschrieben.*

*Da steht doch nicht wirklich viel drin.*

*Ich kann auch zwischen den Zeilen lesen.*

Allmählich fing die Sache an, ihr Spaß zu machen.

*Verrätst du mir dein Alter?*

*Warum sollte ich?*

*Weil ich dich nett finde.*

*Ich dachte, ich wäre biestig?*

*Okay, dann werde ich den Anfang machen. Ich bin zweiundzwanzig und du?*

Sara überlegte. Sie hatte ein falsches Alter angegeben, denn für diesen Chat musste man volljährig sein. Obwohl, ein bisschen Schummeln war doch wohl erlaubt, und sie würde sowieso bald siebzehn werden.

*Ich bin siebzehn.*

*Oh, schön. Hast du schon einen festen Freund?*

*Warum fragst du?*

*Ist das verboten?*

*Nein.*

*Also bist du nun vergeben oder nicht?*

*Frisch getrennt.*

Wie gesagt, es konnte ja nicht schaden, das Image ein wenig aufzupolieren.

*Hm, hängt dein Herz noch sehr an ihm?*

*Nein, ich habe Schluss gemacht.*

*Warum?*

*Privatsache.*

*Hast recht, das geht mich nichts an. Bin aber froh, dass du noch zu haben bist.*

*Wenn du das sagst.*

*Ich stehe zu meinem Wort. Was hast du so für Hobbys?*

*Chillen, Lesen, Mountainbike und Musik hören.*

*Cool, beim Chillen kann ich ordentlich mithalten. Ich lese gern Comics und Horrorbücher. Wahrscheinlich wirst du jetzt mit den Augen rollen und denken – typisch Junge.*

*Ich bin kein Mensch mit Vorurteilen.*

*Du wirst mir immer sympathischer. Darf ich dich fragen, wie du aussiehst? Also ich bin eher der sportliche Typ, Kanu fahren und so, habe blaue Augen und dunkelblonde Haare. Und jetzt du.*

*Braunes Haar, grüne Augen und ebenfalls sportlich. Reicht das?*

*Und ob ...*

*Du, meine Freundinnen sind jetzt online.*

*In Ordnung, ich habe verstanden. Vielleicht können wir später weiterchatten.*

*Ja, schauen wir mal.*

Noah war sofort offline, was Sara beruhigt zur Kenntnis nahm. Nicht dass er es gleich bei der Nächsten versuchen würde. Sara wusste schließlich, wie die Typen so tickten. Sie verschwieg Joline und Svea ihre neue Bekanntschaft, weil ihre Freundinnen sie sofort wieder mit Fragen löchern würden. Ein kleines Geheimnis für sich zu behalten, war gar nicht so schlecht.

# KAPITEL 4

Frija stand mit einer Tasse Tee am Fenster und schaute auf den See hinaus. Das Licht der Sonnenstrahlen, die sich durch die Wolkendecke gezwängt hatten, brach sich in den Wellen. Einsam zog ein Bussard seine Kreise auf der Suche nach leichter Beute.

Leif Bergmann hatte sich seit einer Woche nicht gemeldet, und Frija war ziemlich frustriert darüber. „Mistkerl", murmelte sie enttäuscht.

„Wer ist ein Mistkerl?", fragte Sara.

„Ach nichts, Liebes", antwortete sie rasch.

„Mom, du verschweigst mir doch etwas?" Sara zog fragend die Brauen hoch. „Hat sich der Typ nicht mehr gemeldet?"

„Du kannst wohl Gedanken lesen", sagte Frija.

„So schwer ist das schließlich nicht."

„Dafür strahlst du seit Tagen umso mehr. Möchtest du mir vielleicht den Grund dafür verraten?" Sie forschte im Gesicht ihrer Tochter und hätte darauf wetten können, dass es sich um einen Jungen handelte.

„Das ist privat", antwortete Sara reserviert.

„Silas?"

„Mom, ich sagte doch privat. Du beichtest mir schließlich auch nicht alles. Wäre Matilda nicht so penetrant gewesen, hättest du uns auch nichts von deinem *Flirt* erzählt."

„Erstens ist Matilda alles andere als penetrant und zweitens ..."

„Geschenkt." Sara winkte lässig ab. „Ich bin dann wieder in meinem Zimmer."

Frija verharrte unschlüssig am Fenster. Vielleicht sollte sie eine kleine Runde am Seeufer entlanglaufen, um den Kopf freizubekommen. Sie verschwand im Schlafzimmer und öffnete den Schrank, um sich umzuziehen. Dann band sie sich im Flur die Schnürsenkel ihrer Laufschuhe zu und trat vor die Tür. Die Luft war frostig und klar, es roch nach Schnee. Dem ersten in diesem Jahr.

Sie freute sich auf den Winter, wenn das Feuer heimelig im Kamin knistern und sich Smilla wohlig davor räkeln würde. Selbstverständlich hatte sie vorgesorgt: An der Außenwand der Garage stapelte sich das Holz bis unters Dach. Sogar ein Igel hatte sich dort einquartiert, um seinen Winterschlaf zu halten.

Weiße Atemwölkchen drifteten in Richtung Himmel, und der weiche Waldboden federte jeden ihrer Schritte ab. Der Zorn auf Leif spornte sie an, und so erhöhte sie stetig das Tempo. Als sie sich weit genug vom Haus entfernt hatte, brüllte sie „Scheißkerl", und das Schimpfwort hallte über den See. Wie hatte sie diesem Casanova nur auf den Leim gehen können?

Am Wendepunkt legte sie eine kurze Pause ein und setzte sich auf einen Baumstumpf. Im Großen und Ganzen war sie mit ihrem Leben zufrieden und verstand nicht, warum Leif ihr unablässig im Kopf herumspukte. Irgendeinen Punkt musste er in ihrem Unterbewusstsein getriggert haben, dass sie solche Sehnsucht nach ihm verspürte. Er war mitnichten der erste Mann, der sich ihr amourös genähert hatte. Aber keiner hatte einen so bleibenden Eindruck hinterlassen wie er. Zur Hölle mit Leif!

Abermals fiel ihr auf, dass man von dieser Stelle aus mit einem Fernglas durch die Fensterfront direkt ins Arbeitszimmer schauen konnte, und sie zog fröstelnd die Schultern hoch. Sie würde sich Rollos zulegen, diese modernen, die sich wie eine Ziehharmonika falten ließen.

Plötzlich sprang sie auf und schirmte mit der rechten Hand die Augen ab. Schlich da jemand auf dem Grundstück herum? Die schemenhafte Gestalt war genauso rasch verschwunden, wie sie aufgetaucht war.

Frija war beunruhigt und hetzte zurück, was ihre Lungen hergaben. Dabei überkam sie das Gefühl, wie in einem schlechten Traum auf der Stelle zu treten und nicht vorwärtszukommen. Als sie endlich ihr Ziel erreicht hatte, stützte sie sich atemlos mit ihrer Hand am Garagentor ab. Ein jämmerliches Maunzen ließ sie aufhorchen.

„Smilla, was machst du in der Garage?", rief sie, wohl wissend, dass die Katze ihr keine Antwort geben würde. Smilla war definitiv im Haus gewesen, als sie den Wagen in die Garage gefahren hatte. Vielleicht hatte Sara ihr Mountainbike …

Nein, das lehnte an der Hauswand und war wie üblich nicht gesichert. Sie würde ein ernstes Wörtchen mit Sara reden müssen und schloss das Garagentor auf. „Nun komm schon, Miez, komm her."

Smilla beäugte sie misstrauisch aus der hintersten Ecke. Ihr Schwanz zuckte nervös hin und her, und sie fauchte. Dann machte sie einen großen Satz nach vorn und flüchtete zielstrebig aus der Garage, um gleich darauf im angrenzenden Wald zu verschwinden.

„Smilla!", rief sie der Katzendame hinterher, doch diese war mittlerweile außer Sichtweite. So hatte ihre geliebte Samtpfote noch nie reagiert. Könnte es mit der Gestalt zusammenhängen, die sich auf dem Grundstück herumgetrieben hat? Allein bei diesem Gedanken schnellte ihr Puls wieder in die Höhe.

Mit zitternden Händen verschloss sie das Garagentor und kehrte ins Haus zurück. Ohne anzuklopfen, öffnete sie Saras Zimmertür. Ihre Tochter klappte hastig den Laptop zu, als hätte sie etwas zu verbergen, und schaute überrascht zu ihr auf.

„Mom, wir hatten doch eine Vereinbarung getroffen", sagte Sara verärgert. „Wir wollten unsere Privatsphäre respektieren und nicht ohne Vorankündigung in das Zimmer des anderen stürmen."

„Entschuldige, Sara, es ist nur wegen Smilla. Hast du sie versehentlich in der Garage eingesperrt?"

„Warum sollte ich? Ich habe mein Bike draußen gelassen, weil ich mich nachher noch mit Svea und Joline treffen will."

Frija setzte sich zu ihr auf die Bettkante. Irgendetwas stimmte hier nicht, an Zufälle wollte sie nicht glauben.

„Ist dir in letzter Zeit etwas Ungewöhnliches aufgefallen?", fragte sie. „Ein fremder Wagen vielleicht?"

„Nein, Mom. Warum?" Sara richtete sich auf.

„Ich frage mich nur, wer Smilla in der Garage eingesperrt hat."

„Kannst du denn mit hundertprozentiger Sicherheit sagen, dass sie tatsächlich im Haus gewesen ist? Smilla ist manchmal wie ein Stück Seife, das dir aus der Hand flutscht." Sara lachte, doch Frija war nicht danach zumute.

„Ich meine es wirklich ernst. Schon als ich die Kette am Seeufer gefunden habe, sind mir Bedenken gekommen."

„Mama, was ist eigentlich los mit dir? Du siehst Gespenster, wo gar keine sind."

Frija presste die Lippen zu einem schmalen Strich zusammen. Sie hatte geahnt, dass die Vergangenheit sie irgendwann einholen würde. Aber warum ausgerechnet jetzt?

„Ich bin wahrscheinlich nur überarbeitet. Vielleicht sollten wir uns in den Schulferien eine Woche Urlaub gönnen."

„Muss das wirklich sein?" Sara zog einen Schmollmund.

„Warum denn nicht? Früher bist du gern mit mir weggefahren."

„Ja, aber ich wollte in den Ferien etwas mit meinen Freundinnen unternehmen", entgegnete Sara. „Warum fährst du nicht allein? In ein Wellnesshotel zum Beispiel."

Jungs natürlich, dachte Frija, und ihre Gedanken wanderten zu Leif. Wie gern würde sie ihre Tochter vor solch verantwortungslosen Männern beschützen.

„Deine Idee ist nicht schlecht. Aber kann ich mich wirklich darauf verlassen, dass du keine Dummheiten machst und dich vernünftig um Smilla kümmerst?"

„Ich bin doch kein Kleinkind mehr", erwiderte Sara.

„Sicher, aber noch bin ich nicht dazu bereit, dich allein zu lassen." Und vor allen Dingen nicht zu diesem Zeitpunkt, fügte sie in Gedanken hinzu.

„Du machst immer alles komplizierter, als es tatsächlich ist", murrte Sara.

„Genug diskutiert. Ich werde noch etwa eine Stunde arbeiten und dann gibt es Abendessen. Einverstanden?"

„Yes, Sir."

Kaum hatte sie sich zur Tür gewandt, klappte Sara den Laptop wieder auf und vertiefte sich in Dinge, über die sie gern mehr erfahren hätte. Warum war es nur so verdammt schwer, loszulassen? Niemand bereitete einen darauf vor, dass das einst so warme Nest einmal kalt und leer sein würde, und bei diesem Gedanken wurde ihr schwer ums Herz. Es schien, als hätte das Leben ihr eine Prüfung nach der anderen auferlegt.

Nachdem sie wieder hinter ihrem Schreibtisch Platz genommen hatte, ruhte ihr Blick auf dem Smartphone. Sollte sie oder sollte sie nicht? Dass Leif sie so offensichtlich verschmähte, versetzte ihr einen Stich. Aber bei ihren diffusen Ängsten konnte sie sowieso keinen Mann in ihrem Leben gebrauchen.

Trotzdem griff ihre Hand wie fremdgesteuert nach dem Smartphone und sie checkte die eingegangenen Nachrichten.

*Du hast einen bleibenden Eindruck hinterlassen, ich vermisse dich. Leif*

Verwirrt legte sie das Handy zur Seite. Ja, wie denn nun? Er wartete eine geschlagene Woche, um ihr dann diese Message zu senden?

Sicher, insgeheim freute sie sich darüber, ihm doch nicht egal zu sein. Aber warum zum Teufel hatte er so lange gewartet? Leif war sehr selbstbewusst aufgetreten, wie ein Mann von Welt. So einer hielt doch mit seinen Gedanken und Gefühlen nicht hinter dem Berg.

Sie versuchte, sich mit aller Macht auf ihre Arbeit zu konzentrieren, doch das war schier unmöglich. Seine Push-and-Pull-Methodik verwirrte sie, erst ihre Nähe einfordern, um sie dann wegzustoßen. Keine Ahnung, wie sie es ihm recht machen sollte. Sie nahm sich vor, Leif mindestens genauso lange schmoren zu lassen, zweifelte aber an ihrer Willensstärke. Dieser Mann löste die widersprüchlichsten Gefühle in ihr aus, das machte sie konfus. Schon jetzt war ihr klar, dass sie ihn wiedersehen wollte. Er hatte sie begehrt, verführt und den Fight gewonnen.

Mit diesem Chaos in Kopf und Herzen hatte es keinen Sinn, weiterzuarbeiten. Sie speicherte ihre Daten ab und lief nach unten in die Küche, um das Abendessen zuzubereiten. Falls überhaupt, so würde sie Leif erst am nächsten Tag antworten. Es war fast unheimlich, wie dieser Mann sie an der Angel hatte. Er brauchte nur mit dem kleinen Finger zu winken und schon warf sie alle Vorsätze über Bord.

Sie hörte ein leises Kratzen im Flur und lief zur Tür.

„Smilla, da bist du ja“, rief sie erleichtert. „Aber für heute bleibst du im Haus.“

Mit eingezogenem Schwanz flitzte Smilla in die Küche und verkroch sich in der hintersten Ecke.

„Wie ich sehe, ist unser fauchender Drache zurück.“ Sara lehnte am Türrahmen.

„Leider ist sie immer noch verstört“, antwortete Frija.

„Kein Wunder, wenn sie stundenlang eingesperrt war.“

„Jemand muss sie mit Gewalt in der Garage eingesperrt haben. Wie sonst ist ihr Verhalten zu erklären?“

„Jetzt übertreibst du aber. Sie wird sich schon wieder
beruhigen.“ Sara hockte sich auf den Boden, um Smilla
den Nacken zu kraulen. „Siehst du, sie schnurrt sogar.“

„Trotzdem finde ich diesen Umstand äußerst beunru-
higend.“

„Ich habe Hunger, können wir uns erst darum kümmern?“

„Dein Wunsch ist mir Befehl.“ Frija seufzte und stellte
die Pfanne auf den Herd. Sie würde in Zukunft achtsa-
mer sein.


Frija schreckte schweißgebadet aus dem Schlaf. Der
Albtraum hatte sie in die Vergangenheit zurückkata-
pultiert, und ihr Herz drohte vor lauter Panik zu zer-
springen. Schüsse, Blut und panische Schreie.

Sie warf einen flüchtigen Blick auf den Wecker – kurz
vor drei. Schwerfällig drehte sie sich auf die andere
Seite und zog vorsichtig die Bettdecke bis zum Kinn,
denn Smilla lag zusammengerollt am Fußende. Sie
hoffte, wieder in den Schlaf zu finden, aber die Gedanken ließen sie nicht zur Ruhe kommen. Also griff sie
zum Smartphone, um noch einmal Leifs Zeilen zu lesen. Ein angenehmes Kribbeln breitete sich aus, als sie
sich an die gemeinsam verbrachte Nacht erinnerte.

Anschließend checkte sie die neuesten Nachrichten
und blieb an einer Schlagzeile hängen.

Der mehrfache Mörder Taip Anwar in seiner Zelle tot
aufgefunden.

Die Gerechtigkeit wird immer siegen, kam ihr in den Sinn, und sie legte das Smartphone zur Seite. Mit großer Wahrscheinlichkeit hatte sie die letzten Tage überreagiert und ihr Nervenkostüm umsonst überstrapaziert. Als sie plötzlich ein leises Geräusch hörte, setzte sie sich auf. Auch Smilla hatte die Ohren gespitzt und ihre Augen funkelten im einfallenden Mondlicht.

„Was war das?", flüsterte sie in Smillas Richtung. Es hatte sich so angehört, als ob jemand in der unteren Etage Steinchen an die Scheibe geworfen hätte.

Behutsam schlug sie die Bettdecke zurück und schlich auf Zehenspitzen zur Tür. Vorsichtig linste sie in den Flur. Sara würde doch wohl nicht auf nächtlicher Tour unterwegs sein? Sie wusste von ihrer Tochter, dass sich einige Klassenkameraden nachts im Dorf trafen, um gemeinsam *„abzuhängen"*. Ein grauenhafter Gedanke.

In völliger Dunkelheit schlich sie die Treppe hinunter und öffnete Saras Zimmertür. Ihr Herzschlag beruhigte sich, als sie den gleichmäßigen Atem ihrer Tochter vernahm. Sara murmelte etwas im Schlaf, das sich wie *Adrian* anhörte, und Frija drückte die Tür wieder sacht ins Schloss. Gut, so weit schien alles in Ordnung. Jetzt musste sie nur noch herausfinden, wer oder was das Geräusch verursacht hatte.

Im Blindflug tastete sie sich durch den dunklen Flur in Richtung Küche und näherte sich dem Fenster. Fröstelnd rieb sie sich über die Arme, während sie aufmerksam die Umgebung scannte. Genau in diesem Moment riss die dichte Wolkendecke für wenige Sekunden auf und die helle Mondsichel spiegelte sich auf der glatten

Wasseroberfläche des Sees. Der Wald dahinter zeichnete sich wie eine dunkle Mauer ab und schien jeden Lichtstrahl zu absorbieren.

Frija spürte eine zarte Berührung an ihrem Knie und unterdrückte nur mit Mühe einen Schrei. „Himmelherrgott, Smilla, hast du mich erschreckt."

Die Samtpfote maunzte leise und strich ihr um die Beine. Nur Katzen war es möglich, sich lautlos wie ein Schatten fortzubewegen. Nicht einmal Eulen waren zu dieser Leistung fähig, wenn sie in einer lauen Sommernacht über ihre Köpfe hinwegsegelten.

Die Kälte des Bodens übertrug sich auf Frijas nackte Fußsohlen und sie wandte sich ab. Wahrscheinlich war ein Tier an der Hauswand hochgeklettert, um sich auf dem Dachboden häuslich einzurichten. Wäre ja nicht das erste Mal, dass sich ein Marder dieses Objekt als sein neues Quartier auserkoren hatte.

Sie kehrte in den Flur zurück, um ein letztes Mal die Haustür zu kontrollieren. Das hatte sich in all den Jahren schon zu einem kleinen Tick entwickelt, ständig an der Klinke zu rütteln, damit ja kein ungebetener Gast in ihr kleines Reich eindringen konnte.

Auch diesmal streckte sie die Hand aus, um die Klinke herunterzudrücken, und taumelte erstaunt zurück, als die Tür nachgab und ihr ein Schwall kalter Nachtluft ins Gesicht wehte.

„Was zum Teufel …?", murmelte sie und stieß gegen die rustikale Milchkanne, die als Schirmständer diente.

„Mom, warum musst du mitten in der Nacht so einen Lärm veranstalten?"

Sara stand mitten im Flur und gähnte, während Frija vom Licht geblendet die Augen zusammenkniff.

„Ich habe ein Geräusch gehört und wollte nach dem Rechten sehen.“

„Ist alles in Ordnung?“ Sara rieb sich schlaftrunken die Augen.

„Kommt darauf an. Bist du gestern Abend noch einmal draußen gewesen, um das Fahrrad in die Garage zu stellen?“

Sara blickte betreten zu Boden. „Entschuldige, das habe ich total vergessen. Aber wer sollte schon nachts ums Haus schleichen, um das Bike zu klauen?“

„Sag du es mir.“

Frija zog die Schublade der Flurgarderobe auf und nahm die Taschenlampe heraus. Dann schlüpfte sie in ihre Turnschuhe und den Parka. „Ich gehe kurz nachsehen und du passt bitte auf, dass Smilla nicht entwischt.“

„Alles klar, ich hatte sowieso nichts anderes vor“, erwiderte Sara lakonisch.

Teenager sind nie um eine dumme Antwort verlegen, dachte Frija und trat nach draußen. Sofort kroch die Kälte an ihren nackten Beinen empor und ließ sie zittern. Den Strahl der Taschenlampe fest auf den Boden gerichtet, umrundete sie das Haus. Die Wellen des Sees plätscherten rhythmisch gegen das Ufer und in der Ferne bellte ein Fuchs. Sie hatte noch nie erlebt, dass eine vollkommene Stille geherrscht hätte, dennoch schien sich etwas verändert zu haben.

Sie hatte ihren Rundgang fast beendet, als sie bemerkte, dass Saras Fahrrad fehlte. So viel dazu. Verärgert betrat sie das Haus.

„Wie war das noch mit deinem Mountainbike?“, fragte sie ihre Tochter.

„Was? Es ist tatsächlich weg?“ Schuldbewusst blickte Sara ihre Mutter an.

„Tja, dann wirst du wohl in Zukunft mit einem billigen Fahrrad vorliebnehmen müssen.“

„Aber das geht doch nicht“, widersprach Sara. „Die Straße zum Dorf ist schließlich nicht geteert.“

„Und nun?“

„Warum gehen wir nicht nach draußen und suchen gemeinsam?“

„Mitten in der Nacht?“, fragte Frija entgeistert.

„Na sicher, der Typ kann doch nur ein paar Minuten Vorsprung haben.“

Frija stöhnte leise, griff nach den Autoschlüsseln und lief mit Sara zur Garage. Mit überhöhter Geschwindigkeit raste sie nach Svanberga und Sara klammerte sich ängstlich am Armaturenbrett fest. Innerhalb des Ortes fuhren sie die Hauptstraße rauf und runter, ohne auf den Dieb zu treffen.

„Wir sollten umkehren, die Sache hat sich erledigt.“ Frija gab sich geschlagen und wendete enttäuscht den Wagen. Den Urlaub konnte sie streichen, ein neues Mountainbike für Sara musste her.

„Einen Moment noch“, sagte Sara, nachdem sie vor dem Haus ausgestiegen waren.

„Wo willst du hin?“, rief Frija ihrer Tochter hinterher, die zum See stürmte. Am Ufer stoppte Sara ihre Schritte und drehte sich zu ihr um.

„Hast du dein Handy dabei? Ich brauche Licht!“

Frija folgte ihrer Tochter. „Und nun?“

Sara nahm das Smartphone an sich und leuchtete aufs Wasser.

„Irgend so ein Depp hat das Rad in den See geworfen. Warum bin ich davon nicht wach geworden?"

„Gute Frage."

Sara streifte sich die Schuhe von den Füßen, krempelte die Schlafanzughose hoch und watete ins eiskalte Wasser.

„Mädchen, warum ziehst du dir keine Gummistiefel an?"

„Das ist doch jetzt egal. Hauptsache, ich habe mein Bike wieder", antwortete Sara.

Mit kräftigen Bewegungen zerrte sie das Fahrrad aus dem Schlamm. Ihr Atem ging stoßweise, als sie endlich das Ufer erreicht hatte. Schlingpflanzen hingen vom Lenker herab und hatten sich in den Speichen verfangen.

„Ich denke, mit einem neuen Sattel dürfte das Fahrrad wieder einsatzbereit sein", sagte Sara nüchtern und trottete barfuß zum Haus.

Frija schnappte sich die Schuhe ihrer Tochter und lief ihr hinterher.

Sara lehnte das vor Nässe triefende Fahrrad an die Hauswand. „Hast du vielleicht eine Ahnung, wer dieser Scherzkeks gewesen sein könnte?"

„Nein." Allein der Gedanke an ihre Vergangenheit schnürte ihr den Brustkorb zu und sie rang nach Luft. Sie hasste es, zu lügen, aber sie hatte keine andere Wahl. Nur auf diese Weise war es möglich, ein unbeschwertes Leben zu führen und Sara das Zuhause zu geben, das sie brauchte, um sich gesund zu entwickeln. Aus diesem Grund hatte sich Frija bisher auch nie auf einen Mann eingelassen.

„In diesem Zustand wird es wohl keiner mitnehmen", sagte Sara.

„Das hast du vorhin auch behauptet. Viel Spaß beim Putzen", erwiderte Frija mit einem vorwurfsvollen Unterton und öffnete die Tür.

„Mama, think positive. Bis auf den Sattel ist das Mountainbike doch völlig in Ordnung."

„Nimm wenigstens das Fahrradschloss und schließe es an der Regenrinne fest. Nur zur Sicherheit."

„Aye, aye, Sir", rief Sara und verschwand im Badezimmer, um sich die schlammverschmierten Hände zu waschen. Anschließend holte sie das Fahrradschloss aus ihrem Zimmer und sicherte das Bike.

Frija wartete währenddessen ungeduldig an der Haustür. Inzwischen war es kurz vor fünf, es lohnte sich nicht mehr, ins Bett zu gehen.

„Willst du dich noch einmal hinlegen?", fragte sie Sara.

„Klar doch." Ihre Tochter unterstrich die Worte mit einem Gähnen und zog sich in ihr Zimmer zurück.

Frija ging in die Küche und kochte sich einen starken Kaffee. Dann setzte sie sich an den Küchentisch und umfasste die Tasse mit kalten Händen. Wer könnte ein Interesse daran haben, sie allmählich in den Wahnsinn zu treiben? Dabei hatte sie angenommen, nach all den Jahren wieder auf der sicheren Seite zu sein.

Sie zog das Smartphone aus der Jackentasche, um die eingegangenen Nachrichten zu checken. Leif hatte ihr erneut geschrieben und das Herz klopfte bis zum Hals.

*Du hast mir noch nicht geantwortet, schade. Leif.*

Ja, wie denn auch, wenn du mich eine Woche warten lässt, dachte sie gekränkt. Sie hatte anfangs zweimal nachgefragt, ob es ihm gut gehen würde, und dann die Messages eingestellt, damit es nicht peinlich wurde.

Er hätte doch einfach schreiben können, dass er sehr beschäftigt war. Wobei, für eine klitzekleine Nachricht hatte man doch immer Zeit. Oder nicht? Ihr Ärger überwog eindeutig. Sie würde tapfer bis zum Abend durchhalten und ihm erst dann antworten.

# KAPITEL 5

Sara kroch zurück ins Bett und rollte sich wie Smilla zusammen, aber der Schlaf ließ auf sich warten. Mit geschlossenen Augen streckte sie ihre Hand unter der Bettdecke hervor und tastete nach dem Smartphone, das auf dem runden Tischchen lag.

*Guten Morgen*

Sie hatte die Zeile eingetippt, obwohl sie annahm, dass Noah noch schlief. Doch ein leiser Ton verriet, dass eine neue Nachricht eingegangen war. Mit klopfendem Herzen strich sie über das Display.

*Na, hast du gut geschlafen?*

*Nein, nicht unbedingt.*

*Erzähl, was ist los?*

*Jemand hat mein Mountainbike in den See geworfen.*

*Echt? Konntest du es retten?*

*Ja. Leider reagiert meine Mutter in letzter Zeit übersensibel und sieht überall Gespenster, wo keine sind.*

*Lass sie reden, Eltern sind halt so.*

*Wenn du das sagst.*

*Bist du etwa beleidigt?*

*Nein, nur müde.*

*Hast du schon darüber nachgedacht, ob wir uns treffen wollen? Ich würde dich gern kennenlernen, bekomme dich nicht mehr aus meinem Kopf.*

*Hm, ich weiß nicht so recht.*

Während des letzten Chats hatte Noah das Treffen vorgeschlagen und gefühlsmäßig in ihr einen Wirbelsturm ausgelöst. Natürlich wollte sie ihn sehen und ihr Herz hatte hundertmal Ja geschrien. Schließlich chattete er nicht mit anderen Mädchen und schien nur an ihr Interesse zu haben. Aber sie wusste auch, dass Vorsicht geboten war.

Immerzu musste sie an die Warnungen ihrer Mutter denken und war verunsichert. Noah und sie verstanden sich ausgezeichnet, er war nicht so kindisch wie die Jungs in ihrer Klasse.

*Hast du kein Interesse an mir?*

*Doch, wie kommst du darauf?*

*Na ja, weil du mich nicht sehen willst.*

*Das habe ich doch gar nicht gesagt.*

*Aber gedacht.*

Zum ersten Mal, seit sie miteinander chatteten, steuerten sie auf einen Streit zu. Sara fühlte sich unter Druck gesetzt. Sie hatte noch nie einen festen Freund gehabt, wenn man von der wilden Knutscherei mit Silas einmal absah. Aber das zählte nicht, denn Silas war überhaupt nicht ihr Typ. Sara hatte einfach nur wissen wollen, wie sich das anfühlt. Ihre Zunge war an seiner Zahnspange hängen geblieben und er hatte beim Küssen gesabbert. Angeekelt schüttelte sie sich. Ihr anschließender Bericht hatte bei Joline und Svea einen Lachanfall ausgelöst.
Nein, das mit Noah war eine ganz andere Nummer.

*Du legst mir immer Worte in den Mund, die ich nie benutzt habe.*

*Jetzt sei doch nicht beleidigt. Hier hast du einen Beweis, dass ich es ernst meine.*

Ein Foto erschien auf dem Display und Sara hielt den Atem an. Der junge Mann war ihr auf Anhieb sympathisch. Nicht so ein Spargeltarzan wie ihre Mitschüler, die schlaksig durch die Flure schlurften. Sein dunkles Haar trug er zurückgekämmt und trotz seines verdammt guten Aussehens lächelte er schüchtern in die Kamera. Und dieser attraktive Superboy hatte ausgerechnet an ihr Interesse? Fast zu schön, um wahr zu sein.

*Du antwortest nicht. Bin ich nicht dein Typ?*

*Aber ich antworte doch.*

*Schickst du mir auch ein Foto von dir?*

Nein, nein, nein, darauf war sie nicht vorbereitet. In Schallgeschwindigkeit durchsuchte sie die Galerie auf ihrem Smartphone nach einem passenden Foto, doch kein einziges erschien ihr angemessen.

*Sara?*

*Einen Moment bitte.*

*Wenn du nicht willst, musst du auch nicht.*

*Jetzt warte doch, ich suche gerade ein Bild heraus.*

*Du, ich muss jetzt wirklich los. Bis später.*

Zack, weg war er. Sara war wütend auf ihn, auf sich und die ganze Welt. Nein, sie hatte ihn nicht kränken wollen. Aber es war ihr zu too much, ihm zu schreiben, wie toll er aussah und dass sie gerade dabei war, sich in ihn zu verlieben. Ihr fehlte eindeutig die Erfahrung, über die er garantiert schon verfügte, und sie vermied es, darüber nachzudenken, wie viele Freundinnen er schon vor ihr gehabt haben könnte.

Enttäuscht schlug sie die Bettdecke zurück und tappte barfuß ins Badezimmer. Eine kalte Dusche würde sie von ihren Fantasien befreien. Zwanzig Minuten später zog Sara einen Stapel Kleidungsstücke aus dem Schrank und probierte verschiedene Outfits durch. Immer wieder stellte sie sich vor den Spiegel und schoss gefühlt einhundert Fotos, bis endlich eines dabei war, das in ihren Augen annähernd Gnade fand. Doch sie konnte sich nicht dazu überwinden, es an Noah zu schicken. Erst wollte sie sich mit ihren Freundinnen beratschlagen.

„Sara, wo bleibst du?", fragte ihre Mutter ungeduldig. „Dein Tee wird kalt."

„Ich komme gleich", rief Sara. Hastig raffte sie die Kleidungsstücke zusammen, die sie auf dem gesamten Bett verteilt hatte, und stopfte sie achtlos in den Schrank. Das Chaos konnte sie auch später noch beseitigen.

„So, da bin ich", sagte sie und setzte sich an den Frühstückstisch. Die Morgensonne schien durch das Fenster und tauchte den Raum in ein warmes, goldenes Licht.

„Was hast du so lange in deinem Zimmer gemacht? Doch sicher nicht aufgeräumt."

Sie wich dem strengen Blick ihrer Mutter aus. „Sorry, ich hatte die Hausaufgaben in Physik vergessen." Lieber eine kleine Notlüge statt der Wahrheit.

„Darum sollst du dich tagsüber kümmern." Ihre Mutter bedachte sie mit einem strengen Blick.

„Du weißt doch genau, wie das ist. Ständig kommt etwas anderes dazwischen …"

„Ich sehe schon, wie dich das Leben beutelt", sagte ihre Mutter mit einem spöttischen Unterton. „Übrigens, ein neuer Sattel mit Gelfüllung ist schon bestellt."

Sie stellte den Teller mit dem Marmeladentoast vor Saras Nase. „Guten Appetit.“

„Danke, Mom.“

„Ich werde dich heute zur Schule fahren“, sagte Frija und warf einen demonstrativen Blick auf die Uhr. „Wir sind spät dran, du müsstest dich beeilen.“

Hastig schlang Sara den Toast hinunter und leerte die Tasse. „Von mir aus können wir.“ Sie stand auf, stellte das Geschirr in die Spüle, zog sich Jacke und Schuhe über und warf sich den Schulrucksack über die Schulter.

„Was für eine Nacht.“ Frija seufzte, als sie nach Svanberga fuhren. „Wirst du nach der Schule dein Mountainbike auf Vordermann bringen?“

„Zumindest habe ich mir das vorgenommen.“

Plötzlich trat ihre Mutter hart auf die Bremse und Sara wurde nach vorn geschleudert.

„Was ist los?“, rief sie erschrocken.

Frija löste den Gurt und öffnete die Fahrertür. „Einen Moment …“ Sie ging vor dem Wagen in die Hocke, während sich Sara den Kopf verrenkte, um besser sehen zu können.

„Nun sag schon, was ist los?“, rief Sara ungeduldig.

Ihre Mutter richtete sich wieder auf und wirkte betroffen.

Sara hatte genug vom Rätselraten und stieg ebenfalls aus. „Oh nein …“, murmelte sie bestürzt.

„Könntest du mir bitte den Karton aus dem Kofferraum holen“, sagte ihre Mutter abwesend.

Ohne Widerspruch lief Sara zum Heck des Wagens und holte den Karton aus dem Kofferraum.

„Halte ihn bitte." Ihre Mutter hob das Kätzchen hoch und legte es hinein.

„Ob wir es in der Nacht überfahren haben?", fragte Sara und konnte nur mit Mühe ihre Tränen zurückhalten.

Frija schüttelte den Kopf. „Das hätte ich bemerkt, wenn mir etwas vors Auto gelaufen wäre."

„Aber wir hatten ein ordentliches Tempo drauf", widersprach Sara.

„Ich muss dich jetzt zur Schule bringen, steig bitte wieder in den Wagen."

„Und was willst du mit dem Kätzchen machen?" Sara nagte nervös an der Unterlippe.

„Ich werde es nachher im Garten begraben."

„Schade, Smilla hätte sich bestimmt über einen Spielkameraden gefreut", sagte Sara. „Aber wenn wir es nicht waren, wer hat dann das Kätzchen überfahren?"

„Das werden wir wohl nie erfahren. Im Moment läuft alles ein wenig aus dem Ruder, aber es kommen sicher wieder bessere Zeiten."

„Nein, Mom, so meinte ich das nicht. Jemand hat das Bike absichtlich in den See geworfen und wir sind im Eiltempo ins Dorf gerast, um den Fahrraddieb zu schnappen. Wenn das Kätzchen nicht auf der Straße gelegen hat, dann muss die Person, die das Fahrrad in den See geworfen hat, zurückgekommen sein."

Ihre Mutter warf ihr einen seltsamen Blick zu. „Sara, ich habe keinen blassen Schimmer, wer das gewesen sein könnte", sagte sie. „Du musst jetzt zur Schule."

Sie startete den Motor, während Sara grübelnd aus dem Seitenfenster schaute. Sie konnte deutlich spüren, dass ihre Mutter ihr etwas verheimlichte. War dieser

Mann aus Stockholm für ihr seltsames Verhalten verantwortlich?

Natürlich wusste sie es zu schätzen, dass ihre Mutter ihr in all den Jahren nie einen Stiefvater vor die Nase gesetzt hatte. Da war Jolines Mutter ein ganz anderes Kaliber, dort gingen die Männer ein und aus. Trotzdem konnte sie sich nicht vorstellen, dass ihre Mom glücklich darüber war, ihr Dasein als Single zu fristen. Vielleicht haderte sie noch immer mit dem Tod ihres Mannes, könnte doch sein. Sara kannte ihren Vater nur von Fotos und hätte ihn liebend gern persönlich kennengelernt. Aber das Schicksal hatte oft andere Pläne, so war das eben.

„Wir sind da." Ihre Mutter hatte vor der Schule angehalten.

Sara küsste sie auf die Wange und stieg aus. Svea und Joline warteten schon und winkten ihr zu.

„Hey, was ziehst du denn für ein Gesicht?", fragte Svea.

„Ein totes Kätzchen lag mitten auf dem Weg. Meine Mutter will es im Garten begraben."

„Oh nein." Svea seufzte.

„Ist zwar schade, aber leider nicht zu ändern. Ich hätte es gern behalten, wenn wir es vorher gefunden hätten."

„Ist es überfahren worden?", erkundigte sich Joline.

Sara nickte.

„Los, wir müssen rein, die Stunde fängt gleich an." Svea und sie trotteten zum Eingang.

Sara fiel es schwer, sich auf den Unterricht zu konzentrieren. Ihre Gedanken schweiften ständig zu Noah, der sich wieder in den Vordergrund drängte. Angestrengt dachte sie darüber nach, ob es richtig war, ihm ein Foto zu schicken.

Während der Pause zogen sich Svea, Joline und Sara in die hinterste Reihe zurück und steckten die Köpfe wieder zusammen.

„Bedrückt dich etwas? Du hast die ganze Zeit über abwesend aus dem Fenster geschaut." Svea legte den Arm um Saras Schulter.

„In letzter Zeit passieren merkwürdige Dinge", erzählte sie. „Heute Nacht zum Beispiel hat sich jemand auf unserem Grundstück herumgetrieben und mein Fahrrad im See versenkt."

„Was?" Svea schüttelte verständnislos ihren Kopf. „Wahrscheinlich wieder so ein dummer Jungenstreich. Wir wissen doch, wie kindisch die sind."

„Aber das war doch noch nicht alles, oder?", fragte Joline nach.

Adrian tauchte neben ihnen auf und schob seine Hände lässig in die Hosentaschen. „Na, Mädels, alles klar bei euch?" Sein Blick ruhte auf Sara, die scheu zur Seite schaute.

„Alles easy", erwiderte Svea. „Könntest du uns jetzt bitte in Ruhe lassen?"

„Hey, wie seid ihr denn drauf?" Er drehte sich kopfschüttelnd um und schlenderte enttäuscht in Richtung Flur.

„Sara, bist du nicht mehr an ihm interessiert?", fragte Svea leise.

Sara schluckte. „Ich habe ganz überraschend jemanden kennengelernt."

„Und wann wolltest du uns das beichten?“, fragte Joline.

Sara zuckte mit den Schultern. „Ich weiß doch noch gar nicht, ob sich daraus etwas Ernstes entwickelt.“

„Wo hast du ihn überhaupt aufgegabelt?“ Svea wollte wie immer alles wissen.

„Im Chat, wenn du es genau wissen willst.“

„Oh, oh, da ist Vorsicht geboten.“ Joline hob mahnend den Finger.

„Als ob ich das nicht wüsste ...“ Sara war inzwischen von den vielen Fragen genervt.

„Was weißt du über ihn?“ Svea hatte vor lauter Neugierde rote Wangen bekommen.

„Er ist zweiundzwanzig, hat einen Job ...“

„Kannst du uns sein Profilbild zeigen?“, fragte Joline.

„Nein, aber er hat mir ein Foto geschickt.“

„Wow, nun mach schon.“ Svea tippte ungeduldig auf Saras Schulter.

Sara zog ihr Smartphone aus der Hosentasche und öffnete die Galerie. Joline pfiff anerkennend.

„Auf einer Skala von eins bis zehn bekommt er eine glatte zwanzig“, sagte sie.

„Sehe ich auch so.“ Svea grinste. „Kein Wunder, dass dein Interesse an Adrian urplötzlich erloschen ist.“

„Alles gut und schön, aber er will auch ein Foto von mir sehen. Soll ich oder soll ich nicht?“

„Solange du ihm keine Nacktbilder schickst.“ Joline kicherte albern.

„Nimm doch ein Porträtfoto, auf dem du nur seitlich abgebildet bist“, sagte Svea. „Damit kannst du nicht viel verkehrt machen.“

„Okay, ich habe da schon einmal etwas vorbereitet.“ Sara rief die Fotos vom Morgen auf und hielt sie ihren Freundinnen vor die Nase. „Jetzt sagt schon, welches soll ich ihm schicken?“

Unabhängig voneinander tippten Joline und Svea auf ein Bild, das für Sara nicht zur näheren Auswahl gestanden hatte.

„Okay, dann nehme ich dieses Foto. Wir werden ja sehen, ob er mir danach noch schreiben wird.“

„Jetzt sei doch nicht so pessimistisch, Sara.“ Joline schüttelte den Kopf.

Als der Lehrer das Klassenzimmer betrat, verstummte augenblicklich das Stimmengemurmel. Sara setzte sich wieder auf ihren Platz und versuchte, Noah aus ihrem Kopf zu verbannen, um endlich dem Unterricht folgen zu können.

# KAPITEL 6

Frija wartete, bis Sara im Schulgebäude verschwunden war. Dann wendete sie ihren Wagen und fuhr zu Jacob Hedlund, dem Kriminalkommissar, in der leisen Hoffnung, ihn zu Hause anzutreffen. Zögerlich drückte sie auf den Klingelknopf und wartete. Im Inneren blieb es still und sie wandte sich ab. Gerade hatte sie das Gartentor erreicht, als Jacob die Haustür öffnete.

„Frija?"

„Schön, dass du doch zu Hause bist", sagte sie.

„Was gibt es denn so Dringendes?" Er fuhr sich mit der Hand durch sein blondes Haar und unterdrückte ein Gähnen. „Entschuldige, ich musste Nachtschicht einlegen."

„Kein Problem. Wenn sich jemand bei dir entschuldigen muss, dann bin ich das, weil ich dich geweckt habe", erwiderte sie.

„Komm rein."

Sie folgte ihm in den winzigen Bungalow. Jacob war frisch geschieden und seine Frau hatte das erst vor fünf Jahren neu errichtete Eigenheim behalten. Jacob hatte sich ihr gegenüber sehr großzügig verhalten und auf einen Rosenkrieg verzichtet. Das imponierte Frija.

Sein Wohnzimmer war bescheiden möbliert und roch ein wenig muffig. Typische Männerbude, dachte sie in einem Anflug von Mitleid. Jacob war bei den

Dorfbewohnern wegen seines freundlichen Auftretens sehr beliebt und Frija hoffte auf sein Verständnis. Sie wollte lieber persönlich mit ihm reden, um sich den offiziellen Weg zu seiner Dienststelle zu ersparen.

„Setz dich doch", sagte er und deutete auf einen unbequemen Holzstuhl.

„Danke."

„Möchtest du einen Kaffee, wo ich nun schon einmal wach bin?"

„Sehr gerne, wenn es keine Umstände macht."

Jacob werkelte einige Minuten in der Küche und kehrte mit zwei dampfenden Tassen zurück. „Schieß los, was hast du auf dem Herzen?"

„Tja ..." Frija rieb sich nachdenklich die Hände. „Heut Nacht hat jemand auf unserem Grundstück sein Unwesen getrieben und Saras Mountainbike in den See geworfen."

„Das ist natürlich ärgerlich, aber ich denke, das wird so ein typischer Streich von Jugendlichen gewesen sein." Jacob trank einen Schluck.

„Das ist aber noch nicht alles."

Frija hielt einen mit Blut getränkten Zettel in der Hand, den sie unbemerkt von Sara in der Jackentasche hatte verschwinden lassen, und schob ihn über den Tisch in Jacobs Richtung.

„Das ist erst der Anfang", las er laut vor. „Hat dieser Fetzen Papier etwa in deinem Briefkasten gesteckt?"

„Nein. Als ich Sara am Morgen zur Schule gefahren habe, lag ein totes Kätzchen mitten auf dem Weg. Der Zettel war direkt unter dem toten Tierchen positioniert worden." Sie schluckte.

„Das klingt schon ein wenig verrückt, könnte aber auch Zufall sein."

„Aber wer verirrt sich schon zu uns? Erst recht in diesem kurzen Zeitfenster", entgegnete sie.

„Was willst du damit sagen?" Jacob sah sie fragend an.

„Ich bin mitten in der Nacht wach geworden, weil ich ein Geräusch gehört habe. Bei meinem Kontrollgang ums Haus ist mir aufgefallen, dass Saras Fahrrad fehlt, und wir sind dann zusammen ins Dorf gefahren, um den Dieb zu suchen. Zu diesem Zeitpunkt hat das Kätzchen jedenfalls noch nicht dort gelegen. Also, wenn du mich fragst, dann hört sich dieser Satz schon sehr nach einer ernst zu nehmenden Drohung an."

„Bist du jemandem auf den Schlips getreten?"

„Jacob, jetzt hör aber auf. Ich wohne weitab vom Schuss und hatte mit niemandem Streit. Auch beruflich läuft alles bestens", antwortete sie.

„Wo ist das Tier?", fragte er.

„Im Kofferraum."

„Ich würde es mir gern ansehen."

„Ist aber kein schöner Anblick."

„Glaub mir, ich habe schon so einiges zu Gesicht bekommen", antwortete Jacob.

„Du bist wirklich nicht zu beneiden", sagte Frija auf dem Weg nach draußen und öffnete den Kofferraum.

„Ach, so ein armes winziges Ding aber auch."

Frija zog vorsichtig den Karton zu sich heran. „Ist sie überfahren worden?", fragte sie.

Jacob untersuchte das Tier, drehte es auf die Seite und tastete die Wirbelsäule entlang. Frija stand ungeduldig daneben und konnte sein Urteil kaum erwarten.

„Nun sag schon, was könnte passiert sein?"

„Gewalteinwirkung.“

„Was?“ Sie war fassungslos. „Wer macht denn so etwas?“

„Wäre die Katze während der Fahrt aus dem Radkasten geschleudert worden, hätte sie irgendwo am Wegesrand gelegen. Das kommt leider häufiger vor, als einem lieb sein kann. Die Tierchen klettern hinein, um die Wärme des Motorblocks zu genießen.“

„Das wusste ich nicht.“

„Wenn ein Wagen sie überrollt hätte, dann wäre sie … Ach komm, das wollen wir uns lieber nicht vorstellen. Sie hat einen Schädel- und einen Genickbruch erlitten, und ich bin mir sicher, dass da jemand nachgeholfen hat.“

„Und nun?“, fragte sie verunsichert.

„Lass mir den Zettel sicherheitshalber da, ich werde ihn ordnungsgemäß in der Dienststelle aufbewahren.“

Sie reichte ihm das Papierstück. „Was meinst du, könnte das eine Warnung gewesen sein?“

Jacob musterte sie prüfend. „Hast du etwas zu verbergen?“

„Nein, das habe ich doch schon gesagt. Ich wüsste nicht, wen ich mir zum Feind gemacht haben sollte.“

„Frija, ich muss dich das fragen. Mit der zeitlichen Verknüpfung könntest du durchaus recht haben.“

Sie wurde unter seinem forschenden Blick sichtlich nervös. „Danke, dass du mich angehört hast. Ich werde jetzt nach Hause fahren und das Kätzchen würdig begraben.“

Sie drehte sich um, doch Jacob erwischte sie am Ärmel.

„Falls es wiederholt ein Problem gibt, dann rufst du mich bitte an." Er drückte ihr ein Visitenkärtchen in die Hand. „Du solltest dabei auch an deine Tochter denken."

„Was glaubst du, was ich die ganze Zeit über mache? Sara beschwert sich ständig darüber, dass ich sie gängeln würde."

Jacob lächelte. „Es ist ein Segen für die Kinder, wenn sie wohlbehütet aufwachsen können. Besser zu viel Liebe als gar keine."

„Genau so ist es, Jacob. Aber jetzt sollte ich aufbrechen, die Arbeit ruft. Danke für den Kaffee."

„Kein Problem. Mach's gut, Frija."

Er hob kurz die Hand und verschwand wieder in seinem Bungalow. Frija schlug die Kofferraumklappe zu und setzte sich hinters Steuer. Sie wollte Svanberga auf gar keinen Fall verlassen. Sara und sie waren hier heimisch geworden, hatten sich in die Gemeinschaft integriert. Unvorstellbar, wie Sara reagieren würde, wenn sie das Haus verkaufen und umziehen müssten.

Frija wischte eine einzelne Träne fort, die über ihre Wange perlte, und parkte den Wagen in der Einfahrt. Nachdem sie sich umgezogen hatte, holte sie den Spaten aus der Garage und hob ein Loch aus. Die oberste Schicht des Bodens war gefroren, aber nach einigen Zentimetern ging es ihr leichter von der Hand. Ein dicker Kloß steckte in ihrem Hals, als sie den Karton holte, das Kätzchen heraushob und behutsam ablegte.

„Mach's gut, Kleines, ich hätte dir ein schöneres Leben gegönnt."

Sie schaufelte das Loch wieder zu und trat mit den Sohlen das lockere Erdreich fest. Begleitet von einem niederschmetternden Gefühl kehrte sie zum Haus zurück. Den Spaten lehnte sie achtlos an die Hauswand und zog vor der Tür die schmutzverkrusteten Schuhe aus. Im Badezimmer entledigte sie sich ihrer Kleidung und stellte sich unter die Dusche. Das warme Wasser prasselte auf sie herab, und sie wünschte sich, dass es die Sorgen allesamt fortspülen würde.

Nachdem sie sich wieder angekleidet hatte, setzte sie sich im Arbeitszimmer an den Schreibtisch. In ihrem Kopf herrschte eine diffuse Leere, und sie starrte abwesend auf den Monitor. Smilla, die es sich auf dem Sessel bequem gemacht hatte, lupfte ein Augenlid und gähnte.

„Dein Leben möchte ich haben." Frija seufzte. Genau in diesem Moment klingelte das Smartphone, und sie nahm das Gespräch an, ohne auf die Nummer zu achten.

„Frija Larsson."

„Hej, hej, Leif hier."

„Oh ..." Sie wusste im ersten Moment nicht, was sie sagen sollte, so überrascht war sie, seine Stimme zu hören. Warum meldeten sich die Leute immer zum ungünstigsten Zeitpunkt? Sie hatte ihm am Abend eine Nachricht schreiben wollen, dass andere Dinge in ihrem Leben momentan wichtiger waren als er. Aber Leif schien wohl über einen siebten Sinn zu verfügen.

„Frija, bist du noch dran?"

„Ja, natürlich ..."

„Was ist los, du bist so schweigsam?"

„Entschuldige, Leif, ich war gerade in meine Arbeit vertieft."

„Ach so."

Sie hatte gehofft, dass er von sich aus das Gespräch beenden würde, aber das tat er nicht.

„Ich wollte einfach mal nachfragen, warum du nicht auf meine Nachricht geantwortet hast."

Seine Stimmlage schwankte von enttäuscht bis vorwurfsvoll, und Frija blieb fast die Spucke weg.

„Du hast dich eine Woche lang nicht gemeldet, und ich bin davon ausgegangen, dass sich die Sache für dich erledigt hat", erwiderte sie.

„So etwas denkst du von mir? Aber ich habe dir doch eine Nachricht geschickt. Hast du sie vielleicht versehentlich gelöscht?"

Schon wieder hatte er ihr den schwarzen Peter zugeschoben.

„Nein, warum sollte ich? Wenn sie bei mir eingegangen wäre, dann hätte ich dir doch sofort geantwortet."

„Sehr seltsam."

Leif hörte sich so an, als würde er ihr keinen Glauben schenken wollen. Eine Diskussion dieser Art hatte ihr gerade noch gefehlt, aber sie wagte nicht, ihm Paroli zu bieten.

„Vielleicht ein Softwarefehler, wer weiß. Weswegen rufst du an?"

„Weil ich dich unbedingt wiedersehen will", sagte er.

„Das ist schön, aber ich habe zurzeit beruflich und auch privat sehr viel um die Ohren."

„Also hast du mir nicht geantwortet, weil dir diese Nacht nichts bedeutet hat?", fragte er.

„Nein, das wollte ich damit nicht sagen", widersprach sie.

„Dann möchtest du mich also treffen?"

„Ja, aber ..."

„Warum dann ein Aber?", fragte Leif.

Er blieb hartnäckig, und das imponierte ihr. Sie kannte keinen Mann, der je auf diese klare Weise sein Interesse bekundet hätte.

„Wo und wann soll das Treffen überhaupt stattfinden? Hast du schon etwas geplant?"

„Ich hatte an dieses Wochenende gedacht."

„Das ist ein wenig kurzfristig, findest du nicht?"

„Was musst du schon groß regeln? Kann deine Tochter in diesem Alter nicht allein bleiben?"

Natürlich hatte er recht, unter normalen Umständen zumindest. Aber sie musste ihr Leben anderen Dingen unterordnen, von denen niemand etwas ahnte. Eine Beziehung würde alles verkomplizieren, deshalb war sie all die Jahre auch allein geblieben.

„Ich werde mein Bestes geben. Wo wollen wir uns überhaupt treffen?"

„Pass auf, Frija: Was hältst du davon, wenn ich euch besuchen komme?"

„Auf gar keinen Fall", widersprach sie heftig. Das ging ihr eindeutig zu schnell.

„Warum denn nicht? Ich dachte, du hättest ein hübsches Häuschen am See."

Hatte sie ihm tatsächlich von ihrem Haus erzählt? Sie konnte sich nicht daran erinnern, es je erwähnt zu haben. Eigentlich hatte sie erwartet, dass er sie einladen würde, wo er doch keinerlei Verpflichtungen nachgehen musste.

„Ich hatte eher an ein Hotel gedacht", sagte sie.

„Hotel, hm ..."

„Leif, du musst meine Zurückhaltung schon verstehen. Wir kennen uns kaum."

„Das liegt nicht an mir, ich würde es gern ändern.“

Frija hatte das Gefühl, mit einem kleinen Jungen zu diskutieren, so wie Leif sich aufführte.

„Ich schlage vor, dass du ein Hotel heraussuchst, während ich mir das Wochenende freischaufele. Wollen wir uns schon freitags treffen oder soll ich erst am Samstag anreisen?“

„Freitagabend wäre gut.“

„Schön, ich freue mich“, sagte Frija.

„Du, ich muss jetzt auflegen, wir hören voneinander.“

Noch bevor Frija etwas darauf antworten konnte, ertönte der monotone Signalton. Insgeheim war sie dankbar, dass er aufgelegt hatte. Ein wenig eigenbrötlerisch war er ja schon und sie schrieb seine leicht schrullige Art dem Junggesellenleben zu. Jetzt musste sie sich nur noch darum kümmern, wie sie Sara das erneute Tête-à-Tête mit Leif schonend beibringen könnte.

Frija stand am Herd, um das Essen vorzubereiten.

„Mama, ich habe ein Attentat auf dich vor.“ Sara lehnte mit verschränkten Armen am Türrahmen.

„Schieß los, worum geht es?“

„Ich möchte das Wochenende bei Svea übernachten. Darf ich?“

Frijas Herz machte einen Hüpfer. Saras Wunsch kam ihr sehr gelegen.

„Von mir aus. Wann soll ich dich zu ihr bringen?“, fragte sie.

„Wenn es dir nichts ausmacht, dann würde ich gleich nach der Schule bei ihr bleiben.“

„Nimmst du frische Kleidung mit?“

Sara nickte.

„Dann wünsche ich euch viel Vergnügen."

Sara zog fragend die Brauen zusammen. Frija hatte sonst immer Einwände geäußert, und das schien ihre Tochter zu beunruhigen.

„Aber du wirst dich regelmäßig alle zwei Stunden melden", sagte sie schnell, um Saras Misstrauen im Keim zu ersticken.

„Ist ja schon gut, ich werde mich an die Absprache halten."

„Gut, dann steht eurem gemeinsamen Wochenende ja nichts mehr im Wege."

Jetzt musste sie nur noch eine Lösung für Smilla finden, denn sie wollte die Katzendame nur ungern achtundvierzig Stunden allein lassen. Smilla wäre zwar mit reichlich Futter versorgt, dennoch hätte Frija ein schlechtes Gewissen. Es behagte ihr nicht, Matilda in ihre Pläne einzuweihen, sie wusste selbst nicht, warum.

Sie freute sich auf das Treffen mit Leif, gar keine Frage, aber da war etwas, das sie nicht genau benennen konnte. In seiner Gegenwart fühlte sie sich wie eine Antilope, die zwar die Gefahr witterte, aber einfach stehen blieb, wenn der Löwe hinter ihr kraftvoll brüllte. Leif sorgte für ein gewisses Suchtpotenzial – es ging nicht mit, aber auch nicht ohne ihn. Sie war ständig im Wachsamkeitsmodus und wurde furchtbar nervös, wenn er sich nicht meldete. Sobald er wieder Kontakt zu ihr aufnahm, hing der Himmel voller Geigen.

„Mom?"

„Was hattest du gesagt?"

„Ich habe dich gefragt, ob ich den Tisch decken soll."

„Entschuldige, ich war mit meinen Gedanken gerade woanders“, antwortete Frija.

„Das habe ich gemerkt. Was hältst du davon, wenn wir eine Rose auf das Grab des Kätzchens pflanzen?“

„Das ist eine schöne Idee“, sagte Frija. „Schade, dass wir nicht helfen konnten.“

Sara nickte. „Scheint, als hätten nicht nur wir in letzter Zeit eine Pechsträhne.“

„Ja, mein Mäuschen, das kannst du laut sagen. Aber nach jeder Talfahrt geht es wieder bergauf, so ist das Leben.“

Frija fiel dieses Lippenbekenntnis schwer, denn sie zweifelte an ihren Worten. Die Zeichen schienen auf Sturm zu stehen, auch wenn sie angenommen hatte, dass sich ihre Sorgen in Wohlgefallen auflösen würden.

Leif wartete bereits in der Hotellobby und begrüßte Frija überschwänglich. „Ich freue mich, dich wiederzusehen“, rief er und drückte ihr einen stürmischen Kuss auf die Lippen. Es fühlte sich gut an, in seiner Nähe zu sein. An der Rezeption verschlug es ihr jedoch die Sprache. Leif hatte zwei Einzelzimmer gebucht und sie sah sich gezwungen, die Rechnung für ihr kleines Reich zu übernehmen.

„Nur für den Fall, dass du dich zurückziehen möchtest“, sagte er mit einem charmanten Lächeln.

„Wie aufmerksam von dir.“

Leif schien den Sarkasmus nicht zu bemerken, er half ihr auch nicht, das Gepäck aufs Zimmer zu schaffen. Wütend pfefferte sie die Handtasche aufs Bett. Dieser

Mann war wie ein Buch mit sieben Siegeln. Ein forderndes Klopfen riss sie aus ihren Gedanken und sie öffnete die Zimmertür.

Leif stürmte ins Zimmer und umarmte sie. „Ich halte es keine Sekunde länger aus“, raunte er ihr ins Ohr, doch Frija schob ihn von sich.

„Entschuldige bitte, aber ich habe Kopfschmerzen.“

„Dann nimm eine Tablette“, sagte er knapp.

Irritiert musterte sie ihn. Hatte er seine Worte tatsächlich ernst gemeint?

„Worauf wartest du? Oder hast du keine dabei?“

„Ich möchte erst eine Kleinigkeit essen, vielleicht geht es mir dann wieder besser.“

Zähneknirschend lenkte er ein. „Gut, wie du meinst.“

Frija hatte Leif am gestrigen Abend nochmals einen Korb gegeben und jetzt schlenderten sie durch die Parkanlage des Hotels. Nach einer unruhigen Nacht hatte sie beschlossen, bei einem Spaziergang reinen Tisch zu machen.

„Leif, ich denke, dass es besser ist, wenn wir uns nicht mehr sehen. Mein Leben steht gerade kopf und ich bin für eine Beziehung nicht bereit“, sagte sie.

Er blieb unvermittelt stehen und sie sah das blanke Entsetzen in seinen Augen.

„Hast du etwa einen anderen Mann kennengelernt?“, fragte er.

„Wie bitte?“ Sie musste sich verhört haben, wo sie ihm doch gerade eben erklärt hatte, dass sie momentan keinen Mann in ihrem Leben gebrauchen konnte. „Ich glaube, du hast mich missverstanden.“

„Ich habe dich gefragt, ob es einen anderen gibt, und erwarte eine Antwort von dir.“

Seine Stimme klang ungewöhnlich hart. Frija fragte sich, ob er sich bereits in sie verliebt hatte und ihre Zurückweisung ihm gerade das Herz brach.

„Leif, ich habe dir doch eben erklärt, dass meine Lebensumstände mir keinen Raum für eine feste Beziehung lassen. Ich spiele kein falsches Spiel, was denkst du nur von mir?"

Er winkte ab. „Ich kann nicht mehr zählen, wie oft ich schon verletzt worden bin. Von Frauen, die nur hinter meinem Geld her waren ..."

„Leif, ich stehe auf eigenen Beinen, so eine bin ich nicht", entgegnete sie kühl. Seine Worte kränkten sie. Dennoch ging sein Saatgut auf und sie begriff, warum sie das Zimmer selbst hatte bezahlen müssen.

„Gerade unabhängige Frauen nehmen sich, was sie wollen", erklärte er.

„Jetzt wirst du aber ungerecht. Es ist mir schon schwer genug gefallen, mich auf dich einzulassen."

„Das Gefühl hatte ich aber nicht", antwortete er zerknirscht.

Frija wich zurück. „Ich werde jetzt in das Hotel zurückkehren, meine Sachen packen und abreisen. Es tut mir aufrichtig leid, dass du schon so oft enttäuscht wurdest, aber das ist nicht meine Schuld."

Sie drehte sich um und entfernte sich mit schnellen Schritten. Es war nicht möglich, auch noch seine Last auf ihren Schultern zu tragen. Dann lieber ein Ende mit Schrecken.

Nach nur wenigen Metern tauchte das Hotel vor ihr auf und sie war erleichtert, dass Leif ihr diese Entscheidung zum Teil abgenommen hatte. Plötzlich spürte sie seine Hand auf ihrer Schulter.

„Bitte geh nicht“, sagte er. „Wir haben beide unser Päckchen zu tragen.“

„Leif, bitte, mein Entschluss steht fest.“ Sie war nicht willens, sich wieder umstimmen zu lassen.

„Du bist einzigartig und ich begehre dich, dessen musst du dir doch bewusst sein. Wir harmonieren miteinander, so etwas findet man kein zweites Mal.“

Frija fühlte sich geschmeichelt, so offen hatte bisher noch kein Mann mit ihr gesprochen. Dennoch zögerte sie. Leif schien ihre Abwehrhaltung zu spüren, griff nach ihrer Hand und zog sie in die Lobby. Hastig erklomm er die Stufen und stoppte erst vor ihrem Hotelzimmer.

„Deine Karte ...“ Er streckte fordernd seine Hand aus.

Die Tür öffnete sich mit einem leisen Klicken und Leif stieß Frija sanft aufs Bett. Mit fliegenden Fingern entkleidete er sie und ließ seinen Blick über ihren nackten Körper gleiten.

„Du bist wunderschön“, raunte er und küsste ihren Hals, während seine Fingerspitzen zärtlich über ihre Haut strichen. „Ich will dich besitzen mit Leib und Seele“, flüsterte er ihr ins Ohr.

Frija konnte sich der Erregung nicht entziehen. Sie bog sich ihm lustvoll entgegen und konnte es kaum erwarten, dass er in sie eindrang. Der Sex mit Leif war der beste ihres Lebens. Er fegte wie ein Hurrikan über sie hinweg und verschaffte ihr Höhenflüge, von denen sie nicht einmal ansatzweise gewagt hätte, diese zu träumen.

Atemlos lagen sie nebeneinander und Frija schloss erschöpft, aber zufrieden die Augen. Sie tastete nach seiner Hand, doch er zog sie weg. Blinzelnd schaute sie zu ihm und bemerkte seinen abwesenden Blick.

„Alles in Ordnung?"

„Hm."

„Habe ich im Eifer des Gefechtes vielleicht einen Fehler gemacht?", fragte sie mit einem schuldbewussten Lächeln.

„Nein, nein, alles gut."

„Aber ich erkenne doch an deinem Blick, dass etwas nicht stimmt." Als er ihr eine Antwort schuldig blieb, setzte sie sich auf. „Ich werde jetzt eine Dusche nehmen." Sie streifte sich ihren Pullover über, um ihre Blöße zu bedecken, und huschte barfuß ins Badezimmer.

Während sie das warme Wasser anstellte, dachte sie darüber nach, warum er sich so kauzig verhielt. In einem Moment war alles gut und die Nähe zwischen ihnen förmlich greifbar und im nächsten schien Leif meilenweit entfernt. Das schmerzte. Wahrscheinlich brauchte er einfach mehr Zeit.

Sie wollte sich gerade unter die Dusche stellen, als ihr einfiel, dass sie die Haarspange vergessen hatte. Mit einem Handtuch bedeckt, öffnete die Tür.

„Leif? Was machst du da?", rief sie erstaunt.

Er hatte sich bereits wieder angezogen, kniete vor dem Koffer und wühlte in ihren Sachen.

„Hallo? Du bist mir eine Erklärung schuldig."

Mit den Worten „Das hattest du vergessen" reichte er ihr die Spange.

Verblüfft sah sie ihn an. Wenn das nicht unheimlich war, was dann? Sie schlug die Tür wieder zu und lehnte sich mit der Stirn gegen die kühlen Fliesen, während das Chaos in ihrem Inneren tobte. Das war ein eindeutiger Vertrauensmissbrauch. Verdammt, was stimmte nicht mit diesem Mann? Er hob sie auf einen Thron, behandelte sie wie eine Göttin, um sie im nächsten Moment wieder von dort herunterzustoßen. Hoffentlich hatte er das Hotelzimmer in der Zwischenzeit verlassen.

Leider wurde ihre Hoffnung nicht erfüllt. Leif blätterte gelangweilt in einem Prospekt, der auf dem Tisch gelegen hatte. Frija hatte das Handtuch um ihren Oberkörper geschlungen und hockte sich vor den Koffer, um saubere Kleidung herauszuholen. Dann zog sie sich im Badezimmer um und richtete ihre Frisur.

Angespannt betrachtete sie ihr Spiegelbild. Es gab keinen anderen Weg, sie musste Leif darauf ansprechen, warum er sich an ihrem Koffer zu schaffen gemacht hatte. Mit klopfendem Herzen drückte sie die Klinke herunter. Er stand jetzt vor dem Fenster und schaute nach draußen. Sie setzte sich in den Sessel und schlug die Beine übereinander.

„Kommst du bitte zu mir? ", sagte sie mit leiser Stimme.

Er löste den Blick von der Landschaft und setzte sich.

„Alles in Ordnung?", fragte er.

„Das wollte ich gerade von dir wissen. Warum hast du in meinen Sachen gewühlt?"

„Wie bitte?" Er starrte sie an. „Willst du etwa behaupten, dass ich stehlen würde?"

„Nein, davon war nie die Rede", antwortete sie. „Aber du kannst doch nicht grundlos meinen Koffer inspizieren."

„Und die Spange?"

„Leif, ich habe nicht gewusst, dass du neuerdings dein Geld als Hellseher verdienst."

„Willst du dieses schöne Wochenende wieder mit deiner miesen Laune ruinieren? Schau doch einfach nach, ob etwas fehlt."

Er stand auf und verließ das Hotelzimmer.

„Leif!"

Sie hörte, wie nebenan die Tür ins Schloss fiel. Er verhielt sich wie ein trotziges Kind und obwohl es ziemlich widersprüchlich war, regte sich in dieser Situation das Mitleid in ihr. Wie sehr musste er in seiner Vergangenheit verletzt worden sein, dass er sich das Recht herausnahm, in ihrem Koffer zu kramen, um nach Anhaltspunkten für einen Seitensprung zu suchen? Dabei waren sie noch nicht einmal ein Paar. Auf der einen Seite war es schön, so begehrt und hofiert zu werden, aber auf der anderen ...

Sie folgte Leif und klopfte an seine Zimmertür, um das Misstrauen zwischen ihnen aus dem Weg zu räumen.

„Tut mir leid, ich möchte nicht streiten", sagte sie, nachdem sie eingetreten war. Der Inhalt seines Koffers war über das gesamte Bett verteilt, Leif schien kein ordnungsliebender Mensch zu sein.

„Ich nehme deine Entschuldigung an", sagte er distanziert.

Frija schluckte ihren Ärger über seine gespielte Groß-
mut hinunter, sie wollte das restliche Wochenende
nicht endgültig ruinieren.

„Nachdem wir das geklärt hätten, bist du jetzt bereit
für das Dinner?“ Sein Blick ruhte fragend auf ihr.

„Ja, ich möchte nur noch schnell etwas Make-up auflegen“, erwiderte sie.

„Ach, das hast du doch gar nicht nötig“, sagte er
schmeichelnd und bot ihr seinen Arm an. Seine Stimmung hatte ein neues Hoch erreicht.

Frija genoss die Zweisamkeit mit ihm und nippte an
ihrem dritten Glas Wein. Sie fühlte sich beschwingt
und von Leif wunderbar unterhalten. Aufmerksam
hörte sie zu, wie er von seinen Reisen und den Segel-
törns erzählte, ohne ihn zu unterbrechen. Er war ein
kluger Mann und sie hing gebannt an seinen Lippen.

„Du erzählst ja gar nichts von dir“, sagte er nach einer
Weile.

„Es war schön, dir einfach nur zuzuhören“, antwortete sie.

„Könntest du mir ein Bild deiner Tochter zeigen?“,
fragte er unvermittelt und lächelte charmant.

Frija stellte ihr Weinglas ab und zögerte.

„Ich möchte mehr über dich erfahren, du bist eine
wahnsinnig interessante Frau.“

Sie hatte zwar einen leichten Schwips, konnte aber
deutlich heraushören, dass dieses Kompliment nicht
von Herzen gekommen war.

„Ich habe gerade kein Bild zur Hand.“ Sie erkannte sofort an seiner Miene, dass er sie durchschaute.

„Vertraust du mir etwa nicht?" Enttäuschung spiegelte sich auf seinem Gesicht. „Jede Frau hat doch unzählige Fotos von ihren Kindern auf dem Smartphone."

„Und woher willst du das wissen?" Ihre Stimme hatte eine gewisse Schärfe angenommen.

„Bitte, verdirb mir nicht den Abend", raunte er.

Warum zum Teufel gab er ihr immer das Gefühl, die Schuldige zu sein?

„Du möchtest mir deine Familie also nicht vorstellen?"

„Ich habe ein Foto von meiner Katze."

Sie strich mit dem Zeigefinger über das Display, bis sie ein Bild von Smilla gefunden hatte. Das hielt sie Leif unter die Nase und konnte sich ein albernes Kichern nicht verkneifen. Nie wieder so viel Wein, schwor sie sich im Stillen.

Mit einem mürrischen Gesichtsausdruck schob er ihren Arm weg, winkte den Kellner zu sich heran und zahlte. Dann stand er wortlos auf und steuerte den Fahrstuhl an.

„Leif, so warte doch." Frija eilte ihm hinterher. „Entschuldige, ich habe wohl ein Glas zu viel getrunken."

Wie ein reumütiges Schulmädchen stand sie vor ihm. Kaum hatte sich der Fahrstuhl mit einem Ruck in Bewegung gesetzt, umfasste Leif ihre Taille und stieß Frija gegen die Kabinenwand. Seine Hände fuhren unter ihr Kleid und sie stöhnte leise.

„Bitte nicht, was sollen die Leute von uns denken …", hauchte sie.

Doch Leif schien auf beiden Ohren taub zu sein und eroberte mit seiner Hand Frijas Körpermitte. Der Fahrstuhl hielt in der ersten Etage und ihre Wangen glühten vor Scham. Zum Glück stieg niemand ein. Im zweiten Stockwerk ließ Leif endlich von ihr ab und sie stiegen aus.

„Öffne deine Zimmertür."

Es war mehr Befehl als Bitte und Frija gehorchte.

„Zieh dich aus."

Mit verschränkten Armen stand er vor dem Bett und auch diesmal befolgte sie seine Anweisung.

„Leg dich hin", sagte er, dann war er auch schon über ihr. „Ich bin jetzt dein Herr und du tust, was ich von dir verlange", raunte er ihr ins Ohr und sein heißer Atem streifte ihre Haut.

Frija war entsetzt darüber, dass dieses Spiel sie erregte. Leif nahm sich mit Härte, was er besitzen wollte. Nach dem Akt legte er sich neben sie und zum ersten Mal tauschten sie keine Zärtlichkeiten aus.

„Hat es dir gefallen?", fragte er.

Hinter ihrer Stirn wütete ein Tornado, diese dunkle Seite war ihr neu. Sie war emanzipiert, aufgeklärt, stand mit beiden Beinen fest im Leben – und dennoch. Sie konnte es nicht leugnen, diese Art der Unterwerfung hatte ihr gefallen.

„Was hältst du davon, wenn ich von nun an dein Herr bin?"

„Solange du mir keine Schmerzen zufügst, ist das in Ordnung für mich", sagte sie. „Aber außerhalb des Bettes möchte ich, dass wir uns auf Augenhöhe begegnen."

Ein zufriedenes Lächeln umspielte seine Lippen. „So soll es sein", antwortete er.

Frija hatte sich von Leif verabschiedet und war auf dem Rückweg nach Svanberga. In ihrem Innersten herrschte das reinste Gefühlschaos. Beim Frühstück hatte Leif sie endlich so weichgeklopft, dass sie ihm schließlich ein Bild ihrer Tochter gezeigt hatte. Zwar nur ein verwackeltes Foto, das Sara von der Seite zeigte, trotzdem fühlte sie sich schlecht.

Leif brachte sie ständig aus dem seelischen Gleichgewicht, dennoch vermisste sie ihn schon jetzt und sehnte ein weiteres Treffen herbei. Diese Liaison mit ihm war verrückt, einfach nur verrückt. Sie konnte nicht einmal genau sagen, ob sie nun ein Paar waren oder nicht. Er sendete keine eindeutigen Signale.

Wäre es nicht besser, sofort die Reißleine zu ziehen, bevor sich diese Sache verselbstständigte?

Als endlich der Erken vor ihr auftauchte, fiel mit einem Schlag die gesamte Anspannung von ihr ab. Es war schön, wieder zu Hause zu sein. Sie stellte den Wagen in der Einfahrt ab, schnappte sich ihren Trolley und schloss die Eingangstür auf. Smilla stolzierte ihr maunzend entgegen.

„Hallo, meine Süße, da bin ich wieder. Und wie ich sehen kann, hat Matilda dich bestens versorgt."

In letzter Minute hatte sie ihre beste Freundin doch noch eingeweiht. Matilda war ihre einzige Vertraute und würde Sara gegenüber garantiert Stillschweigen bewahren. Die Auszeit hatte ihr gutgetan, denn wenn sie mit Leif zusammen war, konnte sie alles andere ausblenden. Er nahm unglaublich viel Raum ein, das war ihr aus früheren Beziehungen fremd.

In Eile packte sie die Kleidungsstücke aus und stopfte sie in den Wäschekorb, damit ihre Tochter keinen Verdacht schöpfte. Jetzt musste sie sich sputen, wenn sie Sara noch zum vereinbarten Zeitpunkt abholen wollte.

Mit überhöhter Geschwindigkeit fuhr sie den Waldweg entlang, bis sie die Stelle erreichte, an der das Kätzchen gelegen hatte. Augenblicklich drosselte sie das Tempo und schaute sich suchend um. Aber weit und breit war keine Menschenseele zu sehen.

Nur wenige Minuten später saß Sara neben ihr.

„Na, wie war dein Wochenende?", fragte Frija und wendete den Wagen. „Lass mich raten: Anstatt zu lernen, habt ihr wieder über Jungs diskutiert."

„Ja, ja, was du nicht alles weißt", entgegnete Sara spitz. „Übrigens, wieso hast du deine Standortanzeige vom Smartphone ausgeschaltet?"

Beinahe hätte sich Frija verschluckt. „Das war sicher nur ein Versehen." Sie spürte den prüfenden Blick ihrer Tochter.

„Mama, du verheimlichst mir doch etwas?"

„Nein, warum sollte ich?" Frija zuckte mit den Schultern, um ihre Unschuld zu beteuern. Trotzdem hatte sie Sara gegenüber ein schlechtes Gewissen.

„Dabei wäre das doch die Gelegenheit gewesen, sich wieder mit diesem Typen zu treffen."

Himmel, war sie so leicht zu durchschauen?

„Danke für den Tipp. Du wirst ja nicht das letzte Mal bei einer deiner Freundinnen übernachtet haben."

„Mir ist das egal", erwiderte Sara in einem Anflug von Großzügigkeit. „Hauptsache, du bist glücklich mit ihm."

„Danke, du bist wirklich ein Schatz", antwortete Frija. „Aber ich möchte es langsam angehen lassen und nichts überstürzen." Sie staunte, wie leicht ihr diese Lüge über die Lippen gekommen war.

Inzwischen hatten sie das Haus erreicht und Frija fuhr den Wagen in die Garage.

„Was möchtest du zum Abendessen?", fragte sie Sara und schlug die Autotür zu.

„Ich bin noch satt", antwortete Sara, die sich sofort in ihr Zimmer verzog.

Frija kochte sich einen Tee und stellte sich wie so oft in letzter Zeit nachdenklich ans Fenster. Das Leben schien ihr zu entgleiten und sie hatte noch keinen Plan, wie sie das wieder ändern könnte.

# KAPITEL 7

Sara lag mit dem Laptop auf ihrem Bett und wartete darauf, dass Noah sich meldete. Doch das tat er nicht. Vor zwei Tagen hatte sie ihm im Beisein ihrer Freundinnen das Foto geschickt und bis jetzt noch keine einzige Reaktion erhalten.

Wahrscheinlich bin ich nicht sein Typ, dachte sie gekränkt und ärgerte sich, dass er sich nicht einmal dafür bedankt hatte. Wenigstens ein paar nette Worte zum Abschied wären schön gewesen, aber sein Schweigen versetzte ihr einen Stich.

Wütend klappte sie den Laptop zu. Entweder waren die Jungen in ihrem Alter zu kindisch oder sogenannte Player, die nur das eine im Sinn hatten – nämlich ihre Libido auszuleben, egal mit wem.

Sara wollte ihrem Ärger gerade Luft machen und eine Nachricht an Svea schicken, als ihr Smartphone eine neue Message ankündigte.

*Hallo, wie geht es dir?*

Enttäuscht ließ sie das Handy sinken, Noah hatte mit keinem Wort das Foto erwähnt. Dabei hatte es sie doch so viel Überwindung gekostet, ihm das Bild überhaupt zu senden. Gekränkt rollte sie sich auf dem Bett zusammen und antwortete nicht. Der Schmerz würde irgendwann aufhören und bis dahin musste sie an einer Überlebensstrategie basteln. Es war schließlich nicht das erste Mal, dass sie sich unglücklich verliebt hatte.

Weitere Nachrichten trudelten ein, die sie allesamt ignorierte. Sie wollte Noah zum Warten verdammen, allein der ausgleichenden Gerechtigkeit wegen. Geschlagene fünf Minuten hielt sie durch, dann öffnete sie das Chatfenster.

*Warum meldest du dich nicht?*

*Hast du einen anderen?*

*Hallo?*

*Was ist nur mit dir los?*

*Sara?*

Wow, was ging denn hier ab? Er hatte zwei Tage nichts von sich hören lassen und meldete sich dann, als wäre nichts geschehen? Sie dachte darüber nach, sich nicht mehr zu melden, tat es dann aber doch.

*Mit mir ist alles in Ordnung.*

*Okay. Hast du vielleicht ein anderes Bild von dir? Ich kann dich darauf gar nicht richtig erkennen.*

Da hatte sie den Beweis – sie gefiel ihm nicht. Hatte es überhaupt Sinn, ihm ein weiteres Foto zu schicken? Resigniert öffnete sie die Schranktüren und warf einige Kleidungsstücke aufs Bett. Sie entschied sich für ein eng anliegendes Top und Shorts, die sie im Sommer getragen hatte.

Kritisch betrachtete sie sich im Spiegel. Sie hatte schlanke, wohlgeformte Beine, das tägliche Radfahren zahlte sich aus. Po und Brüste saßen genau dort, wo sie hingehörten, es gab nichts zu beanstanden.

Sara schoss einige Fotos aus verschiedenen Perspektiven und war mit keinem zufrieden. Sie bombardierte Joline und Svea mit einer regelrechten Bilderflut und bat sie um Entscheidungshilfe. Gespannt wartete sie auf das Urteil ihrer Freundinnen. Letztlich fiel die Wahl auf ein Foto, auf dem Sara ziemlich frivol in die Kamera blickte. Du musst dich gut verkaufen, hatte Joline geraten, während Svea der Meinung war, sich nicht zu verstellen.

Schließlich wählte Sara ein eher unauffälliges Foto, das sie so widerspiegelte, wie sie wirklich war.

*Du gefällst mir.*

*Wirklich?*

*Ja, du bist attraktiv und die Jungs werden sicher Schlange stehen.*

*Ach was, ich bin nicht so eine.*

*Was für eine bist du dann?*

Auf diese Frage wusste sie keine Antwort. Sie war auf dem Weg ins Erwachsenenalter, und der hatte durchaus seine Tücken.

*Ich bin ehrlich.*

*Das mag ich. Es ist klasse, dass wir uns so gut verstehen.*

*Ja, das finde ich auch.*

*Hm, eigentlich würde ich dich gern etwas fragen.*

*Schieß los.*

*Ich weiß nicht so recht.*

*Nun frag schon.*

*Ich möchte dich näher kennenlernen, du gefällst mir wirklich sehr.*

*Danke, du mir auch.*

*Du bist so hübsch, ich würde dich gern einmal in der Realität sehen.*

Sara klopfte das Herz bis zum Hals. War Noah der Junge, auf den sie so sehnsüchtig gewartet hatte? Der eine, mit dem sie ihr erstes Mal erleben würde? Aber was, wenn er Hunderte von Kilometern entfernt wohnte?

*Hallo? Bist du noch da?*

*Ja.*

*Möchtest du mich nicht kennenlernen?*

*Doch, schon, aber wie soll das funktionieren? Ich gehe noch zur Schule.*

*Es gibt immer einen Weg, wenn man sich sehen möchte. Wo wohnst du denn?*

Das war der Punkt, an dem sich Sara entschloss, lieber zu schweigen. Noch immer rangierte das Misstrauen an erster Stelle, wenn es sich um Internetbekanntschaften handelte.

*Okay, dann werde ich den ersten Schritt wagen. Ich komme aus Uppsala. Du brauchst nur eine größere Stadt in deiner näheren Umgebung zu nennen.*

Saras Herz machte einen Hüpfer. Uppsala war nur eineinhalb Stunden von Svanberga entfernt. Östersund wäre da schon eine ganz andere Hausnummer gewesen.

*Uppsala liegt ja fast um die Ecke.*

*Du willst mich verarschen?*

*Aber nein, wenn ich es dir doch sage.*

Das ist super, ich freue mich sehr.

Ich mich auch.

Sara, möchtest du ernsthaft, dass wir uns sehen?

Warum nicht.

Wahnsinn. Was hältst du davon, wenn wir uns auf der Hälfte der Strecke treffen, in einem Café oder so?

Klingt gut.

Du bist also einverstanden?

Ja, natürlich.

Jetzt fällt mir ein Stein vom Herzen. Du hast nämlich einen bleibenden Eindruck bei mir hinterlassen, ich mag dich wirklich sehr.

Ich dich auch.

Wann wollen wir uns treffen? Am Wochenende ist immer ein bisschen schlecht, weil ich da bei meinen Eltern bin.

Kein Problem, wir werden uns schon auf einen Tag einigen.

Klasse! Du, Sara, jetzt muss ich aber wieder. Bis später.

Sara drehte sich auf den Rücken und drückte überglücklich das Smartphone an ihre Brust. So fühlte es sich also an, wenn man auf Wolken schwebte. Zum ersten Mal hatte er ihr seine Gefühle gestanden, daraus konnte sich eine ernsthafte Beziehung entwickeln. In Gedanken sah sie sich schon Hand in Hand mit ihm durch die Universitätsstadt schlendern. Vielleicht konnte sie sogar in Uppsala studieren, alles war möglich.

Jetzt musste sie nur nach einem geeigneten Treffpunkt und einer Busverbindung suchen. Ihre Mutter würde einem Date mitten in der Woche garantiert nicht zustimmen. Sara hatte noch nie die Schule geschwänzt, aber wenn es nicht anders ging, warum nicht. Schließlich war sie kein kleines Kind mehr.

Sie klappte den Laptop auf und öffnete Google Maps. Das Örtchen Knutby lag fast mittig zwischen Svanberga und Uppsala und im Knutby Krog könnte man sich treffen. Die Gefahr, hier von jemandem entdeckt zu werden, schien ziemlich gering. Gleich morgen würde sie Noah ihren Vorschlag unterbreiten und dann konnten sie den gemeinsamen Tag planen.

Vor Aufregung zitterten ihre Hände und es fiel ihr schwer, ihre Gefühle zu bändigen. Sie hatte den hübschesten Jungen überhaupt an der Angel, der sie unbedingt kennenlernen wollte. Joline und Svea sollten allerdings erst nach dem Treffen davon erfahren. Die Gefahr, dass ihre Freundinnen sich wieder einmal verplapperten, war nicht zu unterschätzen.

Noah war ihr Silberstreif am Horizont, mit ihm
würde sich alles ändern ...

# KAPITEL 8

Jacob Hedlund war nach Dienstschluss auf dem Weg ins Labor.

„Hej, hej, wie geht's?" Isa strahlte, als sie ihn sah.

„Ich weiß, ihr habt viel um die Ohren, aber ich hätte da ein Anliegen ..."

„Das habe ich mir schon gedacht, wenn du dich persönlich blicken lässt. Um was geht es denn genau?"

Jacob reichte Isa die Asservatentüte mit dem Zettel. „Ich will wissen, von wem das Blut stammt – Mensch oder Tier."

„Demnach ist das kein offizieller Auftrag?", fragte sie.

„Jein." Ein spitzbübisches Lächeln umspielte seine Lippen. „Wann könnte ich mit einem Ergebnis rechnen?"

„Drei Tage wirst du dich schon gedulden müssen, es sei denn, du übernimmst die Rechnung privat."

„Tja, wo du doch weißt, dass ich nach meiner teuren Scheidung in einem heruntergekommenen Bungalow hausen muss."

Isa hob lachend die Hände. „Ich habe sie schließlich nicht geheiratet."

„Auch wieder wahr."

„Ich werde sehen, was ich machen kann. Einverstanden?"

„Isa, du bist die Beste."

„Das sagst du garantiert zu jeder Frau", erwiderte sie mit einem Augenzwinkern.

„Ertappt. Danke für deine Hilfe."

„Kein Problem, Jacob."

Er verabschiedete sich und durchquerte den länglichen Flur auf dem Weg nach draußen. Es dämmerte bereits, als er in seinen Wagen stieg und vom Parkplatz fuhr. Auf dem Weg nach Svanberga hielt er vor einem Discounter und deckte sich mit Lebensmitteln für die Woche ein. Pizza, reichlich Brot, Wurst, Käse und etliche Konserven. Seit seiner Scheidung stopfte er nur ungesundes Zeug in sich hinein, weil ihm nach einem langen Arbeitstag die Lust zum Kochen fehlte.

Der Bungalow lag düster und wenig einladend vor ihm. Jacob schob die dringenden Reparaturen ständig vor sich her, er konnte sich einfach nicht dazu aufraffen. Diese verdammte Scheidung hatte ihn völlig aus dem seelischen Gleichgewicht gebracht. Zum Glück waren aus dieser Verbindung keine Kinder hervorgegangen, obwohl er liebend gern Vater geworden wäre. Aber nicht mit Stina. Sie hatte ihn während der Ehe nicht nur einmal betrogen.

Abgestandene Luft strömte ihm entgegen, als er die Tür aufstieß und nach dem Lichtschalter tastete. Die vergilbte Tapete wellte sich im Flur und der Bodenbelag war abgenutzt. Jacob hasste es, nach der Arbeit an diesen Ort zurückzukehren, aber er hatte von Stina und ihren Lügen nur noch weggewollt.

Er kickte die Schuhe von den Füßen und verstaute die Einkäufe in den abgenutzten Küchenschränken. Die Stimmung im Haus war erdrückend, sodass er kurzerhand beschloss, sich ein Abendessen in der kleinen

Kneipe im Ort zu gönnen. Die Wirtin war eine hervorragende Köchin und ein wenig Gesellschaft würde ihm guttun.

Er tauschte das Jackett gegen Jeans und Hoodie und machte sich auf den Weg. Die Straßenlaternen teilten mit ihrem Licht die Dunkelheit und in der Ferne bellte ein Hund. Jacob sehnte sich nach der Helligkeit und der Wärme des Sommers zurück, wo er noch die bescheidene Hoffnung gehegt hatte, sich rasch von der Scheidung zu erholen.

„Hej, hej, Björn und Theo, bei euch noch ein Plätzchen frei?", fragte er und hängte seinen Parka an einen Haken.

„Aber immer doch", antwortete Theo, dessen Gesicht vom Alkohol gerötet war.

Jacob setzte sich und rief in Richtung Theke: „Hilda, was ist das Tagesgericht?"

„Hirschragout in Weinsoße", erwiderte sie, während sie die Gläser mit einem Tuch polierte.

„Das hätte ich gern und ein Bier."

„Kommt sofort."

„Sagt mal, Männer, ist euch in letzter Zeit vielleicht ein Fahrzeug aufgefallen, das nicht in diese Gegend gehört?"

„Hm ..." Björn zwirbelte nachdenklich seinen Schnäuzer. „Vor ein paar Tagen habe ich einen schwarzen Volvo mit einem Stockholmer Kennzeichen gesehen."

„Wann genau?", fragte Jacob nach.

„Vor zwei Wochen ungefähr. Der Volvo ist mir nur aufgefallen, weil er die Hauptstraße rauf und runter gefahren ist, als ob der Fahrer ein Haus suchen würde."

„Hast du eine Ahnung, wo er hinwollte?"

„Nein. Der Wagen ist dann auf die Straße abgebogen, die zu Frijas Häuschen führt."

„Und das war an einem Wochenende?"

„Aber ja doch, wenn ich es dir sage. Wir hatten gerade unsere Kinder und Enkelkinder nach einem gemeinsamen Essen verabschiedet, als mir das Fahrzeug aufgefallen ist."

„Und letzte Woche kann das nicht gewesen sein?"

„Jacob, raus mit der Sprache. Warum löcherst du uns so?"

Jacob überlegte, wie viel er preisgeben konnte. Aber wenn er sich Antworten erhoffte, dann durfte er nicht kleinlich sein.

„Frija hat ein Kätzchen gefunden. Es lag mitten auf dem Weg und ihm wurde im wahrsten Sinne des Wortes der Hals umgedreht."

„Was sagst du da?", rief Hilda entsetzt und das Bier, das sie Jacob gerade servieren wollte, schwappte über.

„Hilda?" Jacob sah fragend zu ihr auf.

„Meine Majken hat einen Wurf kleiner Kätzchen und seit letzter Woche ist eines spurlos verschwunden." Sie stellte das Glas, an dessen Seite der Schaum hinunterlief, vor ihm auf den Tisch. „Ich muss sofort Frija anrufen, wie das Kleine ausgesehen hat."

„Beschreibe mir das Kätzchen doch einfach, Frija hat es mir gezeigt."

„Es war getigert mit weißen Pfötchen und hatte einen dunklen Punkt auf ihrem rosa Näschen." Hilda zog ihr Smartphone aus der Hosentasche, um Jacob ein Foto zu zeigen. „Die Kleine ganz rechts im Körbchen."

„Tut mir aufrichtig leid, Hilda", sagte Jacob bedauernd.

„Ist es wirklich das Kätzchen?", fragte sie noch einmal nach.

Jacob nickte.

„Essen kommt gleich", murmelte sie und strich sich mit dem Handrücken verstohlen über ihre Augen. Dann verschwand sie in der Küche.

„Was geht denn hier ab?" Theo musterte ihn prüfend.

„Woher soll ich das wissen?", antwortete Jacob.

„Wenn einer etwas weiß, dann du. Schließlich arbeitest du bei der Polizei", brummte Björn.

„Das ist kein offizieller Fall. Frija hatte sich nur an mich gewandt, weil ihr das tote Kätzchen merkwürdig vorkam."

„Nee, nee, da steckt mehr dahinter." Theo machte ein grunzendes Geräusch. „Du hast uns gerade eben noch wegen des Fahrzeugs ausgequetscht."

„Aber doch nur, weil ich mir nicht vorstellen kann, dass jemand aus Svanberga so einen Mist verzapft", entgegnete Jacob.

„Das ist natürlich ein Argument. Muss schon ein krankes Hirn sein, um so einem süßen Viech Derartiges anzutun", erwiderte Björn.

Hilda knallte Jacob mit geröteten Augen den Teller vor die Nase. „Lass es dir schmecken, falls du überhaupt einen Bissen herunterbekommst."

„Danke, Hilda. Ich habe einen harten Tag hinter mir und ordentlich Hunger."

„Na dann …" Mit schleppenden Schritten kehrte die Wirtin zur Theke zurück und drehte sich dort noch einmal zu Jacob um. Sie ballte die Hände zu Fäusten und eine steile Zornesfalte bildete sich auf ihrer Stirn. „Ich hoffe, dass du diesen Mistkerl erwischst. Gleich morgen werde ich in deinem Büro auftauchen und Strafanzeige erstatten. Dann wird daraus ein richtiger Fall."

„Soll mir recht sein. Dazu müsste ich die Miez allerdings wieder ausbuddeln."

„Tu einfach, was nötig ist. Und ich schwöre dir, ich werde von nun an nach jedem fremden Fahrzeug Ausschau halten."

„Guten Appetit", sagte Theo und kippte seinen Schnaps hinunter.

„Sag mal, Björn, konntest du dir das Kennzeichen merken?", fragte Jacob zwischen zwei Bissen.

„Ja, warte mal …" Er zog einen Kugelschreiber aus der Hemdtasche und kritzelte die Ziffern auf den Bierdeckel. „Bin mir nicht ganz sicher, ob es stimmt. Aber das findest du sicher heraus."

„Das eine muss ja mit dem anderen nichts zu tun haben, trotzdem möchte ich auf Nummer sicher gehen. Schon Hilda zuliebe."

„Wir wissen, dass du einen guten Job machst." Theo klopfte ihm anerkennend auf die Schulter, sodass Jacob sich verschluckte.

„Danke, ich gebe mein Bestes. Aber jetzt lass mich erst einmal in Ruhe essen."

Anschließend tupfte sich Jacob mit der Serviette die Mundwinkel ab und zahlte.

„Willst du schon los?", fragte Björn.

„Ja. Ich werde gleich noch einmal bei Frija vorbeifahren."

„Du willst das Tierchen echt wieder ausbuddeln?", fragte Theo im Flüsterton, damit Hilda es nicht mithören konnte.

„Schauen wir mal", antwortete Jacob und stand auf. „Macht's gut, Jungs."

Er klopfte auf die Tischplatte, winkte Hilda noch einmal zu und verschwand nach draußen. Ihm war nach einer Zigarette zumute, aber da er nach der Scheidung mit dem Rauchen aufgehört hatte, schob er sich stattdessen einen Kaugummi in den Mund. Dann fuhr er auf direktem Wege zu Frija, die ihm gleich nach dem ersten Klingelton öffnete.

„Guten Abend, Jacob."

Wie ein scheues Reh stand sie in der Tür, verwundbar und ängstlich. Spätestens in diesem Augenblick wurde ihm bewusst, dass sie ihm nicht die ganze Wahrheit gesagt hatte.

„Entschuldige bitte die späte Störung, aber ich habe da noch ein paar Fragen. Es geht um das Kätzchen."

„Ach so." Sie schien sichtlich erleichtert. „Komm doch bitte herein."

Sie führte ihn ins Wohnzimmer, das mit hellen Möbeln geschmackvoll eingerichtet war. Beschämt dachte er an seine eigene heruntergekommene Bude. Frauen hatten einfach ein besseres Händchen für diese Dinge.

„Bitte setz dich doch." Frija deutete auf einen Sessel, während sie selbst auf dem Sofa Platz nahm. „Worum geht es genau?"

„Ich war heute bei Hilda und nur durch Zufall ist herausgekommen, dass sie ein Kätzchen vermisst."

„Oh, das tut mir leid." Frija wirkte aufrichtig betroffen.

„Um auf den Punkt zu kommen: Sie möchte morgen Anzeige erstatten, und ich halte es für das Beste, das Tierchen wieder auszugraben und mitzunehmen, um es auf mögliche Spuren untersuchen zu lassen. Der Zettel beinhaltet eine eindeutige Drohung, die wir ernst nehmen sollten. Möchtest du ebenfalls Anzeige erstatten? Saras Fahrrad wurde schließlich im See versenkt."

„Natürlich, das kann ja nicht schaden. Lass mich raten, du möchtest die kleine Katze gleich mitnehmen?"

„Wenn es dir nichts ausmacht?"

Frija hielt sich noch immer bedeckt, und er beschloss, noch einmal genauer nachzufragen, wo er nun schon einmal hier war.

„Frija, wir kennen uns jetzt ein paar Jahre." Er beugte sich nach vorn und fixierte sie mit festem Blick. „Mein Bauchgefühl sagt mir, dass an dieser Geschichte etwas faul ist, und ich möchte dich bitten, mir die ganze Wahrheit zu erzählen."

Sie erblasste und lehnte sich zurück.

„Ich habe dir alles gesagt, es gibt nichts zu verheimlichen."

Ihr zuckendes Augenlid verriet, dass sie log. Aber er wollte sie auch nicht in die Enge treiben, so verschreckt, wie sie wirkte.

„Normalerweise hat man doch eine leise Ahnung, wer derjenige sein könnte, der einem solche Botschaften überbringt", erwiderte er. „Ich mag nicht an einen Zufall glauben, der Fund erscheint mir doch sehr arrangiert."

„Jacob, wir drehen uns im Kreis. Ich bin mit niemandem in Svanberga zerstritten, und auch beruflich läuft alles bestens." Sie zuckte ratlos mit den Schultern. Wieder eine Geste, die Frijas Unehrlichkeit offenbarte.

„Dann muss das Problem außerhalb von Svanberga liegen."

Frija strich sich müde über die Augen. „Es ist schon spät", sagte sie. „Wir sollten nach draußen gehen und es hinter uns bringen." Sie stand auf und schritt zur Tür. „Kommst du?"

Er folgte ihr nach draußen und nahm den Spaten entgegen, den sie aus der Garage geholt hatte. „Hältst du das Licht, während ich grabe?"

Sie nickte stumm.

Frija hatte nur eine kleine Grube ausgehoben, und schon nach wenigen Spatenstichen sah er das helle Fell des Kätzchens schimmern.

„Warte, ich hole einen Karton", sagte sie knapp und ging zum Haus zurück.

Jacob sah ihr hinterher, und zum ersten Mal überhaupt fiel ihm auf, wie zurückgezogen Frija lebte. Ungewöhnlich für eine Frau in ihrem Alter, so als hätte sie sich bewusst von der Außenwelt abgeschirmt.

Kurz darauf war sie wieder an seiner Seite. Durch die niedrigen Temperaturen hatte der Verwesungsprozess noch nicht vollständig eingesetzt, und Jacob legte das Kätzchen behutsam in den Karton. Es erstaunte ihn immer wieder, wie krank diese Welt doch war, und er wünschte sich endlich Heilung. Am Anfang seiner Karriere war er noch mit dem nötigen Enthusiasmus an die täglichen Aufgaben herangegangen, aber jetzt herrschten großer Frust und Resignation.

Er schaufelte das Loch wieder zu, nahm den Karton an sich und trug den Spaten zur Garage.

„Dann will ich dich nicht länger stören." Er musterte Frija im Schein der Taschenlampe. „Wenn dir irgendwann nach einem offenen Gespräch zumute ist, dann scheue dich nicht, mich zu kontaktieren."

Er stellte den Karton auf dem Beifahrersitz ab und nickte Frija zum Abschied noch einmal zu. Dann stieg er in den Wagen, wendete und fuhr nach Svanberga zurück.

Nachdem er im Bungalow den Karton auf der Flurgarderobe abgestellt hatte, suchte er im Keller die Kühlbox, die er mit Haushaltstüchern auslegte, und bettete das Kätzchen um, damit die Zersetzung des Gewebes nicht weiter voranschreiten konnte.

Auf dem Weg ins Wohnzimmer holte er eine Flasche Bier aus dem Kühlschrank und setzte sich vor den Fernseher, um abzuschalten. Aber das wollte ihm nicht so recht gelingen. Seine Gedanken wanderten immer wieder zu Frija und ihrer Tochter. Morgen würde er sich sofort hinter seinen Schreibtisch klemmen und versuchen, mehr über diese Frau herauszufinden.

# KAPITEL 9

Frija tastete schlaftrunken nach dem Telefon. Ausgerechnet heute litt sie unter einer Kopfschmerzattacke und hatte sich seit den frühen Abendstunden in ihrem Bett verkrochen.

„Larsson", murmelte sie.

„Hallo, meine Schöne, ich hatte Sehnsucht nach dir", säuselte Leif in den Hörer.

Frijas Blick wanderte verdrossen zum Wecker. Dreiundzwanzig Uhr, das war so typisch für Leif.

„Es ist schon spät, und ich habe bereits geschlafen", antwortete sie.

„Willst du mich denn gar nicht sprechen?" Er klang enttäuscht.

„Doch, wenn du vier Stunden früher angerufen hättest." Sie stand auf, und ihr Bettzeug raschelte leise.

„Du liegst also brav im Bett?"

„Um diese Uhrzeit immer", erwiderte sie missmutig.

„Was hast du an?" Seine Stimme hörte sich lüstern an.

„Nichts", erwiderte sie knapp. Sie konnte ihm ja wohl schlecht erzählen, dass sie sich mit dicken Wollsocken und einem karierten Baumwollnachthemd unter der Bettdecke vergraben hatte.

„Wie fühlt sich deine Haut an?"

„Leif, bitte, ich bin wirklich müde."

„Hast du unsere Abmachung vergessen? Ich bin dein Herr, und du musst mir geben, was ich verlange."

„Ja, aber … es ist doch schon so spät."

„Frija", sagte er streng.

Unglaublich, aber bei seinem Tonfall regte sich sofort die Lust. Wie schaffte es dieser Mann nur, sie stets in Stimmung zu versetzen, auch wenn ihr gar nicht danach war?

„Nun, wie fühlt sich deine Haut an?", fragte er erneut.

Frija strich sich über den Arm. „Warm und weich."

„So wie Samt?" Er atmete schneller.

„Leif, bitte, es ist ein anstrengender Tag gewesen."

„Hast du etwa Migräne?"

„Nein, ich bin einfach nur erschöpft." Sie lief zum Fenster, schob den Vorhang ein wenig zur Seite und schaute nach draußen. Ihr Blick wanderte vom See zum Waldrand und wieder zurück, bis er plötzlich stoppte. Sie presste die Stirn an die Scheibe, um mehr erkennen zu können.

„Frija? Bist du noch da?"

„Ja, ja …", antwortete sie abwesend. Ganz hinten im Garten, gleich neben den Johannisbeersträuchern, war die dunkle Silhouette eines Mannes zu erkennen, der zu ihrem Fenster schaute, und es sah so aus, als würde er telefonieren. Ihr Puls schnellte sofort in die Höhe.

„Sag mal, wo bist du gerade?"

„Ich?"

„Ja, du."

„In einem Hotelzimmer in Göteborg."

„Seltsam, ich höre nur den Wind rauschen."

„Soll das ein Verhör werden?" Er klang ungehalten.

„In Göteborg ist immer viel Verkehr."

„Ich habe außerhalb der Stadt ein Zimmer gebucht."

Sie zog sich die Jacke über und huschte zur Tür. Konnte es wirklich sein, dass er sie heimlich beobachtete?

„Gut, wechseln wir das Thema. Wann können wir uns wiedersehen? Am Wochenende?"

Frija musste sofort an Sara denken. „Dazu kann ich nichts sagen, meine Tochter hat mich noch nicht in ihre Pläne eingeweiht."

„Dann lade mich doch einfach zu dir ein."

„Das geht mir eindeutig zu schnell", erwiderte sie und war nicht bereit, diese Grenze zu überschreiten. „Aber ich könnte stattdessen zu dir kommen. Ich würde mich freuen, den kleinen Yachthafen zu erkunden und nebenbei ein wenig mehr über dich zu erfahren."

„Das geht nicht", erwiderte er knapp.

„Aber du hast doch keinerlei Verpflichtungen und lebst allein. Was hindert dich daran?" Frija lief leise die Treppe hinunter und öffnete behutsam die Haustür. Mit klopfendem Herzen umrundete sie das Haus und schaute in den Garten. Die Gestalt war verschwunden. Hatte sie sich die dunkle Silhouette nur eingebildet?

„Frija, ich bin müde und möchte jetzt auflegen. Es ist mir unbegreiflich, warum du ständig die schöne Stimmung zwischen uns zerstören musst."

„Leif ...", rief sie, doch er hatte bereits aufgelegt. Frustriert kehrte sie in ihr Schlafzimmer zurück und schaute hinunter in den Garten, ohne etwas Auffälliges zu entdecken.

Was ging in diesem Mann nur vor? Und warum ließ sie sich das überhaupt bieten? Leif machte sie ganz wirr im Kopf. Sie hatte sich schon immer gut in andere Menschen hineinversetzen können, aber bei ihm war das schlichtweg unmöglich. Sie hätte im Zickzack denken müssen.

Normalerweise hätte sie so eine Beziehung sofort im Keim erstickt, aber sie konnte nicht ohne Leif. Er forderte sie heraus und dennoch wusste sie, dass er ihr nicht guttat. Sie war völlig aus dem seelischen Gleichgewicht geraten und verzieh ihm jedes Mal viel zu schnell. Es war wie eine Sucht und sie konnte sich nicht daran erinnern, jemals so viel Schmerz und Süße zugleich empfunden zu haben. Lass mich gehen, Leif, flehte sie im Stillen.

Vielleicht wäre ein letztes Treffen gar nicht so schlecht, um herauszufinden, wie es zwischen ihnen weitergehen sollte. Sie zog die Decke bis zum Kinn und schloss die Augen. Morgen stand ihr ein anstrengender Tag bevor, der sie emotional stark belasten würde. Es wurde Zeit, endlich zu schlafen.

Frija war am Morgen zeitig aufgestanden und hatte liebevoll den Frühstückstisch gedeckt. Eine Kerze verströmte ihr flackerndes, warmes Licht und ein drittes Gedeck stand neben ihren Tellern. Ein bunter Blumenstrauß verströmte seinen süßen Duft und direkt daneben befand sich eine gerahmte Fotografie. Der Anblick des Mannes ließ sie wehmütig werden, sie vermisste ihn so sehr.

„Guten Morgen, Mama." Sara lehnte noch im Schlafanzug am Türrahmen.

„Dir auch einen guten Morgen, mein Spätzchen.“ Sie machte einen Schritt auf Sara zu, um sie zu umarmen. „Geht es dir gut?“, fragte sie leise.

„Ja.“

„Das klingt nicht sehr überzeugend.“

„Warum fragst du mich dann?“ Sara löste sich aus der Umarmung und setzte sich an den Tisch.

„Bitte, lass uns nicht streiten. Es ist ein schwerer Tag für uns beide.“ Sie strich Sara zärtlich über die Wange und bemerkte die Tränen in ihren Augen. „Komm her“, sagte sie und nahm ihre Tochter erneut in den Arm. Mit bebenden Schultern schmiegte sich Sara an sie, war wieder das kleine Kind, das unendlich viel Trost und Liebe brauchte.

„Das Leben ist nicht fair.“ Sara schniefte leise.

Frija strich ihrer Tochter liebevoll durchs lange Haar. „Ja, das ist es nicht, und ich vermisse ihn genauso wie du.“

„Warum mussten wir so weit wegziehen? Ich würde so gern an Papas Todestag sein Grab besuchen.“ Saras Stimme klang vorwurfsvoll.

„Dort liegt nur seine sterbliche Hülle, Liebes. Ich bin mir sicher, dass er uns jeden Tag begleitet, weil er in unseren Herzen weiterlebt.“

„Das klingt albern und strange.“

„Du musst mir nicht die Schuld geben, dass du ohne deinen Vater aufwächst. Glaube mir, ich hätte es mir auch anders gewünscht.“

Frija fühlte sich schlecht, Jahr für Jahr am selben Tag. Aber was hätte sie auch tun sollen? Nach Malmlö zu fahren, nur um das Grab ihres Mannes zu besuchen, war das Risiko nicht wert. Nicht auszudenken, wenn sie jemand erkennen würde. Schon jetzt litt sie unter Panikattacken und Angstzuständen. Ihr war wichtig, dass Sara nichts davon erfuhr, dass sie sorglos ihre Kindheit und Jugend genießen konnte. Und bis jetzt hatte dies auch hervorragend funktioniert. Auch wenn jeder spitze Pfeil ihrer Tochter sie mitten ins Herz traf.

Plötzlich spürte sie die Arme ihrer Tochter um ihren Hals und das weiche, nach Kokos und Honig duftende Haar, das ihre Wange kitzelte.

„Tut mir leid, Mama", murmelte sie schuldbewusst. „Er fehlt mir, und gerade an diesem Tag möchte ich ihm nahe sein."

„Das weiß ich doch, Liebes." Sie drückte ihre Tochter fest an ihr Herz. „Auch für mich ist es schwer."

„Können wir denn im nächsten Jahr nach Stockholm fahren, um sein Grab zu besuchen? Das ist an einem Wochenende und würde perfekt passen."

Frija schossen die Tränen in die Augen, als sie Saras Hoffnung heraushörte. Jetzt zu lügen, fiel ihr unglaublich schwer, denn sie wusste, dass sie niemals gemeinsam nach Stockholm fahren würden.

„Ja, das ist eine tolle Idee, dann können wir alles perfekt planen." Sie schloss die Augen und bat um Vergebung.

„Danke, Mama, ich freue mich riesig." Sara drückte ihr einen Kuss auf die Wange und sah überglücklich aus. Frija wurde übel, wenn sie nur daran dachte, ihr kleines großes Mädchen wieder zu enttäuschen. Aber das Leben war selten fair.

Am Samstag saß Frija mit Leif in einem noblen Restaurant. Sie hatte sich tatsächlich diese Auszeit nehmen können, weil Sara wieder bei Joline übernachten wollte. Die Schulleitung hatte in der Gemeindehalle eine Tanzveranstaltung organisiert, bei der die Mädchen natürlich nicht fehlen durften. Frija fiel es schwer, Sara ziehen zu lassen, aber dieser Prozess war unvermeidlich.

„Zum Wohl." Leif prostete ihr zu. „Ich habe noch eine kleine Überraschung für dich."

„Na, da bin ich aber gespannt."

Leifs Augen klebten förmlich an ihrem neuen Kleid. Aber er war nicht der Einzige, Frija hatte auch die Blicke der anderen Männer bemerkt.

Sie hob ihr Glas, um daran zu nippen. Diesmal würde sie sich nicht gehen lassen und den Alkohol in sich hineinschütten, auch wenn Leif sie stets dazu ermunterte. Ihr Puls raste und sie fühlte sich wieder wie eine Antilope, die vom Löwen gejagt und erlegt wurde. Leifs Gegenwart löste ständig ihren Fluchtreflex aus. Und dennoch überwog die Sehnsucht, wenn sie nicht zusammen waren. Das war völlig paradox.

„Wer ist paradox?"

„Entschuldige, ich habe nur laut gedacht", erwiderte sie lächelnd.

„Ja, sieht wohl so aus. Hast du unsere Beziehung damit gemeint?"

„Nein, wie kommst du darauf?" Sie fühlte sich ertappt. „Warum reagierst du immer so empfindlich?"

Leif stellte sein Glas ab und hatte augenblicklich wieder diesen starren Blick aufgesetzt. „Ich habe doch schon einige Male erwähnt, wie oft ich verletzt worden bin. Die eine war nur an meinem Vermögen interessiert, die andere hat mich ständig betrogen. Da wird man mit der Zeit vorsichtig und stellt mehr Fragen."

In Frija regte sich erneut Mitleid. Leif wollte nie über seine Vergangenheit sprechen und sie konnte demnach nicht beurteilen, was nun tatsächlich der Wahrheit entsprach. Sein ewig präsentes Misstrauen schadete der noch frischen Beziehung. Falls es überhaupt eine war.

Sie würde Leif diesmal ganz genau im Auge behalten. Dass er sie nicht zu sich nach Hause eingeladen hatte, war ihr seltsam vorgekommen und der Stachel der Eifersucht regte sich in ihr. Es schien, als ob sie beide etwas zu verbergen hätten, und sie erkannte durchaus Parallelen zu ihrem eigenen Leben. Dennoch hielt sich ihr Verständnis für ihn in Grenzen. Er flirtete in ihrem Beisein oft mit anderen Frauen, und das verletzte sie. Vielleicht gelang es ihr, einen Blick in seine Brieftasche zu werfen, auch wenn sie sich allein schon des Gedankens schämte. Aber tief in ihr war da dieses Gefühl, dass etwas mit ihm nicht stimmen konnte.

„Was hältst du davon, wenn wir ins Hotel zurückfahren?", fragte Leif unvermittelt und taxierte einen Mann am Nebentisch, der Frija immer wieder anlächelte.

Sie genoss diesen Augenblick und zum ersten Mal fühlte sie sich Leif gegenüber überlegen. Aus ihnen würde niemals ein Paar werden, denn sie begegneten sich nicht auf Augenhöhe. Frija musste nur noch die Kraft finden, sich endgültig von ihm zu lösen. Aber das war leichter gesagt als getan, denn Leif verfügte über Suchtpotenzial.

Sie leerte das Glas, während Leif zahlte. Dann half er ihr in den Mantel und warf dem Mann am Nebentisch beim Hinausgehen einen hasserfüllten Blick zu. Einerseits genoss Frija seine Eifersucht, andererseits war sie davon abgestoßen. Leif eilte mit schnellen Schritten voraus und sie folgte ihm wie eine brave Dackelhündin. Das wiederum fand sie erniedrigend. Schweigend fuhren sie zum Hotel zurück.

„Hast du deine Karte zur Hand?", fragte er, als sie im Lift nebeneinanderstanden.

„Ich möchte, dass wir diesmal in dein Zimmer gehen."

„Das geht nicht, ich habe schließlich noch eine Überraschung für dich."

„Leif, mir ist nicht nach Überraschungen zumute."

„Ich verstehe nicht, warum du grundsätzlich deinen Willen durchsetzen musst. Du bedeutest mir viel, und es schmerzt, wenn du mit deiner Art die zarten Bande durchtrennst."

Zum ersten Mal hatte er seine Zuneigung gestanden, doch es hörte sich wie eine Lüge an. Frija wollte einem erneuten Streit aus dem Wege gehen und öffnete die Tür zu ihrem Hotelzimmer.

„Bitte schön." Mit einer weit ausholenden Geste und einem spöttischen Lächeln auf ihren Lippen ließ sie Leif eintreten.

„Danke", sagte er knapp und nahm im Sessel Platz. Er schien ihren Stimmungswechsel nicht zu bemerken. „Könntest du eine Flasche Champagner aufs Zimmer bestellen? Ich werde beim Auschecken natürlich die Rechnung übernehmen."

Frija griff zum Haustelefon, und nur wenige Minuten später wurde ihnen der Champagner aufs Zimmer gebracht.

„Wunderbar." Zufrieden entkorkte Leif die Flasche und schenkte die Gläser ein. Dann trank er einen Schluck. „Könnte wirklich besser sein, viel zu herb und bitter." Er stellte das Glas wieder ab. „Übrigens, wie geht es deiner Tochter?"

Seine Frage klang beiläufig, aber Frija nahm sie mit einem unguten Gefühl zur Kenntnis.

„Hast du vielleicht ein Foto, wo ihr beide drauf seid?"

„Warum?"

„Weil ich gern wissen möchte, ob ihr euch ähnelt. Es heißt ja immer: Wie die Mutter, so die Tochter."

„Hast du nicht eine Überraschung für mich geplant?" Sie straffte ihre Schultern, um von diesem prekären Thema abzulenken. „Ich kann dir nachher ein Bild zeigen." Sie hatte allerdings nicht vor, seiner Bitte nachzukommen. Sara stand nicht zur Debatte, er war definitiv zu weit gegangen.

„Hast du dir neue Unterwäsche gekauft?", fragte er.

Ja, das hatte sie zähneknirschend getan. Obwohl sie eigentlich davon ausgegangen war, dass Leif ihr die Dessous schenken würde. Er war unglaublich knausrig. Wahrscheinlich liegt das auch wieder nur an seiner bedauernswerten Vergangenheit, dachte sie mit einer gehörigen Portion Zynismus.

„Natürlich bin ich deinem Wunsch nachgekommen, mein Herr."

Leif hatte den ironischen Unterton anscheinend überhört und lächelte stattdessen selbstgefällig. Diese Art der Unterwerfung schien ihm zu gefallen.

„Gut, dann zieh dich bitte aus und verbinde dir anschließend die Augen."

Er zog das Einstecktuch aus seinem Jackett und drückte es Frija in die Hand. „Ich bin gleich zurück."

Entgegen seiner Bitte blieb sie angekleidet und bedeckte nur die Augen mit dem Tuch. Dann setzte sie sich auf das Bett und wartete. Sie spürte einen kühlen Luftzug auf ihrer Haut, als Leif die Tür öffnete und eintrat.

„Du bist kein braves Mädchen." Er löste ihren Bun und strich mit seinen Fingerspitzen durch das Haar, das ihr nun locker auf ihren Schultern lag. „Knie bitte nieder, wie sich das für eine anständige Sub gehört."

Sub wie submissive? Oder hatte sie sich verhört?

Plötzlich sauste mit einem zischenden Laut etwas auf sie nieder. Frija zuckte zusammen, der Striemen brannte wie glühende Kohlen auf ihrer nackten Haut.

„Das hat verdammt noch einmal wehgetan", rief sie wütend und riss die Augenbinde herunter. „Schluss damit, ich habe die Faxen wirklich dicke. Lass uns mit diesem Blödsinn aufhören und wieder normal miteinander umgehen."

Als sie sich erhob, vernahm sie abermals den zischenden Laut. Der brennende Schmerz auf dem Rücken ließ nicht lange auf sich warten.

„Ich habe dir doch gesagt, dass ich das nicht will!", schrie sie außer sich.

Zorn und Scham ließen ihr Gesicht erröten. Nicht auszudenken, wenn ihre Tochter auch nur einen Hauch dieser absonderlichen Spielchen mitbekommen würde. Aufgebracht drehte sie sich zu ihm um und sah, dass er erneut ausholte.

„Hast du mich nicht verstanden? Du sollst sofort damit aufhören!", rief sie und machte einen Schritt auf ihn zu, um ihm die Reitgerte zu entreißen. Der Blick aus seinen eisgrauen Augen war hart und ließ sie zögern. Mit einem Mal ging alles ganz schnell.

Er pfefferte die Reitgerte in eine Ecke des Zimmers, packte ihre Handgelenke und warf sie rücklings aufs Bett. „Strafe muss sein." Er atmete schwer.

Sie wehrte sich mit aller Kraft, aber Leif war stärker. Er drückte sie aufs Bett und wollte sie mit Gewalt nehmen.

„Nein, nein ..." Sie wimmerte und zog ruckartig ihr Knie nach oben.

Mit einem Schmerzenslaut ließ Leif sich auf die Seite fallen und rang keuchend nach Luft.

„Du bist einfach nur widerlich", rief sie angeekelt. Zitternd setzte sie sich auf die Bettkante und schlug die Hände vors Gesicht. Was trieb dieser Mann nur mit ihr? „Ich möchte, dass du sofort das Zimmer verlässt!"

„Was ist denn nun schon wieder?", fragte er. „Wir spielen doch nur ein Spiel."

Am liebsten hätte sie ihn angeschrien, was für ein elender Mistkerl er doch war. Aber sie blieb stumm. „Geh einfach ...", murmelte sie.

„Aus dir soll einer schlau werden. Kein Wunder, dass du seit Jahren allein lebst", sagte er mit kalter Stimme und zog die Tür hinter sich zu.

Bittere Tränen der Enttäuschung brannten in ihren Augen. Seine Worte hatten sie härter getroffen als jeder Peitschenhieb, und sie wollte diese Schmach nicht auf sich sitzen lassen. Im Badezimmer wusch sie sich das Gesicht und streifte sich hastig ihre Jeans und ein Shirt über. Anschließend klopfte sie an seine Zimmertür, doch im Inneren regte sich nichts.

„Leif? Jetzt mach endlich auf!", rief sie und trommelte mit Fäusten wütend gegen die Tür.

„Was soll denn dieses Affentheater?", brummte ein älterer Herr schlaftrunken durch den Türspalt. „Können Sie Ihre Zwistigkeiten nicht woanders austragen?"

Beschämt senkte Frija ihren Kopf und lief die Treppe hinunter. Sie durchquerte die Lobby und suchte auf dem Parkplatz vergebens nach dem Wagen von Leif. Er hatte sich einfach aus dem Staub gemacht. Frija machte auf dem Absatz kehrt und hastete ins Hotel zurück. Im Zimmer schnappte sie sich die Autoschlüssel. Dieser Ort war nicht sehr groß, sie würde Leif schon aufspüren, um zu sehen, wohin er gegangen war. Sie hatte da so eine Ahnung ...

Aufgewühlt steuerte sie den Wagen durch die menschenleeren Straßen. Sie zitterte noch immer, und bittere Tränen tropften auf ihr Shirt. Wie hatte sie sich in diesem Menschen nur so täuschen können? Nach außen hin trat er stets seriös und freundlich lächelnd auf, aber tief in seinem Inneren war er ein Monster mit dunkler Seele, undurchsichtig wie die finstere Nacht. Sie wollte ihn stoppen, aufhalten, bevor er die nächste Frau verletzen konnte.

Nach einer zwanzigminütigen Fahrt entdeckte sie endlich seinen schwarzen Volvo in einer Nebenstraße. Leif parkte direkt vor einer Bar, die schon von außen einen sehr zwielichtigen Eindruck machte.

„Du elender Mistkerl." Sie stieg aus und presste ihre Nase gegen die Scheibe der Eingangstür. Leif saß mit einer stark geschminkten Dame an einem Tisch und amüsierte sich prächtig, während er Champagner schlürfte. Wie hatte sie sich nur so zum Narren halten lassen können? Hastig schoss sie ein paar Fotos und wandte sich ab. Das würde sie ihm noch heimzahlen, so viel war sicher.

Plötzlich hörte sie Schritte hinter sich. Aber als sie sich umdrehte, war niemand zu sehen. Fröstelnd rieb sie sich über die Oberarme und schaute sich um. Auf einmal war es wieder da, dieses Gefühl, aus sicherer Entfernung beobachtet zu werden. Ihre Nerven waren schon wegen Leif zum Zerreißen gespannt, aber das konnte sie jetzt ganz und gar nicht gebrauchen. Ihre Absätze hallten über das Pflaster, als sie mit schnellen Schritten zu ihrem Wagen lief. Ein flüchtiger Blick über die Schulter offenbarte ihr eine dunkel gekleidete Gestalt, die sie verfolgte.

Sie rannte die letzten Meter, öffnete die Fahrertür und stieg ein. Mit einer fahrigen Handbewegung betätigte sie die Zentralverriegelung und startete den Wagen. In ihrer Nervosität würgte sie den Motor ab. Ein breitschultriger Mann löste sich aus dem Schatten und lief geradewegs auf sie zu. Ihre Alarmglocken schrillten, irgendetwas stimmte nicht. Der Motor erwachte wieder zum Leben und sie trat aufs Gaspedal. Mit durchdrehenden Reifen verließ sie den Parkplatz und kehrte wie fremdgesteuert zum Hotel zurück. Dort warf sie ihre Sachen achtlos in die Tasche, marschierte zum Lift und fuhr in die Lobby, um auszuchecken. Sie wollte nur noch weg. Wer immer dieser Mann auch gewesen war, er hatte in ihren Augen überaus bedrohlich gewirkt.

Mit hastigen Schritten durchquerte sie die Lobby.

„Sie wollen um diese Uhrzeit noch abreisen? Sind Sie mit dem Service nicht zufrieden?" Die junge Rezeptionistin wirkte irritiert.

„Das hat persönliche Gründe. Die Rechnung wird Leif Bergmann begleichen, Sie können mir eine Bestätigung ausstellen. Vielen Dank."

„Sie haben großes Glück, dass ich noch da bin. Mein Feierabend hat eigentlich schon vor zwanzig Minuten begonnen."

„Sie bekommen ein großzügiges Trinkgeld, ich möchte wirklich keine Minute länger bleiben."

„Kein Problem."

Kurz darauf saß Frija wieder hinter dem Steuer ihres Geländewagens und fuhr in Richtung Svanberga. Sie war wütend auf Leif, aber auch auf sich selbst. Wie hatte sie diesem Mann nur vertrauen können? Als ihm dämmerte, dass er sie für diese Spielchen nicht begeistern konnte, war er einfach weitergezogen. Sein Verhalten beschämte Frija und sie hatte ihre liebe Not, sich auf den nächtlichen Verkehr zu konzentrieren.

Nach einer Stunde Fahrzeit hatte sie endlich wieder die heimatlichen Gefilde erreicht, und als das Haus vor ihr auftauchte, brach sie abermals in Tränen aus. Noch nie war sie von einem Mann so *abgezogen* worden. Achtlos ließ sie den Wagen in der Einfahrt stehen und schloss die Haustür auf. Smilla wartete bereits im Flur und strich ihr schnurrend um die Beine.

„Es ist schön, wieder zu Hause zu sein", flüsterte Frija und strich der Katzendame durchs seidig glänzende Fell. „Ich werde dich in Zukunft nicht mehr allein lassen, versprochen."

Frija war so aufgekratzt, dass sie nicht schlafen konnte, und kochte sich in der Küche einen Tee. Dann stieg sie die Stufen zum Arbeitszimmer hinauf und setzte sich an den Schreibtisch. Wollen wir doch einmal sehen, was für ein Mensch du wirklich bist, lieber Leif, dachte sie.

Zuerst unterzog sie Leifs Firmenwebsite einer genauen Musterung. Diese hatte sie früher nur einmal kurz überflogen und jetzt ärgerte sie sich über ihr Versäumnis. Aufmerksam betrachtete sie die Fotos. Leif saß mit einem selbstgefälligen Lächeln hinter dem wuchtigen Schreibtisch und das einzige Wort, das ihr dazu einfiel, war – Blender!

Erst auf den zweiten Blick entdeckte sie eine gerahmte Fotografie, die ganz am Rande neben einem Stapel Akten stand. Darauf war eine schlanke blonde Frau in seinem Alter zu sehen, die schüchtern in die Kamera blickte. Verdammt, warum hatte sie nicht schon viel früher auf diese Dinge geachtet? Vertrauen war einer der wichtigsten Bausteine einer Beziehung und Frija war davon ausgegangen, dass Leif die Wahrheit gesagt hatte.

Diese Fotografie war Frijas Anreiz, mehr über ihn herauszufinden, und sie beschloss, sich einen Tag freizunehmen, um der Sache auf den Grund zu gehen. Jetzt musste sie nur noch seine Privatadresse checken, aber das war leichter gesagt als getan. Im Impressum stand nur sein Firmensitz, mehr nicht.

Allmählich wurde ihr bewusst, wie wenig sie eigentlich von ihm wusste. Er war ein aufmerksamer Zuhörer gewesen und hatte kaum Details über sein Leben preisgegeben. Ihre Unachtsamkeit rächte sich jetzt und sie schalt sich eine Närrin. Er hatte sie umgarnt, ihr geschmeichelt, und sie war prompt darauf hereingefallen. Aber am meisten ärgerte sie, dass nicht sie es gewesen war, die ihm den Laufpass gegeben hatte.

„Nicht mit mir, Leif", sagte sie mit drohendem Unterton. „Ich werde deine Geheimnisse lüften."

# KAPITEL 10

Sara hatte es kaum erwarten können, nach Hause zurückzukehren, und verschwand sofort nach ihrer Ankunft in ihrem Zimmer. Sehnsüchtig wartete sie auf ein Lebenszeichen von Noah. Ob er wohl mit dem Treffpunkt einverstanden wäre?

Sie legte sich auf das Bett und klappte den Laptop auf. Ihr Herz pochte heftig, als ihr virtueller Briefkasten endlich eine neue Nachricht anzeigte.

*Danke für deine Nachricht. Der Knutby Krog als Treffpunkt ist gut gewählt. Ich kann es kaum erwarten, dich live und in Farbe zu sehen.*

Sara drehte sich auf den Rücken und strahlte übers ganze Gesicht. Endlich, endlich würde sie ihn kennenlernen, ihren Mister Right.

*Ich bin auch schon sehr gespannt. Passt es dir morgen überhaupt?*

*Kein Problem, ich kann mir freinehmen. Aber wie wirst du das mit der Schule regeln? Ich möchte auf gar keinen Fall, dass du Ärger mit deiner Mutter oder den Lehrern bekommst.*

*Du musst dir keine Gedanken machen, Noah. Ich werde wie jeden Tag in Richtung Schule aufbrechen, mich aber bei meinen Freundinnen krankmelden. Ich habe zwar noch nie geschwänzt, aber dieses eine Mal kann ich es wohl riskieren.*

*Sara, bist du dir auch wirklich sicher?*

*Natürlich. Ich werde vorsichtig sein, versprochen.*

*Pass bitte auf dich auf. Wann wirst du im Knutby Krog sein?*

*Wenn alles so läuft wie geplant, wäre ich um halb zehn dort.*

*Falls nicht, Sara, dann schicke mir bitte eine Nachricht, okay?*

*Das werde ich. Aber ich gehe davon aus, dass alles klappt.*

*Super. Ich kann es kaum erwarten, dich zu sehen.*

*Geht mir genauso. Bis morgen, Noah.*

*Bis morgen, Süße.*

Sara sprang auf und riss die Türen ihres Kleiderschrankes auf. Was sollte sie anziehen? Da sie mit dem Mountainbike zur Bushaltestelle fahren würde, fielen Absatzschuhe flach. Außerdem wollte sie authentisch wirken und ihre Mutter sollte keinen Verdacht schöpfen. Nacheinander probierte sie sämtliche Kleidungsstücke durch, bis sie sich für eine helle Jeans und einen eng anliegenden Pulli entschied. Dann setzte sie sich vor den Schminktisch. Der Lidstrich, den Joline stets perfekt ziehen konnte, bereitete ihr am meisten Schwierigkeiten. Sie wollte unbedingt erwachsener und reifer wirken, um Noah zu beeindrucken.

Nach dem zehnten Versuch gab sie frustriert auf und warf die Abschminktücher in den Müll. Es war eine dumme Idee, mehr aus sich machen zu wollen. Entweder mochte Noah sie so, wie sie war, oder es wurde nichts daraus. Schließlich musste sie mit allem rechnen.

Ihre Mutter klopfte und steckte den Kopf zur Tür herein. „Das Abendessen ist fertig."

„Alles klar, ich komme gleich."

Sie war so aufgeregt, dass sie befürchtete, keinen Bissen herunterzubekommen. Nachdem sie in ihrem Zimmer wieder Ordnung geschaffen hatte, setzte sie sich zu ihrer Mutter an den Tisch, die sie prüfend taxierte.

„Alles in Ordnung?"

Mussten Mütter immer einen siebten Sinn haben? Oder stand auf ihrer Stirn geschrieben, dass sie morgen die Schule schwänzen wollte?

„Natürlich", antwortete sie schulterzuckend und biss in ihr belegtes Brot.

„Du bist so anders."

„Wieso das denn?" Beinahe hätte sie sich verschluckt. „Ich bin doch so wie immer."

„Nein, du bist seltsam."

Sie legte das Brot zur Seite und funkelte ihre Mutter
an. „Ich habe keine Ahnung, was du damit bezweckst.
Es ist alles bestens, okay?"

„Tut mir leid, ich wollte dich nicht verärgern."

Ihre Mutter sagte keinen Mucks mehr, aber sie
konnte ihren verstohlenen Blick spüren. Nachdem sie
ihr Brot aufgegessen hatte, schenkte sie ihr noch ein
strahlendes Lächeln und zog sich wieder in ihr Zimmer
zurück. Sie war unglaublich nervös und hätte so gern
mit Joline und Svea über ihr aufregendes Abenteuer ge-
redet. Aber niemand durfte davon erfahren. In ihrem
Bauch rumorte es und sie hielt die Spannung kaum aus.
Aber sie musste auch aufpassen, um sich nicht zu verraten. Immer wieder schaute sie zur Uhr. Wie sollte sie
es nur bis zum nächsten Morgen aushalten?


Nach einer mehr oder weniger schlaflosen Nacht saß
Sara nervös am Frühstückstisch. Hastig stopfte sie zwei
Toaste in sich hinein und leerte die Teetasse.

„Tschau, Mom, ich muss los."

Ihre Mutter schien mit ihren Gedanken meilenweit
entfernt. „Was hast du gesagt?"

„Dass ich jetzt losfahre."

„Ach so. Soll ich dich nicht lieber zur Schule bringen?"

„Nein, nein, das passt schon. Ich möchte nach der
Schule noch zu Svea, weil wir für Physik lernen wollen." Sie kreuzte hinter dem Rücken heimlich die Finger.

„Aber du gibst mir rechtzeitig Bescheid, wann du wieder zu Hause bist, ja?"

„Natürlich, Mom, ich werde mich wie immer melden."

„Pass auf dich auf, Liebes.“

Ihre Mutter küsste sie auf den Scheitel und lächelte abwesend. Sara vermutete, dass sie Stress mit dem Typen hatte, der ihr in Stockholm über den Weg gelaufen war. Eigentlich wollte sie nicht, dass ihre Mutter einen Mann anschleppte, obwohl sie genau wusste, wie egoistisch dieser Wunsch war. Aber vielleicht hatte ihre Mutter Angst vor dem Alleinsein, denn in ein paar Jahren würde Sara ausziehen, um zu studieren.

Sie schulterte den Schulrucksack und schwang sich aufs Mountainbike. Sie musste ungesehen zur Bushaltestelle gelangen, eine Herausforderung um diese Uhrzeit. Deshalb fuhr sie einen Umweg, versteckte das Fahrrad in den Sträuchern und wartete dort im Verborgenen. Erst als der Bus an der Haltestelle hielt, kam sie hervor, stieg ein und löste eine Karte. Bis auf zwei ältere Damen, die in ein Gespräch vertieft waren, war niemand aus Svanberga zugestiegen. Perfekter hätte es nicht laufen können.

Sara setzte sich in die hinterste Sitzreihe und atmete auf, als sich der Bus mit einem sanften Ruck in Bewegung setzte. Nicht mehr lange und sie würde Noah gegenüberstehen. In ihrem Bauch kribbelte die Vorfreude. Sie warf einen Blick auf die vorüberziehende Landschaft und konnte es kaum erwarten, diesen ausgesprochen attraktiven jungen Mann kennenzulernen.

Die Fahrt nach Knutby zog sich quälend in die Länge. Als der Bus endlich hielt, war sie so nervös, dass sie befürchtete, keinen einzigen zusammenhängenden Satz zustande zu bringen. Sie stolperte förmlich ins Freie und schaute sich suchend um. Von Noah war nichts zu sehen und Enttäuschung machte sich breit. Dabei hatte sie ihm doch extra die Uhrzeit geschrieben, wann der Bus in Knutby ankommen würde.

Natürlich hatte sie nicht erwartet, dass er mit einem Strauß roter Rosen an der Bushaltestelle stehen würde. Aber dass er noch gar nicht da war, verletzte sie sehr. Ob er sich einen Spaß daraus machte, junge Frauen absichtlich in die Irre zu führen?

Am liebsten wäre sie mit dem nächsten Bus sofort zurückgefahren, um sich nicht länger der Scham auszusetzen. Mit einem Seufzen entschied sie sich dagegen und betrat stattdessen die Gaststube des urigen Knutby Krog, die glücklicherweise schon geöffnet hatte. Sie war der einzige Gast und der Wirt schenkte ihr ein fröhliches Lächeln, als sie an einem der Tische Platz nahm.

„Was darf's denn sein, junge Dame?"

Sara errötete. „Eine Cola", antwortete sie knapp.

„Na, fällt heute die Schule aus?" Sein Lächeln wurde eine Spur breiter.

Verdammt, womit hatte sie das nur verdient? Dafür sollte Noah in der Hölle schmoren.

„Nein, Lehrerkonferenz."

„Aha, so nennt man das heute." Er polierte nebenher die Gläser mit einem Tuch. „Mach dir keinen Kopf, ich werde dich nicht verpetzen." Er zwinkerte ihr verschwörerisch zu. „Aber immer daran denken – wer nichts wird, wird Wirt."

Sein dröhnendes Lachen hallte durch die Gaststube, aber Sara konnte seinen Humor nicht teilen. Noah war ein Mistkerl und sie ärgerte sich maßlos über ihre Naivität. Sie hatte allen beweisen wollen, dass sie durchaus in der Lage war, sich einen Jungen zu angeln. Und nun das …

Ihre Ohren glühten, als der Wirt ihr die Cola auf den Tisch stellte. „Wohl bekomm's."

„Danke, ich möchte gleich zahlen", erwiderte sie.

„Lass stecken, geht aufs Haus." Er winkte ab. „Bist wohl versetzt worden?"

Sara blies geräuschvoll die Luft aus. „Das geht Sie gar nichts an", erwiderte sie patzig.

Normalerweise war sie nicht unhöflich, schon gar nicht, wenn ihr ein Getränk spendiert wurde. Aber die Kränkung saß tief.

„Okay, ich habe verstanden."

„Entschuldigung", murmelte sie resigniert. „Wissen Sie vielleicht, wann der nächste Bus in Richtung Svanberga fährt?", fragte sie.

Es war unwahrscheinlich, dass Noah noch auftauchte. Sie hatte ihm etliche Nachrichten geschrieben und keine einzige Antwort darauf erhalten.

„In einer halben Stunde. Möchtest du vielleicht noch einen Happen essen?"

„Nein, danke. Mir ist der Appetit restlos vergangen."

„Ein Junge, hm?" Der Wirt musterte sie fragend.

„Sieht man mir das so deutlich an?"

Er grinste. „Wer ein so hübsches Mädchen warten lässt, hat dich nicht verdient."

„Ich werde es ihm ausrichten", antwortete sie bissig.

Der Wirt arrangierte einen Teller mit Gebäck und platzierte ihn vor Saras Nase.

„Etwas Süßes hilft gegen Traurigkeit."

„Danke, das ist wirklich sehr nett von Ihnen."

Sie schaute zu dem bärtigen Hünen auf und musste lächeln.

„So gefällst du mir schon viel besser“, sagte er mit einem zufriedenen Gesichtsausdruck. „Und das nächste Mal gehst du lieber in die Schule, damit du nicht so endest wie ich ... als Wirt.“ Er lachte abermals dröhnend.

Sara knabberte einen Keks, suchte anschließend die Toilette auf und verabschiedete sich.

„Vielen Dank noch einmal für die Mühe. Sorry, dass ich so biestig zu Ihnen war.“

„Kein Ding. Du müsstest mal meine Frau erleben, wenn ich zu spät nach Hause komme.“ Er verdrehte genervt die Augen. „Pass auf dich auf.“

„Das werde ich.“ An der Tür drehte sie sich noch einmal um und hob zum Abschied die Hand. Dann trat sie nach draußen. Die Bushaltestelle war schräg gegenüber vom Knutby Krog und sie setzte sich auf die überdachte Bank. Ihre Wut auf Noah wuchs mit jeder Minute. Wie hatte sie nur so dumm sein können? So ein Typ verliebte sich doch nicht in ein Landei wie sie, wo er doch an jedem Finger mindestens ein Mädchen haben konnte.

Ein Mazda älteren Baujahres näherte sich mit verminderter Geschwindigkeit der Haltestelle. Noah? Saras Herz klopfte bis zum Hals.

Der Wagen hielt tatsächlich an und das Seitenfenster fuhr leise surrend herunter.

„Hey, bist du Sara?“, fragte ein Mann um die vierzig, dessen dunkler Vollbart wenig vertrauenerweckend wirkte.

„Wer will das wissen?“ Sara war der Kerl nicht geheuer.

„Noah schickt mich. Er ist unverschuldet in einen Unfall verwickelt worden und hat mich gebeten, dich abzuholen.“

Sara war sprachlos, er hatte sie demnach nicht versetzt. Dennoch zögerte sie.

„Was ist? Willst du Wurzeln schlagen?“

„Wer sind Sie überhaupt?“, fragte sie misstrauisch.

„Ein Freund der Familie. Möchtest du meinen Ausweis sehen?“

„Wo sollen Sie mich denn hinbringen?“ Sara kämpfte gegen das Misstrauen an. Steig nie zu einem Fremden ins Auto, hallten Moms Worte in ihrem Kopf.

„Pass auf, ich setze mich mit Noah in Verbindung, damit er dir alles erklären kann. Aber denk dran, ich habe nicht ewig Zeit“, sagte er ungehalten.

Schon im nächsten Augenblick kündigte Saras Smartphone eine neue Nachricht an.

*Sorry, Sara, aber mein Wagen musste abgeschleppt werden. Jordan wird dich zu mir bringen, wir treffen uns in einem Café, wenn du noch magst. Noah*

Gut, dann würde wohl alles seine Richtigkeit haben. Sie tippte rasch eine Antwort und stieg in das Fahrzeug ein. Noch bevor sie sich angeschnallt hatte, fuhr der Mazda los und sie wurde in das Polster gedrückt.

„Wohin fahren wir genau?“, erkundigte sie sich.

„Frag doch Noah“, brummte Jordan gereizt.

„Er antwortet mir nicht mehr.“

Sie fühlte sich zunehmend unbehaglicher. Jordan war ein komischer Kauz, der ihr deutlich zu verstehen gab, was er davon hielt, sie durch die Gegend zu chauffieren.

„Gleich kommt eine Tankstelle, da muss ich anhalten", sagte er.

„Okay", erwiderte Sara.

Jordan setzte den Blinker und fuhr an eine Zapfsäule. Gelangweilt beobachtete sie ihn. Ihre Aufregung war wie weggeblasen und insgeheim ärgerte sie sich, dass sie nicht mit dem Bus zurückgefahren war. Heute war wirklich kein guter Tag für ein Date.

Jordan hatte mittlerweile den Tank gefüllt und verschwand hinter den Glastüren und zahlte. Nach fünf Minuten kehrte er zum Mazda zurück und reichte Sara eine Colaflasche.

„Hier, falls du Durst hast."

„Nein, danke", erwiderte sie.

„Jetzt zier dich nicht so und nimm sie, ich will endlich los."

Sara wollte nicht undankbar erscheinen und nahm die Flasche entgegen. Jordan konzentrierte sich wieder auf die Straße. Er wirkte plötzlich nervös, obwohl er den Blick starr auf die Straße gerichtet hatte.

„Wann sind wir da?", fragte Sara.

„Halbe Stunde ungefähr", brummte Jordan, der alles andere als gesprächig war. „Willst du nichts trinken?"

Sara seufzte und öffnete die Flasche, die einen zischenden Laut von sich gab. Sie trank zwei Schlucke und schraubte den Verschluss wieder zu.

„Zufrieden?"

Jordan nickte, den Blick nach vorn gerichtet. Müde lehnte Sara den Kopf an die Nackenstütze und schloss die Augen. Worauf hatte sie sich da bloß eingelassen?

Die Sache mit Noah war ihr eindeutig zu kompliziert, wenn schon beim ersten Treffen alles drunter und drüber ging. Sie würde drei Kreuze machen, wenn sie wieder zu Hause war.

# KAPITEL 11

Jacob hatte sich aus der Miniküche des Dezernats einen frischen Kaffee geholt und setzte sich an den Computer. An diesem Tag waren ausnahmsweise keine neuen Fälle auf seinem Schreibtisch gelandet und so konnte er sofort mit der Recherche beginnen. Er gab Frijas vollständigen Namen in die Suchmaske ein und war überrascht, dass kaum Informationen über sie existierten. Die Geburtsurkunden von Frija und ihrer Tochter waren in Stockholm ausgestellt worden, aber danach verlor sich jede Spur. Offiziell tauchten die beiden erst wieder in Svanberga auf, als Sara die Vorschule besuchte.

Jacob verfeinerte noch einmal die Suche. Er forschte nach möglichen Verkehrssünden und Arbeitgebern, jedoch ergebnislos. Schließlich sah er sich gezwungen, einen Kollegen per Mail um Hilfe zu bitten. Frustriert stand er auf und öffnete das Fenster, um klarer denken zu können. Es hatte den Anschein, als wären Frija und Sara Larsson plötzlich wie aus dem Nichts aufgetaucht. Ein Ding der Unmöglichkeit.

Als nach einer Stunde endlich der ersehnte Anruf einging, atmete er erleichtert auf.

„Hej, hej, Axel, was hast du herausgefunden?"

„Genauso wenig wie du. Ich glaube, da deckelt jemand die Quelle", erwiderte er.

„Was soll das heißen? Frija und Sara Larsson müssen doch schon vorher irgendwo aktenkundig geworden sein.“

„Ich habe alles durchforstet, es existieren weder Versicherungsdaten noch Adressen.“

„Tja, was nun?“ Jacob war ratlos.

„Lass es auf sich beruhen. Wird schon alles seine Richtigkeit haben.“

„Aber das ist doch ein Unding. Jeder Mensch hinterlässt Spuren.“ Jacob fand es seltsam.

„Ich bin nur der Überbringer der Nachricht, nicht der Verursacher“, brummte Axel.

„Entschuldige, aber ich hatte mir mehr davon versprochen. Standesamtliche Einträge, Führerschein, und, und, und. Sind die derzeitigen Papiere alle echt?“

„Zu einhundert Prozent. Hast du die Möglichkeit, bei Frija Larsson direkt nachzufragen?“

„Ja, schon, aber ich bezweifle, dass sie mir die Wahrheit sagen wird. Außerdem will ich nicht mit der Tür ins Haus fallen.“

„Warum nicht, Jacob? Wenn es der Aufklärung dient, darfst du dich nicht zieren.“

„Du hast leicht reden. Frija Larsson zieht sich sofort zurück, sobald ich nachhake“, sagte Jacob.

„Na, dann musst du dir eine andere Strategie überlegen“, erwiderte Axel.

„Genau daran feile ich momentan.“

„Du solltest diese Larsson in einem günstigen Moment abfangen und ihr die richtigen Fragen stellen. Vielleicht löst sich dann alles in Wohlgefallen auf.“

„Wenn das doch nur so einfach wäre ...“ Jacob seufzte.

„Halte mich bitte auf dem Laufenden.“

„Werde ich machen." Jacob beendete enttäuscht das Gespräch, jetzt war er genauso klug wie vorher. An wen könnte er sich noch wenden, um mehr über Frija Larsson herauszufinden? Und würde die nächsthöhere Behörde ihm überhaupt die gewünschten Antworten liefern, wo es sich doch um keinen offiziellen Fall handelte? Es gab wichtigere Dinge zu erledigen als eine Anzeige wegen Tierquälerei. Trotzdem nahm er sich fest vor, Frija in den nächsten Tagen aufzusuchen.

Er griff zum Telefon und wählte die Nummer von Ludvig Danielsson. Der ältere Herr hatte das Grundstück am See an Frija veräußert und Jacob wollte mehr darüber in Erfahrung bringen. Minutenlang hing er an der Strippe, ohne dass sich Ludvig meldete. Wahrscheinlich hatte der Achtzigjährige den Fernseher wieder so laut gestellt, dass er den Klingelton nicht hörte.

Jacob leerte seine Kaffeetasse, zog sich seine Jacke über und verließ das Büro, um mit Ludvig persönlich zu reden.

Jacob hatte recht mit seinem Verdacht bezüglich des Fernsehers. Schon auf dem Weg zu Ludvigs Haus konnte er den Nachrichtensprecher hören und drückte mehrmals auf den Klingelknopf.

„Ich komme ja schon ...", rief Ludvig und schlurfende Schritte näherten sich der Tür. „Jacob, was gibt es denn?" Seine Miene verfinsterte sich.

„Kein Grund zur Sorge, Ludvig. Ich möchte nur ein paar Informationen über das Grundstück am See."

Ludvig winkte ab. „Das habe ich doch schon vor Jahren verkauft, um meine Rente aufzubessern."

„Das weiß ich doch. Ich würde nur gern einen Blick in den Kaufvertrag werfen."

„Ist etwas nicht in Ordnung?", fragte der alte Mann misstrauisch.

„Können wir das nicht im Haus klären?" Jacob deutete in den Flur.

„Von mir aus", antwortete Ludvig mürrisch und trat einen Schritt zur Seite. „Keine Ahnung, was du dir davon versprichst."

„Das werden wir dann schon sehen."

Im Wohnzimmer roch es muffig und eine dicke Schicht Staub lag auf den Möbeln. Zukunftsmusik, dachte Jacob. Er würde wahrscheinlich genauso enden, wenn er sein Leben nicht bald in den Griff bekam.

„Möchtest du auch einen Kaffee? Ich habe gerade frisch eine Kanne aufgesetzt."

„Da kann ich schlecht Nein sagen", antwortete Jacob.

Der Achtzigjährige verschwand schlurfend in die Küche und tauchte kurz darauf mit einer Tasse Kaffee wieder auf.

„Bitte schön."

„Dürfte ich einen Blick in den Kaufvertrag werfen?"

„Himmelherrgott, musst du mich so hetzen." Ludvig atmete geräuschvoll aus. „Jetzt trink doch erst einmal deinen Kaffee und ich sehe in den Schränken nach. Könnte auch sein, dass ich den Kaufvertrag schon längst weggeworfen habe."

Nacheinander zog er die Schubladen auf und wühlte in den Unterlagen. Dabei seufzte Ludvig lautstark, um seinem Unmut über die Störung mehr Ausdruck zu verleihen, während Jacob nervös mit den Fingern auf die Tischplatte trommelte. Nur eine Minute später hielt Ludvig erfreut einen schmalen Ordner in die Höhe. „Ich habe ihn."

Na, das wurde ja auch Zeit, dachte Jacob, während Ludvig ihm den Ordner über den Tisch schob.

„Ist alles notariell abgesegnet, wirste nichts finden."

„Darum geht es mir auch nicht", antwortete Jacob.

„Worum denn dann?", fragte der Achtzigjährige interessiert.

„Reine Formalität", erwiderte Jacob knapp und blätterte in den Unterlagen. „Hat sich Frija direkt bei dir gemeldet, um das Haus zu kaufen, oder war ein Maklerbüro daran beteiligt?"

„Hm, da hat sich so eine Firma zwischengeschaltet, glaube ich. Die haben mir ziemlich viele Fragen gestellt, total pingelig. Wie lange das Grundstück schon in unserem Besitz wäre, ob es auch wirklich abgeschieden liegen würde – bla, bla, bla. Am liebsten hätte ich diese Leute zum Teufel geschickt, aber sie waren die Einzigen, die den vollen Preis zahlen wollten."

„Wann kam Frija ins Spiel?", erkundigte sich Jacob.

„Zum Besichtigungstermin ist sie allein erschienen, was mich erstaunt hat. Erst so einen Affenzirkus veranstalten und dann ..." Er machte eine wegwerfende Handbewegung. „Ich konnte es kaum erwarten, bis der Kaufvertrag endlich unterzeichnet war. Hat wirklich keinen Spaß gemacht, sich mit den nörgelnden Interessenten herumzuschlagen."

„Dürfte ich den Vertrag mitnehmen?"

„Mach doch, was du willst." Ludvig ließ sich mit einem Ächzen in den Sessel fallen.

„Erinnerst du dich vielleicht an den Namen der Firma?"

„Meine Güte, du kannst vielleicht Fragen stellen." Ludvig kratzte sich nachdenklich am Kinn. „Immo-Trans oder so."

„Danke, Ludvig, du hast mir sehr geholfen", sagte Jacob.

„Womit denn?"

„Das weiß ich auch nicht so genau." Jacob lächelte verlegen. Er konnte dem alten Mann ja wohl kaum erklären, dass er Frija auf den Zahn fühlen wollte. „Ich muss dann mal wieder zurück ins Büro. Danke für den Kaffee und pass auf dich auf."

Ludvig war sichtlich erleichtert, als Jacob aufstand. „Hoffentlich sehen wir uns nicht so schnell wieder", sagte er.

„Das hoffe ich auch", entgegnete Jacob.

Er stieg in den Wagen und fuhr zur Dienststelle zurück, um die Angaben im Kaufvertrag zu überprüfen. Zuerst wollte er die Firma unter die Lupe nehmen, die Ludvig ihm genannt hatte, aber es existierten keinerlei Einträge. Hatte sich Immo-Trans genauso in Luft aufgelöst wie Frijas nebulöser Aufenthalt in Stockholm?

Das hatte Jacob noch nie zuvor in seiner Laufbahn erlebt. Jeder Mensch hinterließ Spuren, mal mehr und mal weniger. Aber Frijas Leben schien erst hier in Svanberga zu beginnen. Ein Ding der Unmöglichkeit.

# KAPITEL 12

Zwischen Frija und Leif herrschte Funkstille, obwohl sie fest davon ausgegangen war, dass er sich für sein unmögliches Verhalten entschuldigen würde. Aber das tat er nicht. Er hatte es nicht einmal für nötig empfunden, nachzufragen, warum sie so übereilt abgereist war. In ihr brodelte die Wut und sie hätte ihn nur zu gern zur Rede gestellt. Sie ärgerte sich ja selbst darüber, dass sie dieses Thema noch immer beschäftigte und sie keinen Abschluss fand. Deshalb hatte sie sich auch heute freigenommen, um herauszufinden, was für ein Mensch Leif tatsächlich war. Nachdem sich Sara am Morgen auf ihr Mountainbike geschwungen hatte, um zur Schule zu fahren, war Frija in ihren Wagen gestiegen und in Richtung Södergarn aufgebrochen. Die Operation *Leif* konnte starten.

Es war ein kühler, klarer Tag und die Sonne strahlte vom Himmel. Funkelnde Eiskristalle hatten sich an Bäumen und Gräsern festgesetzt und sorgten für einen märchenhaften Zauber. Frija sah das als gutes Omen. Endlich würde sie mit dieser Geschichte abschließen können. Sie drehte die Musik lauter und der harte Beat der Bässe brachte das Innere des Fahrzeugs zum Vibrieren. Genauso musste das sein, heute war der Tag der Abrechnung. Mittlerweile hatte sich der Berufsverkehr verflüchtigt und Frija trat das Gaspedal durch. Je eher sie die Sache mit Leif hinter sich lassen konnte, desto besser.

An einer Raststätte legte sie eine kurze Pause ein und versorgte sich mit einem Kaffee. Dann ging es weiter. Mit jedem Kilometer, den sie sich Södergarn näherte, stieg ihre Nervosität. Als endlich das Ortseingangsschild vor ihr auftauchte, steckte ein dicker Kloß in ihrem Hals. Das Navigationsgerät lotste sie auf dem kürzesten Weg zum Yachthafen. Hier wollte sie mit der Suche starten. Sie stellte ihren Wagen auf dem leeren Parkplatz ab und stieg aus. Leif hatte ihr ein Bild von seinem Segelboot gezeigt und sie lief die schmalen Stege entlang, um es zu suchen.

„Junge Frau, was machen Sie denn da?", rief ein älterer Herr, der in Joppe und Cordhose aus dem Bootshaus getreten war.

Überrascht drehte sich Frija zu ihm um. Das war ihre Chance, die sie nicht vergeigen durfte. „Ich suche das Segelboot von Leif Bergmann", antwortete sie. „Wir sind verabredet und ich wollte mir das Schmuckstück einmal aus der Nähe ansehen." Sie verließ den Steg und zückte ihr Smartphone, um es dem Mann unter die Nase zu halten. „Er hat mir ein Foto geschickt."

„Kein Problem, ich kann Ihnen das Boot zeigen. Sie haben großes Glück, weil Leif es am Wochenende winterfest machen und unterstellen wollte."

So spektakulär, wie das Boot auf dem Foto aussah, wirkte es mit eingeholten Segeln dann doch nicht.

„Vielen Dank", sagte sie. „Das ist mir jetzt schon ein wenig peinlich, aber können Sie mir den Weg zu seinem Haus beschreiben? Sie wissen doch, Frauen hinter dem Steuer, und ich habe mich bereits zweimal verfahren." Sie setzte ihr charmantestes Lächeln auf.

„Aber sicher, so weit ist es ja nicht", erwiderte der ältere Herr beflissen. „Sie folgen der Hauptstraße und fahren immer geradeaus. Am Bankgebäude biegen Sie links ab und nehmen die dritte Querstraße. Leif wohnt in einem modernen Bungalow, den können Sie gar nicht verfehlen."

„Vielen Dank für Ihre Hilfe. Ihnen noch einen schönen Tag."

In Gedanken wiederholte sie die Wegbeschreibung und startete den Motor. Natürlich fuhr sie am Bankgebäude vorbei und musste wenden, aber schließlich hatte sie ihr Ziel erreicht. Sie parkte den Wagen abseits, damit sie sich dem Bungalow unbemerkt nähern konnte. Neugierig schlenderte sie die Straße entlang, um sich ein Bild von der Wohngegend zu machen. Während in den anderen Vorgärten Stauden und Sträucher dominierten, hob sich der Bungalow durch einen akkurat angelegten Kiesgarten mit exotischen Pflanzen ab. Ein Hauch von Extravaganz, wie nicht anders zu erwarten.

„Hallo, zu wem wollen Sie denn?", fragte eine Frau, die plötzlich in der Tür stand. Sie trug eine bunt gemusterte Schürze über der Kleidung.

„Ich wollte zu Leif", antwortete Frija und fühlte sich ertappt. Darauf war sie nicht vorbereitet gewesen.

„Aha." Frija wurde einer kritischen Musterung unterzogen. „Was genau wollen Sie denn von ihm?" Das Misstrauen war nicht zu überhören.

„Ich war gerade in der Gegend und wollte ihm einen Besuch abstatten“, antwortete Frija. Es überraschte sie, wie locker ihr diese Lüge über die Lippen kam.

„Sind Sie eine Angestellte oder eine Kundin von ihm?“

„Keines von beiden“, erwiderte Frija.

Genau in diesem Augenblick fuhr Leif mit seinem schwarzen Volvo vor. Sein verblüffter Gesichtsausdruck wechselte sofort in blanken Hass. Er stieg aus und knallte die Autotür zu.

„Was willst du hier?“, fragte er mit einem drohenden Unterton. Ein blutiger Kratzer zog sich quer über seine Wange.

„Hat sich dein neues Kätzchen gegen die Reitgerte gewehrt?“, säuselte sie und Leif fasste sich unwillkürlich an die Wange.

„Verschwinde von hier, sofort!“, zischte er und machte einen Schritt auf sie zu, um seiner Aufforderung mehr Nachdruck zu verleihen.

Frija war über sein Gebaren fassungslos. Obwohl es wenig Sinn hatte, ihm Paroli zu bieten, konnte sie ihre Wut kaum im Zaum halten.

„Du schuldest mir eine Erklärung“, sagte sie.

„Ich schulde dir rein gar nichts.“

Sein Blick war kalt und voller Härte und genau in diesem Augenblick wurde ihr bewusst, dass er sich nicht davor scheuen würde, seine Fäuste einzusetzen.

„Schatz, was wird hier eigentlich gespielt?“, fragte seine anscheinend ahnungslose Ehefrau.

Sie trug einen Ehering am Finger, genau wie Leif. Elender Bastard! Frija nahm ihren ganzen Mut zusammen und schenkte Leif ein spöttisches Lächeln.

„Schön wohnst du hier.“

„Ich habe dir doch wohl deutlich zu verstehen gegeben, dass du auf der Stelle verschwinden sollst." Sein Gesicht war vom Zorn gerötet.

„Das hier ist ein öffentlicher Weg und ich werde weitergehen, wann es mir passt."

„Warum bist du hier? Um mein Leben zu zerstören?"

Frija sah die Verachtung in seinen Augen und spürte einen tiefen Schmerz. „Leif, ich bin der Spiegel deiner Seele und du schickst mich nur fort, damit du all das Verlogene, Widerwärtige und Schmutzige darin nicht sehen musst." Sie konnte nicht fassen, dass dieser Mann ihr einmal Gefühle vorgegaukelt hatte. Leif wollte sie vertreiben wie einen räudigen Hund, der durch die Gegend streunte. Aber was hatte sie auch erwartet? Dass er seine Frau wieder ins Haus schicken würde, um mit ihr in Ruhe darüber zu reden und sich für sein ungebührliches Benehmen zu entschuldigen?

Sie konnte sich nun mit eigenen Augen davon überzeugen, was sie insgeheim schon geahnt hatte. Mit bebenden Schultern drehte sie sich um und bittere Tränen des Betruges brannten in ihren Augen. Dennoch musste sie sich den Fehler eingestehen, anfangs nicht mehr hinterfragt zu haben. Aber es hatte auch sein Gutes. Die Fronten waren geklärt und sie konnte ihr Leben neu ordnen. Sara war nach wie vor ihr Lebensmittelpunkt, und so würde es auch bleiben.

Zutiefst gekränkt stieg sie in den Wagen, schnäuzte einmal kräftig ins Taschentuch und startete den Motor. Ganz langsam fuhr sie die Straße entlang. Leif stand noch immer auf dem Gehweg und Frija streckte im Vorbeifahren den Mittelfinger aus. Dann bog sie auf die Hauptstraße ab und trat aufs Gaspedal. Das Wetter hatte sich inzwischen ihrer Stimmung angepasst. Die Eiskristalle waren geschmolzen und die Sonne hatte sich hinter einer grauen Wolkendecke versteckt. Die Landschaft wirkte trostlos.

Den Rückweg bewältigte sie wie in Trance und sie konnte es kaum erwarten, eine Flasche Wein aus dem Keller zu holen, um sich sinnlos zu betrinken. Leif hatte ihr das Herz aus dem Leib gerissen und war wie ein Idiot darauf herumgetrampelt.

Erleichterung machte sich breit, als sie endlich zu Hause angekommen war. Sie fuhr den Wagen in die Garage und schloss die Haustür auf. Wie zum Teufel sollte sie Sara die miese Stimmung erklären? Das Mädchen war gerade auf dem Weg ins Erwachsenenalter und sie wollte Sara keinesfalls wegen eines treulosen Mannes verunsichern.

„Hallo, Smilla, da bin ich wieder." Frija wollte die Katzendame mit einem Streicheln begrüßen. Aber sie stolzierte mit einem klagenden Maunzen an ihr vorbei und verschwand im Wohnzimmer. „Gut, dann eben nicht."

Frija lief frustriert in den Keller, holte eine Flasche Wein, entkorkte sie in der Küche und schenkte sich ein Glas ein. Sie spürte, wie ihr der Alkohol sofort zu Kopf stieg, und beschloss, sich am Abend die restliche Flasche heimlich im Arbeitszimmer zu genehmigen. Sara musste nicht alles mitbekommen.

Mit dem Weinglas in der Hand setzte sie sich neben Smilla aufs Sofa und legte die Beine auf den Tisch. Gedankenverloren nippte sie am Wein und fragte sich, wie sie die nächsten Tage überstehen sollte. Trotz der tiefen seelischen Verletzungen, die Leif ihr zugefügt hatte, vermisste sie ihn. Jeder normale Mensch würde entsetzt den Kopf schütteln, aber sie hatte das Gefühl, auf Entzug zu sein. Konnte ein Mensch tatsächlich süchtig machen?

Ein Blick auf die Uhr unterbrach ihren Gedankenstrom. Sara hätte schon längst zu Hause sein müssen. Sofort kontrollierte Frija die eingegangenen Nachrichten, doch seit den frühen Morgenstunden hatte sich Sara nicht mehr gemeldet. Durch das Debakel mit Leif hatte sie keinen Gedanken an ihre Tochter verschwendet. Allmählich wurde sie nervös. Sie schickte Sara umgehend eine Nachricht, die unbeantwortet blieb. Nachdem weitere zehn Minuten vergangen waren, tippte Frija Sveas Nummer ein.

„Entschuldige die Störung, ich wollte nur fragen, ob Sara bei dir ist?"

Svea reagierte verwundert. „Warum sollte sie?"

„Sara ist am Morgen zur Schule gefahren und hat sich tagsüber nicht gemeldet", sagte Frija.

„Das verstehe ich nicht", erwiderte Svea. „Sara hat sich krankgemeldet. Ich dachte, sie liegt im Bett und schläft."

„Was sagst du da?" Frija glaubte, sich verhört zu haben. „Das kann unmöglich sein, sie ist mit dem Mountainbike zur Schule gefahren."

„Warten Sie, ich schicke Ihnen einen Screenshot von unserem Gespräch."

„Vielen Dank, Svea. Falls dir einfällt, wo Sara vielleicht stecken könnte, dann melde dich umgehend."

„Auf jeden Fall. Aber ich habe wirklich nichts damit zu tun", antwortete Svea.

„Ist schon gut“, sagte Frija und beendete das Gespräch. Hektisch riss sie die Jacke vom Haken und stürmte zum Wagen, um zur Schule zu fahren. Warum zum Teufel hatte sie ausgerechnet heute zu Leif fahren müssen?

Die Wegstrecke bis zum Schulgelände zog sich endlos in die Länge und instinktiv spürte Frija, dass etwas geschehen sein musste. Wo war Sara nur abgeblieben? Ihr kleines Mädchen, dem sie so sehr vertraute, hatte sie zum Narren gehalten.

Der Geländewagen kam mit quietschenden Reifen vor dem Schulgebäude zum Stehen. Frija stieg aus und hastete den langen Flur entlang in Richtung Lehrerzimmer. Ohne anzuklopfen, riss sie die Tür auf.

„Frau Larsson?“ Lene Nilsson, Saras Klassenlehrerin, hob verwundert den Blick.

„Entschuldigen Sie bitte, dass ich so unangemeldet hereinplatze, aber ich bin auf der Suche nach Sara.“ Die Worte sprudelten nur so aus ihr heraus.

„Sara ist heute nicht in der Schule erschienen. Svea meinte, dass sie krank wäre.“

Frija ließ sich kraftlos auf einen Stuhl sinken. Sie musste in der Hölle gelandet sein. „Sara ist wie jeden Morgen mit dem Fahrrad zur Schule aufgebrochen. Bitte sagen Sie nichts, ich weiß, dass meine Tochter mich angelogen hat.“ Sie versuchte, ihre zitternden Hände unter dem Tisch zu verbergen.

„Vielleicht steckt ein Junge dahinter. Hat sie einen Freund?“, fragte die Lehrerin.

„Sie ist wohl an einem Jungen interessiert. Er soll Adrian heißen.“

„Adrian ist pünktlich zum Unterricht erschienen. Mit ihm war Sara demnach nicht zusammen."

Frija stöhnte leise auf. „Ich werde jetzt nacheinander ihre Klassenkameraden anrufen. Irgendwo muss sie doch sein." Sie reichte Lene Nilsson zum Abschied die Hand. „Falls Sie etwas von Sara hören, rufen Sie mich bitte sofort an."

„Selbstverständlich, Frau Larsson. Ich hoffe, dass Sara schnell wieder auftaucht. Sie ist nicht die typische Schulschwänzerin."

„Danke." Mit hängenden Schultern verließ Frija das Lehrerzimmer. Verdammt, Sara, wo steckst du nur?

Sie setzte sich wieder hinters Steuer und telefonierte die Liste der Mitschüler ab. Sie versprachen, eine Telefonkette zu bilden und sich umzuhören. Wiederholt kontrollierte Frija die Uhrzeit. War es noch zu früh, um die Polizei einzuschalten? Aber sie hielt diese Ungewissheit nicht länger aus und fuhr auf dem schnellsten Weg zu Jacob. Schwungvoll nahm sie die Einfahrt zu seinem Bungalow und schickte ein stilles Stoßgebet zum Himmel.

„Jacob, ich muss dringend mit dir sprechen", rief sie und trommelte mit den Fäusten an die Tür. Als er diese öffnete, wäre sie beinahe in den Flur gestolpert.

„Was ist los? Du bist ja völlig außer dir."

„Sara ist weg. Bitte, du musst mir helfen!", rief sie.

„Jetzt beruhige dich und erzähle mir alles der Reihe nach", sagte Jacob mit sanfter Stimme, die nicht zu ihr durchdrang.

„Himmel, da gibt es nicht viel zu erzählen. Sara ist wie jeden Morgen mit ihrem Mountainbike zur Schule gefahren, zumindest habe ich das geglaubt. In Wahrheit hat sie sich krankgemeldet und ist seitdem verschwunden.“

„Vielleicht steckt sie bei einer Schulfreundin und hat vergessen, es dir zu erzählen. Du weißt doch, wie Teenies manchmal sind.“

„Nein, Jacob. Die Klassenkameraden haben miteinander telefoniert, Sara ist wie vom Erdboden verschluckt. Ich mache mir wirklich Sorgen.“

„Wie sieht Saras Fahrrad aus?“

Frija beschrieb ihm das Mountainbike. „Was hast du vor?“ Ihr Blick klebte förmlich an seinen Lippen.

„Du steigst jetzt in meinen Wagen und wir fahren durchs Dorf, um Saras Fahrrad zu suchen.“

„Aber ...“

„Nichts da“, widersprach Jacob. „In deinem aufgewühlten Zustand bist du kaum in der Lage, dich hinters Lenkrad zu setzen.“

Er schob Frija zu seinem klapprigen Saab und öffnete die Beifahrertür. Wie eine willenlose Marionette stieg sie ein und legte den Gurt um. Jacob steuerte den Wagen im Schritttempo durch die Straßen und sie hielten nach dem Fahrrad Ausschau. Sie waren mehr als zwei Stunden erfolglos unterwegs.

„Ich verstehe das nicht, sie ist wie vom Erdboden verschluckt.“ Niedergeschlagen schlug Frija die Hände vors Gesicht.

„Einen Moment, ich habe da noch eine Idee.“

Jacob schaltete in den nächsten Gang und bog auf die Hauptstraße. Nach nur wenigen Metern hielt er direkt vor der Bushaltestelle und stieg aus. Frija verfolgte aufmerksam, wie Jacob in den Büschen verschwand.

„Ich habe Saras Rad gefunden", rief er und winkte ihr
zu.

Frija sprang aus dem Wagen. Das Mountainbike war
an eine schmale Kiefer gelehnt und mit dem Schloss gesichert. Frijas Beine knickten wie Streichhölzer ein.
„Dann ist sie also mit dem Bus unterwegs", hauchte sie
betroffen.

„Das vermute ich auch. Hast du eine Idee, wohin sie
gefahren sein könnte?"

Frija schüttelte den Kopf. „Ich habe nicht die geringste Ahnung und bin schockiert darüber, wie wenig
Sara mir vertraut."

„Wir fahren jetzt gemeinsam zur Dienststelle, damit
du eine Vermisstenanzeige aufgeben kannst. Ich werde
anschließend offiziell die Suche nach deiner Tochter
einleiten."

„Danke, Jacob. Ich wüsste nicht, was ich ohne deine
Hilfe tun würde."

„Kein Problem, ein Kollege wird dich anschließend
nach Hause bringen. Dein Atem riecht nach Alkohol
und ich möchte nichts riskieren."

„Einverstanden ... und danke für dein Verständnis."
Sie war einfach kopflos aus dem Haus gestürmt und
hatte das Glas Wein völlig vergessen. Wie gut, dass wenigstens Jacob in dieser prekären Situation den Überblick behielt.

# KAPITEL 13

Sara stöhnte leise, als sie erwachte. Sie lag in einem fremden Bett, es war bitterkalt und roch nach Erbrochenem. Ein grässlicher Schmerz wütete hinter ihrer Stirn, als sie sich aufgesetzt hatte. Sara kämpfte gegen den Würgereiz an und konnte die Umgebung nur verschwommen wahrnehmen.

Wenn sie sich doch nur erinnern könnte, wie sie hierhergekommen war! Die Festplatte schien komplett gelöscht. Rucksack, Smartphone und den Schlüssel hatte man ihr abgenommen, nur ein Taschentuch steckte noch in ihrer Hosentasche.

„Hallo?", krächzte sie. Bittere Galle schoss ihr in den Rachen und sie schluckte. Kraftlos ließ sie sich zurück auf das Kissen sinken.

Dann fiel ihr wieder ein, dass sie sich mit Noah hatte treffen wollen und mit dem Bus nach Knutby gefahren war. Aber Noah war nicht gekommen. Die letzten Erinnerungsfetzen galten diesem mysteriösen Jordan, der ihr eine Cola von der Tankstelle mitgebracht hatte.

„Ich soll dich abholen, Noah ist in einen Unfall verwickelt worden", hallten seine Worte in ihrem Kopf – und sie war prompt darauf hereingefallen.

Was hatte das zu bedeuten? War sie von einem Perversen entführt worden, der junge Frauen im Internet anlockte, um sie zu missbrauchen und anschließend zu töten? Bei diesem Gedanken machte sich Panik breit. Trotz der Übelkeit, die sich in der Magengegend festgesetzt hatte, stand Sara auf und wankte zur Tür. Sie drückte die Klinke herunter und betrat einen länglichen Flur. Ein muffiger Geruch schlug ihr entgegen und die Tapete löste sich in Fetzen von den Wänden. Ein ausgetretener Läufer bedeckte den dunklen Dielenboden.

„Hallo? Jemand da?"

Kraftlos torkelte sie eine Tür weiter. Dahinter verbarg sich ein schmuddeliges Badezimmer und sie schaffte es gerade noch zur Toilette. Würgend hing sie über der Schüssel, während hinter ihrer Stirn das reinste Chaos tobte. Angewidert betätigte sie die Spülung und trank das Wasser aus dem laufenden Hahn. Ein Blick in den Spiegel ließ sie erstarren. Einzelne Strähnen hingen wirr im bleichen Gesicht. Das Make-up war verschmiert und ihre Augenpartie glich der eines Pandabären.

Schwankend stützte sie sich auf dem Waschbecken ab und wartete, bis das Schwindelgefühl endlich verebbte. Dann kehrte sie in den Flur zurück, an dessen Ende sich die Küche befand – das Grauen aus den Achtzigern. Braune Fronten, dunkelgrüne Tapete und vergilbte Gardinen schluckten sämtliches Tageslicht, das durch ein vergittertes Fenster ins Innere drang. Die Arbeitsflächen waren schmierig und in der Ecke stand ein Sechserpack Wasserflaschen. Im Kühlschrank fand Sara Margarine, Käse und eine Packung Toastbrot.

Beim Anblick der Lebensmittel setzte erneut der Würgereiz ein und Sara schaffte es in letzter Sekunde noch aufs Klo. Es war einzig und allein dem Adrenalin geschuldet, dass sie sich in ihrem angeschlagenen Zustand überhaupt fortbewegen konnte. Erschöpft setzte sie sich auf den Toilettendeckel, um über ihre Situation nachzudenken.

Wenn sie überleben wollte, musste sie hier raus. Im Flur rüttelte sie wie besessen an der Haustür, die fest verschlossen war. Dann durchsuchte sie die Räume, deren Fenster allesamt vergittert waren. So musste sich ein Raubtier im Zoo fühlen. In ihrer Verzweiflung riss sie die Schubladen in der Küche auf. Sie fand nur eingeschweißtes Plastikbesteck und Pappteller – nichts, womit sie sich hätte verteidigen können. Die Lebensmittel im Kühlschrank deuteten darauf hin, dass sie mindestens für ein oder zwei Tage hier festgehalten wurde.

„Ich will hier raus!", brüllte sie und trat mit dem Fuß gegen die Schranktür. Noch im selben Augenblick griff sie sich an den Kopf und sank zu Boden. Der rasende Schmerz war überwältigend.

Wie hatte sie nur so dumm sein können? Kein Mensch wusste, wohin sie gefahren war und mit wem sie sich verabredet hatte. Hätte sie doch bloß Joline und Svea in ihre Pläne eingeweiht. Aber nein, sie hatte diese Sache mit Noah ja unbedingt allein durchziehen wollen.

Mit unsicheren Schritten tappte sie zurück in das Zimmer, in dem sie aufgewacht war. Mit ein paar Blättern Toilettenpapier säuberte sie notdürftig den Kopfkissenbezug. Es war kalt und ungemütlich in diesem kleinen Holzhaus und sie wollte so schnell wie möglich unter die Bettdecke kriechen, um sich aufzuwärmen.

Bevor sie sich hinlegte, warf sie einen Blick in den Garten. Das Grundstück war verwildert, die Natur hatte sich Stück für Stück das Fleckchen Erde zurückerobert. Ein Apfelbaum streckte seine kahlen Äste dem letzten Rest Tageslicht entgegen und der Zaun neigte sich bedrohlich zur Seite. So wie es aussah, stand das Haus einsam auf weiter Flur.

Resigniert wandte sie sich ab und ließ sich kraftlos aufs Bett sinken. In was für eine Sache war sie da nur hineingeraten? Allein die Vorstellung, dass sie sich wegen Noah am Morgen auch noch zurechtgemacht hatte, erschien ihr geradezu grotesk, und das bittere Lachen blieb ihr im Halse stecken.

Wann würde wohl ihr letztes Stündlein schlagen, denn darauf lief es letztlich hinaus? Zitternd vor Kälte zog sie sich die Bettdecke über den Kopf und gab sich leise schluchzend ihrem seelischen Schmerz hin.

Ein lautes Motorengeräusch riss Sara aus dem Schlaf. Ängstlich drückte sie sich mit dem Rücken an die Wand und lauschte. Die Eingangstür schwang leise knarrend auf und schweres Schuhwerk polterte über den Dielenboden. Tausend Gedanken schossen ihr durch den Kopf und die Angst hockte wie ein Nachtalb auf ihrer Brust. Bitte, bitte, lass den Kelch an mir vorüberziehen, bat sie stumm.

Die scharrenden Schritte stoppten vor ihrem Bett. Aber Sara wagte nicht, die Augen zu öffnen, und atmete flach. Ein grober Stoß ließ sie leise aufstöhnen.

„Wie ich sehe, bist du wach."

Jordan war zurück.

„Wo ist Noah?", fragte sie und setzte sich auf. Die Bettdecke hielt sie schützend vor ihren Oberkörper.

„Da wirst du dich noch ein Weilchen gedulden müssen", antwortete Jordan.

„Warum bin ich hier?"

„Frag deine Mutter, sie kann dir sicher eine Antwort darauf geben."

„Kein Problem, wenn Sie mich gehen lassen", erwiderte Sara forsch. Er sollte nicht merken, dass sie sich vor Angst gleich in die Hosen machen würde.

„So weit kommt's noch", zischte Jordan. „Wie ich sehen kann, hast du dich in deinem neuen Zuhause bereits umgeschaut."

Sara blieb stumm und musterte Jordan mit hasserfüllten Augen.

„Du brauchst gar nicht so blöd zu glotzen, es hat alles seine Richtigkeit."

„Warum sollen wir bestraft werden? Meine Mutter hat niemandem ein Haar gekrümmt, dazu wäre sie gar nicht fähig."

„Oh, da kennst du deine Mutter aber schlecht. Irgendwann wirst du deine Antworten erhalten, aber jetzt solltest du deine Kräfte bis zum Finale schonen."

„Du sprichst in Rätseln. Ich will endlich Noah sehen und wissen, was hier gespielt wird."

„Ich glaube nicht, dass du in der Position bist, Ansprüche zu stellen."

Am liebsten wäre sie Jordan an die Gurgel gesprungen, aber sie fühlte sich zu schwach.

„Essen befindet sich im Kühlschrank und den Weg zur Toilette kennst du ja bereits. Mach keine Dummheiten, sonst wird das deine Mutter teuer zu stehen kommen." Er bedachte sie mit einem verächtlichen Blick.

„Arschloch!" Sein Schlag war hart und Sara schmeckte das Blut auf ihrer aufgeplatzten Unterlippe. Nur Sekunden später fiel die Haustür mit einem lauten Knall ins Schloss, und es herrschte wieder eine trostlose Stille.

Jordans Worte warfen neue Fragen auf. Sara konnte sich nicht vorstellen, dass ihre Mutter irgendetwas auf dem Kerbholz hatte. Ja, sie war manchmal sehr anstrengend und zu fürsorglich, aber dennoch loyal und freundlich zu jedermann. Wenn sie sah, was in anderen Familien so abging, dann konnte sie sich wirklich glücklich schätzen, eine solche Mutter zu haben.

Sie war noch ein Baby gewesen, als ihr Vater tödlich verunglückte. Ihre Mutter sprach nur ungern darüber, erwähnte aber immer wieder, wie sehr er seine Tochter geliebt habe. Sara sei sein Ein und Alles gewesen und meist hatte sie bei diesen Worten Tränen in den Augen.

Ein tiefer Schmerz füllte ihre Brust und sie stieß einen Klagelaut aus. Sie hätte ihren Vater so gern kennengelernt. Wahrscheinlich wären sie nie nach Svanberga gezogen und sie würde jetzt nicht in dieser Misere feststecken.

Sara war zu keinem klaren Gedanken mehr fähig. Sie musste hier raus, nur wie? Erschöpft weinte sie sich in den Schlaf, ohne zu wissen, was der nächste Morgen Schreckliches für sie bereithalten würde.


Mitten in der Nacht erwachte Sara und setzte sich ruckartig auf. Die Geräusche des Holzhauses waren ungewohnt und bei jedem Knacken fuhr sie erschrocken zusammen. Mittlerweile fühlte sie sich etwas besser und schwang die Beine aus dem Bett. Mit unsicheren

Schritten tappte sie zum Lichtschalter. Obwohl sie ihn mehrmals drückte, tat sich nichts und die Panik kehrte schlagartig zurück. Sara vermutete in jeder Ecke Jordan, der nur darauf wartete, erneut gnadenlos zuzuschlagen.

Überall im Haus blieb es dunkel und die Absicht dahinter wurde ihr allmählich klar. Niemand sollte bemerken, dass dieses vermeintlich leer stehende Holzhaus wieder einen Bewohner hatte. Nur der Kühlschrank in der Küche summte leise und Sara hatte plötzlich eine zündende Idee. Sie öffnete die Kühlschranktür und ein warmer Lichtstrahl in Form eines Rechteckes ergoss sich auf den Dielenboden.

Jordan war in dieser Hinsicht nachlässig gewesen und ein Fünkchen Hoffnung flammte wieder auf. Sie würde garantiert noch die eine oder andere Schwachstelle des Hauses finden, die er übersehen hatte. Aber erst einmal wollte sie ihren Durst stillen und griff nach einer der Wasserflaschen, die sie Zug um Zug leerte. Obwohl ihr noch ein wenig schummrig war, holte sie Toastbrot, Margarine und Käse aus dem Kühlschrank und bereitete sich eine kleine Mahlzeit zu. Der Blutzucker war im Keller und ihre Hände zitterten leicht.

Das Plastikmesser zerbrach in ihrer Hand, als sie das Brot mit der harten Margarine bestreichen wollte, und sie pfefferte es wütend an die gegenüberliegende Wand. Gut, dann eben nicht. Sie stopfte zwei Toastbrote, nur mit Käse belegt, in sich hinein und leerte eine weitere Wasserflasche. Das Zittern hatte nachgelassen, aber sie fühlte sich immer noch schwach.

Nachdenklich hockte sie auf dem Küchenstuhl und versuchte zu analysieren, was bisher geschehen war.

Ist Noah nur Jordans Lockvogel gewesen? Oder steckten beide unter einer Decke? Was legten sie ihrer Mutter zur Last, dass es rechtfertigte, sie zu kidnappen? Insgeheim hatte sie sich schon immer gewundert, warum ihre Mutter so zurückgezogen lebte. Hing das vielleicht mit ihrer Vergangenheit zusammen? Statt eine Frage aufzudröseln, kamen weitere hinzu.

Ihre Sinne arbeiteten auf Hochtouren und waren in Alarmbereitschaft versetzt. Jede Minute war zu kostbar, um sie ungenutzt verstreichen zu lassen. Unruhig wanderte Sara von einem Fenster zum anderen, um sich einen Überblick über die nähere Umgebung zu verschaffen, soweit die schlechten Lichtverhältnisse es überhaupt zuließen. Die schmale Mondsichel spendete nur ein spärliches Licht. Das Grundstück musste fernab jeder Siedlung liegen, es leuchteten nicht einmal Straßenlaternen. Wohin hatte Jordan sie verschleppt?

Nervös schritt sie im Flur auf und ab, bis sie abrupt stehen blieb und an der Klinke rüttelte, in der Hoffnung, dass die Tür unvermittelt aufspringen würde. Garantiert gab es noch einen weiteren Weg nach draußen, sie musste ihn nur finden. Ob das Haus vielleicht unterkellert war?

Ganz versteckt in einem Abstellraum mit leeren Regalen führte eine Treppe hinunter in die undurchdringbare Finsternis des Kellers. Zögernd verharrte Sara auf der ersten Stufe. Es roch nach Schimmel und Verfall und sie rümpfte angewidert die Nase. Ohne ein Licht würde ihr ein möglicher Fluchtweg verborgen bleiben. Dennoch, die Zeit drängte. Aus einem dummen Kinderspiel war bitterer Ernst geworden.

Vorsichtig setzte sie einen Fuß vor den anderen, während sie das wackelige Holzgeländer umklammerte. Sie zählte zehn Stufen, als sie unten angekommen war, und tastete sich mit ausgestreckten Armen voran. Der Kellerraum schien kein Fenster zu besitzen.

Eigentlich logisch, dachte Sara, sonst hätte Jordan die Tür mit Sicherheit abgeschlossen. Nachdem sich ihre Augen an die Dunkelheit gewöhnt hatten, entdeckte sie einen schmalen Spalt, durch den ein wenig Helligkeit drang. Mit ihren Fingerspitzen fuhr Sara am Holz entlang. Die vorhandenen Fenster waren mit Brettern zugenagelt worden. Kein Wunder, dass der Gestank nicht entweichen konnte.

Blindlings tastete sie sich an der Wand entlang. Als etwas sacht ihre Wange streifte, unterdrückte sie den Impuls, laut loszuschreien und wild um sich zu schlagen. Sie machte eine Kehrtwendung, stolperte hektisch in Richtung Treppe und flüchtete nach oben. Die Kellertür flog mit einem lauten Knall ins Schloss und Sara sank keuchend zu Boden. Ihre Chancen, diesen Ort so schnell wie möglich zu verlassen, schwanden. Die Kellerfenster waren viel zu hoch, um mit den Füßen gegen die Bretter zu treten und diese zu lösen. Auch der Gedanke, einen kräftigen Mann wie Jordan zu überwältigen, war geradezu abstrus. Im Gegensatz zu ihm war sie ein Fliegengewicht mit Pickeln im Gesicht und piepsiger Stimme.

Enttäuscht kehrte sie in das Schlafzimmer zurück, das den Namen nicht verdiente. Wie ein junges Kätzchen rollte sie sich auf dem Bett zusammen und wünschte sich nach Hause zurück.

„Bitte, Mama, du musst mich finden, ich weiß einfach
nicht mehr weiter."

# KAPITEL 14

Jacob saß neben Frija, während sein Kollege die Vermisstenanzeige aufnahm. Frija beschrieb die Kleidung, die Sara am Morgen getragen hatte, in allen Einzelheiten. Das Mountainbike war inzwischen von den Kriminaltechnikern abgeholt worden.

„Hat Ihre Tochter in letzter Zeit ein verändertes Verhalten an den Tag gelegt? War sie vielleicht gereizt, gab es schulische Probleme?" Björn musterte sie über den Rand seiner Brille hinweg.

Frija verneinte. „Alles war so wie immer. Die Noten in der Schule haben keinen Anlass zur Sorge gegeben und meine Tochter hat sich auch nicht zurückgezogen. Jedenfalls nicht so, dass ich es als besorgniserregend empfunden hätte."

Frija war ungewöhnlich blass und Jacob stand auf, um ihr ein Glas Wasser zu holen. Er schätzte Sara als sehr vernünftig und verantwortungsbewusst ein und machte sich inzwischen ebenfalls große Sorgen. In ihrer Gemeinde war noch nie jemand spurlos verschwunden. Vielleicht würde sich Frija jetzt endlich öffnen und ihm ihr Geheimnis anvertrauen.

„Wir werden Saras Klassenkameraden noch einmal genau zum Sachverhalt befragen. Ich brauche jetzt nur noch den Namen der Klassenlehrerin, damit ich die Schülerliste anfordern kann."

Frija gab ihm zusätzlich noch die Telefonnummer von Lene Nilsson. Mittlerweile war sie nur noch ein Schatten ihrer selbst und unterschrieb mit zitternden Händen das Protokoll.

Danach verließ Jacob mit ihr das Büro. „Meine Kollegen werden sofort alles Weitere in die Wege leiten. Eigentlich sollte Björn dich nach Hause fahren, aber ich habe einen anderen Vorschlag. Wir fahren jetzt zu mir und gehen Schritt für Schritt die Ereignisse durch, um Saras Verschwinden auf den Grund zu gehen.“

„Jacob, ich bin dir wirklich sehr dankbar, aber ich möchte zu Hause auf sie warten. Vielleicht steht sie ja schon vor der Tür und wundert sich, warum ich nicht da bin.“

„Kein Problem, dann fahren wir zu dir.“ Jacob legte ihr tröstend seinen Arm um die Schultern. „Wir werden sie finden, das verspreche ich dir.“

Gemeinsam gingen sie zu seinem Wagen und legten schweigend die Strecke zurück. Jacob erhoffte sich endlich Antworten. Frija würde sich öffnen müssen, daran führte kein Weg vorbei. Er parkte den Wagen in der Einfahrt und folgte ihr ins Haus. Im Flur strich er über das seidige Fell der Katze, die zur Begrüßung leise schnurrend um seine Beine strich.

„Hast du etwas zum Essen im Haus?“, fragte er.

„Warum?“

„Du musst eine Kleinigkeit zu dir nehmen, sonst macht dein Kreislauf schlapp.“

„Jacob, bitte, ich bekomme keinen Bissen herunter.“

„Ich dulde keinen Widerspruch", sagte Jacob streng. „Während wir gemeinsam kochen, kannst du mir nebenbei erzählen, wen du in Verdacht hast." Er öffnete die Kühlschranktür. „Also, was haben wir alles da?"

„Ich bin für einen Gemüseauflauf, da können wir nicht viel verkehrt machen."

„Gute Idee." Jacob holte Gemüse und Käse aus dem unteren Fach. „In welcher Schublade bewahrst du die Messer auf?"

Sie drückte ihm ein Schälmesser in die Hand und Jacob begann umständlich, das Gemüse zu putzen.

„Ich bin mir nicht sicher, ob ein Zusammenhang besteht, aber bis vor Kurzem hatte ich eine Affäre", sagte sie leise.

Jacob tat so, als hätte er ihre geröteten Wangen und den beschämten Blick nicht bemerkt. Im Kopf ging er sämtliche infrage kommenden Männer von Svanberga durch, traute aber den wenigsten einen Ehebruch zu.

„Ich habe Leif Bergmann in Stockholm kennengelernt, wo er mich angesprochen hat. Er ist wohl ein notorischer Fremdgeher, und ausgerechnet ich bin auf ihn hereingefallen."

„Hast du ihn damit konfrontiert?"

Frija atmete tief durch und legte das Messer beiseite. „Mehr oder weniger. Ich habe ihn am Vormittag aufgesucht, um ihn zur Rede zu stellen. Die ganze Sache ist eskaliert und er hat mich zum Teufel gejagt."

Stille Wasser sind tief, dachte Jacob. Frija hatte schon immer etwas unnahbar gewirkt und ihre Bedürfnisse anscheinend anderweitig gestillt. Allerdings konnte er keinen Zusammenhang zwischen Saras Verschwinden und ihrer Affäre erkennen.

„Bitte denk nicht falsch von mir. Es war das erste Mal seit langer, langer Zeit, dass ich mich einem Mann gegenüber wieder geöffnet habe. Möglicherweise fehlt mir in diesen Dingen inzwischen ein gesundes Urteilsvermögen.“

„Aber wie kommst du darauf, dass ausgerechnet dieser Mann dahinterstecken könnte?“

„Er hat mich mehrfach auf eine ganz merkwürdige, subtile Art nach Sara ausgefragt, und das ist mir von Anfang an verdächtig vorgekommen. Als Leif heute aus seinem Volvo gestiegen ist, hatte er einen Kratzer quer über der Wange.“

Nach ihrer Beichte war sie nur noch ein Häufchen Elend.

„Besitzt Sara einen eigenen Laptop?“

„Natürlich ...“

„Würdest du ihn holen?“

Frija nickte und verschwand kurz im Jugendzimmer. „Bitte.“

Jacob klappte den Laptop auf.

„Kennst du das Passwort?“

„Nein, ich respektiere Saras Privatsphäre. Versuche es doch mal mit Smilla, dem Namen unserer Katze. Etwas anderes fällt mir momentan nicht ein.“

„Glückstreffer“, rief Jacob erfreut und studierte aufmerksam den Desktop. „Sieh mal, sie hat sich auf einem Datingportal angemeldet. Wusstest du davon?“

„Nein, woher auch.“

Jacob versuchte es mit demselben Passwort, scheiterte aber. „Da müssen die Kollegen ran, hier kommen wir nicht weiter.“

Auch Saras Mailverkehr war geschützt und die Dokumente, die sich öffnen ließen, trugen nicht zur Lösung des Falles bei.

„Kannst du dir vorstellen, dass Leif Kontakt zu Sara aufgenommen hat? Traust du ihm das zu?"

„Momentan herrscht in meinem Kopf nur eine düstere Leere, bis auf die zermürbenden Gedanken, die sich ausschließlich um Sara drehen. Warum meldet sie sich nicht?" Sie brach schluchzend auf dem Stuhl zusammen und ihre Schultern bebten. „So wie Leif sich heute aufgeführt hat, traue ich ihm alles zu", antwortete sie unter Tränen.

„Ich werde sofort die Kollegen verständigen, damit sie Leif Bergmann festnehmen können, sobald sich dein Verdacht bestätigt hat. Du müsstest mir nur noch seine Adresse nennen."

Stockend übermittelte Frija die Daten. „Wie wird es jetzt weitergehen?" Sie tupfte mit einem Taschentuch über ihre Wangen.

„Wir lassen den Auflauf Auflauf sein und ich schwinge mich hinters Steuer, um zu Leif zu fahren. Sobald ich unterwegs bin, werde ich das dort ansässige Dezernat informieren. Es ist wichtig, dass die Kollegen einen Blick in mögliche Akten werfen."

„Ich komme mit, du wirst auf keinen Fall ohne mich fahren", erklärte sie.

„Das ist keine so gute Idee, die Situation bei Leif könnte eskalieren."

„Mir völlig schnuppe. Ich muss wissen, ob Sara bei ihm ist." Frija stand auf und zog sich Jacke und Schuhe über. „Wie denkst du darüber?"

„Tja, es gibt leider Männer, die sich gezielt auf die Suche nach Müttern mit Töchtern machen.“

„Oh mein Gott!“ Frija schlug erneut die Hände vors Gesicht. „Ich habe geahnt, dass mit diesem Kerl etwas nicht stimmt, aber …“

Er unterbrach sie. „Wir machen uns jetzt auf den Weg und sollten nicht darüber spekulieren, was geschehen sein könnte. Vielleicht gibt es eine ganz einfache Erklärung für Saras Fernbleiben.“

„Das glaubst du doch selbst nicht“, rief sie aufgewühlt und zog mit einem Ruck die Haustür hinter sich zu. „Sie meldet sich immer, hörst du, das habe ich ihr all die Jahre eingetrichtert.“

„Warum, Frija?“ Jacob drehte sich zu ihr um. „Warum lebst du so zurückgezogen und hast Sara wie ein Hündchen darauf trainiert, sich regelmäßig zu melden?“

„Lass uns jetzt fahren und ein anderes Mal in Ruhe darüber reden, einverstanden?“

„Mhm“, brummte er.

Die Scheinwerfer zerschnitten die Dunkelheit und mehrere Rehe wechselten die Straßenseite.

„Könntest du bitte die Heizung höher stellen? Mir ist schrecklich kalt.“

Jacob stellte das Gebläse auf die höchste Stufe. „Besser so?“

„Ja, danke.“

„Als ihr euch kennengelernt habt, Leif und du, hat er dich da bewusst angesprochen?“

„Nein, nicht direkt. Er ist zwar sehr zielstrebig an meinen Tisch gekommen, aber ich hatte nicht das Gefühl, dass eine Absicht dahinterstecken würde.“

„Hat er sofort nach Kindern gefragt?“

„Auch das muss ich verneinen." Frija fiel es sichtlich schwer, darüber zu sprechen.

„Ich muss dich das fragen, um mir einen genauen Eindruck von ihm zu verschaffen", sagte Jacob sanft.

„Dessen bin ich mir bewusst. Er hat erst später um ein Foto von Sara gebeten, weil er meine *Familie*, wie er es nannte, besser kennenlernen wollte. Zu diesem Zeitpunkt hatte ich bereits ein ungutes Gefühl."

„Hat er dich bedrängt, es ihm zu zeigen?"

„Ja, das würde ich schon sagen."

„Hoffentlich hat er Sara nicht genauso eingesponnen wie dich."

„Gehst du davon aus, dass sie freiwillig bei ihm ist und sich deshalb nicht meldet, weil er bewusst einen Keil zwischen uns getrieben hat?"

Er nickte. „Besser hätte ich es nicht ausdrücken können."

„Leif ist ein manipulativer Mistkerl. Sollte er sich meiner noch minderjährigen Tochter angenähert haben, dann werde ich ihm sein Leben zur Hölle machen."

„Das lass mal unsere Sorge sein, wir kümmern uns schon um ihn", sagte Jacob, um sie zu besänftigen.

„Aber sicher doch. Er ist vermögend und kann sich die besten Anwälte leisten." Der Sarkasmus in ihrer Stimme war nicht zu überhören.

„Versuche ein wenig zur Ruhe zu kommen, Frija. Du musst deine Kräfte schonen."

„Wie stellst du dir das vor? Ich kann kaum geradeaus denken."

Dennoch lehnte sie sich zurück und schloss die Augen, während sie nervös mit dem Knie wippte.

Jacob konzentrierte sich wieder auf die Straße. Stellenweise hing dichter Nebel über der Fahrbahn und erschwerte das Vorwärtskommen. Bei Leif musste es sich um einen charismatischen Mann handeln, der genau wusste, welche Hebel er bei Frauen zu bedienen hatte. Trotzdem fiel es Jacob schwer, ein vollständiges Bild von ihm zu zeichnen.

Ein leichter Nieselregen setzte ein und löste die Nebelfelder auf. Jacob trat aufs Gaspedal.

Nach einer Stunde Fahrzeit hatten sie Södergarn endlich erreicht. Das Licht der Straßenlaternen spiegelte sich auf dem regennassen Asphalt und eine gewisse Anspannung hing in der Luft. Die weibliche Stimme des Navigationsgerätes lotste Jacob zu einem Bungalow, in dem die Fenster noch hell erleuchtet waren.

„Auf in den Kampf", murmelte er, als er seinen Volvo direkt vor dem Haus abstellte. Die Kollegen der hiesigen Dienststelle hatte er bereits informiert, sie waren auf dem Weg. „Möchtest du im Wagen warten oder mitkommen?", fragte er Frija.

„Selbstverständlich werde ich mit dir gehen. Ich will hören, was dieser Mistkerl zu sagen hat."

Sie durchquerten den Kiesgarten und Frija drückte forsch auf die Klingel. Leif öffnete die Tür und erstarrte.

„Was soll das werden? Und wozu hast du Verstärkung mitgebracht?", fragte er in einem verächtlichen Tonfall.

Jacob hielt ihm seinen Dienstausweis unter die Nase. „Kriminalkommissar Jacob Hedlund. Wir sind auf der Suche nach Sara Larsson und haben den Verdacht, dass Sie etwas mit ihrem Verschwinden zu tun haben könnten. Dürfen wir eintreten?"

Leif rührte sich nicht vom Fleck und seine Frau tauchte hinter ihm auf.

„Was wird hier eigentlich gespielt?“ Sie musterte Frija feindselig. „Sie waren doch schon am Vormittag hier.“

„Ja, um mehr über Ihren Mann herauszufinden.“

„Warum?“, fragte sie kühl.

„Leif hat mir den Hof gemacht und auf eine sehr merkwürdige Art Interesse an meiner Tochter gezeigt.“

„Ernsthaft?“ Sie schüttelte verständnislos den Kopf. „Wollen Sie unsere Ehe ruinieren, weil er Sie abgewiesen hat? Leif hat mir alles erzählt, wie Sie ihn seit Wochen ausspionieren und mit Nachrichten regelrecht bombardieren.“

Frija hatte es für einen Moment die Sprache verschlagen.

„Müssen wir das vor der Tür ausdiskutieren?“, fragte Jacob. „Mir soll das egal sein, aber die Nachbarn haben sicher ihre helle Freude daran.“ Er deutete mit einem Nicken zum Nebenhaus, dessen Fenster mittlerweile hell erleuchtet waren.

„Ich möchte zuerst mit meinem Anwalt Rücksprache halten“, antwortete Leif und streifte Frija mit einem hasserfüllten Blick.

„Kein Problem. Wir können so lange warten, bis Sie telefoniert haben“, erwiderte Jacob und verschränkte demonstrativ seine Arme.

„Schluss jetzt!“, rief Frija aufgebracht. Sie stieß Leif zur Seite und betrat den Flur.

„Das ist Hausfriedensbruch.“ Er machte einen Schritt auf sie zu.

„Mir doch egal. Ich will auf der Stelle wissen, wo meine Tochter ist.“

Inzwischen war ein Streifenwagen eingetroffen und zwei junge Polizisten stiegen aus.

„Verlass sofort mein Haus!", brüllte Leif und zerrte Frija in Richtung Tür.

Bevor sich ein Handgemenge entwickelte, stellte sich Jacob schützend vor sie. „Sie rühren diese Frau nicht an und sagen mir auf der Stelle, ob Sie Kontakt zu Sara Larsson haben."

„Wie käme ich denn dazu? Ich habe weder Interesse an dieser Frau noch an ihrer Tochter. Sie sehen doch selbst, dass ich verheiratet bin."

„Du hast keinen Ehering getragen, als wir uns kennengelernt haben." Frijas Stimme überschlug sich fast. „Seit Jahren geschieden, dass ich nicht lache. Was bist du nur für ein mieses Schwein."

Leifs Ehefrau blieb stumm. Erst jetzt fielen Jacob der leere Blick und die verhärmten Gesichtszüge auf. Sie war eine attraktive Frau, hatte aber an der Seite dieses Mannes gewiss nichts zu lachen. Als sie Jacobs intensiven Blick bemerkte, zog sie sich beschämt ins Innere des Bungalows zurück. Wahrscheinlich würde sie anschließend den unvermeidlichen Wutausbruch von Leif erdulden müssen.

„Können wir die Angelegenheit vielleicht im Haus besprechen?", fragte nun auch einer der Streifenpolizisten.

„Nein. Ich werde kein Wort ohne meinen Anwalt sagen." Leif verschränkte demonstrativ die Arme vor seiner Brust.

„Tja, auf diese Weise werden wir das Problem nicht lösen." Der junge Beamte wechselte einen Blick mit Jacob. „Können wir reden?"

Jacob nickte und folgte dem Mann zum Wagen.

„Sie haben nichts gegen ihn in der Hand?"

„Nein, nur die Aussage der Mutter", erwiderte Jacob mit Bedauern.

„Dann bleibt uns nichts anderes übrig, als den Rechtsweg einzuhalten. Wir werden Leif Bergmann eine Vorladung zukommen lassen und, sobald mein Vorgesetzter grünes Licht gibt, die technischen Geräte beschlagnahmen."

„Ich möchte Sie daran erinnern, dass die Zeit drängt, solange die Spuren noch frisch sind", widersprach Jacob.

„Ich mache meinen Job aus Überzeugung, glauben Sie mir", erwiderte der junge Mann mit Nachdruck. „Wir werden jetzt zur Dienststelle zurückfahren und alles Weitere in die Wege leiten. Und das Gleiche rate ich Ihnen auch."

„Dann kann ich nur hoffen, dass Leif Bergmann bis dahin mögliche Spuren nicht beseitigt hat."

„Sie haben ihn vorgewarnt, nicht ich."

„Ich hatte mit einer gewissen Kooperation Ihrerseits gerechnet", entgegnete Jacob.

„Wie auch immer ..." Der Polizist wandte sich ab und stieg mit seinem Kollegen in den Streifenwagen.

Leif schlug ihnen die Tür vor der Nase zu und Frija war fassungslos über sein Verhalten.

„Du elender Mistkerl! Sag mir sofort, wo meine Tochter ist", schrie sie in einem Anflug von Hysterie.

Jacob konnte es ihr nicht verübeln, sie stand Höllenqualen aus. Er ging zu ihr, umfasste behutsam ihre Schultern und schob sie zum Wagen.

„Zeit für den Heimweg. Sobald ich dich zu Hause abgesetzt habe, werde ich zur Dienststelle weiterfahren und mich um alles kümmern."

„Danke für deine Hilfe, Jacob. Trotzdem kann ich nicht verstehen, warum die Polizisten nicht sofort eingeschritten sind." Ihre Körperhaltung versteifte sich und sie kämpfte mit den Tränen. „Ihr könnt Leif doch nicht einfach so davonkommen lassen."

„Was ist, wenn wir uns täuschen? Wir müssen auch andere Möglichkeiten in Betracht ziehen."

„Aber bei ihm ist es doch so offensichtlich. Er wollte unbedingt ein Foto von Sara und jetzt hat er alle Zeit der Welt, um die Beweise verschwinden zu lassen."

Jacob steuerte den Wagen durch die Nacht. Frija schien felsenfest von Leif Bergmanns Schuld überzeugt zu sein, allerdings hatte er da so seine Zweifel. Dieser Mann war garantiert kein Unschuldslamm, aber Kidnapping traute er ihm nicht zu. Jacob hätte lieber das Thema angeschnitten, das ihm seit Tagen unter den Nägeln brannte. Aber er wollte Frija in dieser Situation nicht überfordern.

„Gelöschte Fotos können leicht wiederhergestellt werden. Bitte, du musst uns vertrauen", sagte er stattdessen.

„Ich kann nicht, Jacob, ich kann es einfach nicht", murmelte Frija mit abwesendem Blick.

Es tat ihm weh, sie so am Boden zu sehen, und er würde alles geben, um Sara zu finden.


„So, da wären wir." Jacob schaltete den Motor aus. „Kann ich dich allein lassen oder soll ich bei dir bleiben?"

Frija atmete tief durch und strich sich fahrig eine
Strähne hinter das Ohr. „Ich schaffe das schon, du
musst dir keine Sorgen machen." Die Verzweiflung
stand ihr ins Gesicht geschrieben.

„Sobald Sara ein Lebenszeichen von sich gibt, meldest
du dich. Okay?"

„Auf jeden Fall."

„Meine Nummer hast du noch?"

„Selbstverständlich."

„Es wäre trotzdem besser, wenn jetzt jemand bei dir
wäre ..."

„Ich werde Matilda anrufen."

„Das ist gut. Pass bitte auf dich auf", sagte er zum Abschied.

Sie stieg aus und drehte sich noch einmal zu ihm um.
„Bitte, bring mir meine Tochter zurück." Ihr flehender
Blick war kaum zu ertragen.

„Wir geben unser Bestes. Immer."

Jacob wartete, bis Frija das Haus betreten hatte, und
fuhr zu seinem Bungalow. Er würde sich noch eine
Stunde ausruhen, ein anständiges Frühstück mit
Rührei und Bacon zubereiten und dann zur Dienststelle fahren.


Bacon und Eier brutzelten in der Pfanne, während Jacob in Gedanken den Tag durchplante. Ausgerechnet
heute war auch noch ein Kollege ausgefallen, sodass er
die Tour allein würde fahren müssen.

Er setzte sich mit dem vollen Teller an den Tisch, auf
dem noch die Krümel vom Vortag lagen, und schlang
das Frühstück hinunter. Die Stunde Schlaf hatte nicht
viel genützt, er fühlte sich wie durch den Fleischwolf

gedreht. Auf die morgendliche Rasur und einen Blick in den Spiegel hatte er bewusst verzichtet. Er konnte erahnen, wie unvorteilhaft sich eine schlaflose Nacht auf sein Aussehen auswirkte.

Bevor er zur Dienststelle fuhr, machte er noch einen kurzen Abstecher zur Bushaltestelle. Ungeduldig schaute Jacob auf die Uhr. Ausgerechnet heute musste der Bus Verspätung haben. Nach acht Minuten tauchte der Bus endlich auf. Jacob zeigte seinen Ausweis vor, um als Erster einsteigen zu können.

„Guten Morgen. Ich bin Kriminalkommissar Jacob Hedlund und ich habe einige Fragen an Sie. Ist diese junge Frau gestern an der Haltestelle zugestiegen?“

Der junge Mann nahm die Fotografie von Sara entgegen und studierte sie aufmerksam.

„Ja, das Mädchen ist gestern mitgefahren. Warum wollen Sie das wissen?“

„Weil sie seitdem vermisst wird. Können Sie mir sagen, wo sie ausgestiegen ist?“

„Warten Sie ...“ Er dachte einen Moment lang nach, während sich die ersten ungeduldigen Fahrgäste über den Zwischenstopp beschwerten. „Ich bin mir nicht zu einhundert Prozent sicher, aber ich glaube, sie hat in Knutby den Bus verlassen.“

„Danke. Wurde sie dort von jemandem in Empfang genommen?“

„Darauf habe ich nicht geachtet, tut mir leid.“

„Das war es auch schon, Ihnen eine gute Fahrt.“

Jacob stieg wieder aus. Saras Verschwinden wurde immer mysteriöser und er fuhr im Eiltempo ins Büro.

„Hallo, Mats, was hat die Analyse von Saras Computer ergeben?“, fragte er den Kollegen von der Technik.

„Leider nicht viel", antwortete dieser.

„Was bedeutet das für uns?"

„Sara hat sich zwar auf einem Single-Portal herumgetrieben, aber sämtliche Chats sind gelöscht worden."

„Können die wiederhergestellt werden?"

„Jacob, du weißt doch, wie umständlich das ist. Wir brauchen einen triftigen Grund und eine Sondergenehmigung, ohne die läuft es nicht. Datenschutz, bla, bla, bla."

„Okay, halte mich bitte auf dem Laufenden."

„Wird gemacht, Chef."

Jacob durchquerte den Flur und schaute bei Falk rein.

„Was hat die Handyortung ergeben?"

„Ich habe da schon einmal etwas vorbereitet."

Falk reichte ihm ein Blatt Papier, das er hastig überflog.

„Hm, deckt sich so weit mit meinen Angaben. Sara ist in Knutby aus dem Bus gestiegen und muss von dort abgeholt worden sein. Einen Kilometer nach dieser Tankstelle verliert sich ihre Spur."

„Ich denke, dass dort das Smartphone deaktiviert wurde."

„Dann werde ich mich mal auf den Weg machen, um die Strecke abzufahren und die Videoaufnahmen der Tankstelle zu sichten", sagte Jacob.

„Wahrscheinlich ist die Kleine von zu Hause ausgerissen, die taucht mit Sicherheit wieder auf."

„Tja, ich fürchte leider, dass die Dinge anders liegen", erwiderte Jacob. „Wie auch immer, ich bin jetzt unterwegs."

Er schenkte sich in der Miniküche noch eine Tasse Kaffee ein, die er hastig hinunterstürzte, dann brach er auf. Die Strecke nach Knutby zog sich in die Länge und er rief von unterwegs aus Frija an. Schon nach dem ersten Klingelton knackte es in der Leitung.

„Gibt es Neuigkeiten?" Ihre Stimme klang durch die Freisprechanlage blechern.

„Sara ist mit dem Bus nach Knutby gefahren. Hast du eine Ahnung, was sie dort gewollt haben könnte?"

„Knutby? Warum ausgerechnet dieser Ort?"

„Das frage ich dich. Sie muss dort in ein anderes Fahrzeug umgestiegen sein, denn an der nächsten Tankstelle verliert sich ihre Spur."

„Tut mir leid, Jacob, ich habe nicht die geringste Ahnung, was sie dort gewollt haben könnte. Ich hätte niemals gedacht, dass sie so viel vor mir verheimlicht."

„Hat Sara vielleicht irgendwann einmal eine Bekanntschaft aus dieser Gegend erwähnt?"

„Nein, wie oft soll ich mich denn noch wiederholen. Immerzu muss ich an den Striemen denken, der sich quer über Leifs Wange gezogen hat."

„Frija, wir bleiben an der Sache dran, mach dich bitte nicht verrückt. Ist Matilda inzwischen bei dir?"

„Sie ist noch unterwegs, will später vorbeikommen. Bitte, Jacob, bring mir mein Mädchen zurück."

„Wir sind an der Sache dran, hab Geduld." Er hörte ein leises Weinen. „Ich bekomme gerade einen Anruf rein, bis später."

Jacob switchte auf das andere Gespräch um.

„Nachdem der Durchsuchungsbeschluss genehmigt wurde, konnten wir die Daten auf dem Computer von Leif Bergmann untersuchen und teilweise wiederherstellen."

„Komm zur Sache, Kollege."

„Es gibt jede Menge pornografische Inhalte und Fotografien von leicht bekleideten jungen Frauen, einige von ihnen scheinen noch minderjährig zu sein."

„Wurde Bergmann schon vorgeladen?", erkundigte sich Jacob.

„Ja, er ist in Begleitung seines Anwaltes erschienen und wird gerade vernommen."

„Ist er geständig?"

„Nein, er bestreitet vehement, etwas mit dem Verschwinden von Sara Larsson zu tun zu haben. Wie sieht es bei euch aus? Neue Erkenntnisse?"

„Leider Fehlanzeige. Wir sind gerade dabei, den Tagesablauf von Sara zu rekonstruieren."

„Viel Glück."

„Das können wir brauchen."

Jacob hatte mittlerweile das verschlafene Örtchen erreicht. Da die Bushaltestelle in unmittelbarer Nähe des Knutby Krogs lag, war es das Sinnvollste, den Wirt zu befragen. Das Lokal war ein für diese Gegend typisches Holzhaus mit Satteldach, falunrotem Anstrich und weißen Fensterläden. Jacob stellte seinen Wagen auf dem Parkplatz ab und trat ein.

„Hallo, ich bin auf der Suche nach dieser jungen Frau." Jacob hielt dem vollbärtigen Hünen seinen Dienstausweis und Saras Foto vor die Nase.

„Sie ist verschwunden?", fragte der Wirt besorgt.

„Das Mädchen war also hier?"

Der Hüne nickte. „Ja. Ich habe sie noch gefragt, ob sie die Schule schwänzt, und ihr eine Cola spendiert."

„Warum?" Jacob zog fragend die Brauen zusammen.

„Nun mal ganz langsam ..." Der Wirt hob abwehrend seine Hände. „Die Kleine hat auf jemanden gewartet, der sie offensichtlich versetzt hat, und wirkte ziemlich enttäuscht. Ich wollte sie ein wenig aufmuntern und habe ihr deshalb das Getränk spendiert. Meinen Rat, wieder nach Hause zu fahren, hat sie demnach nicht befolgt."

„Ist sie in den Bus gestiegen?"

„Nein, ein schwarzer Mazda hat vor der Haltestelle gehalten. Der Fahrer und die Kleine haben sich eine Weile unterhalten, dann ist sie eingestiegen."

„Können Sie den Fahrer genauer beschreiben? Das Kennzeichen vielleicht?"

„Tut mir leid, das Nummernschild konnte ich von meinem Blickwinkel aus nicht erkennen. Der Mann war schätzungsweise Ende dreißig, Anfang vierzig, von kräftiger Statur und er trug einen Vollbart. Das Fahrzeug war älteren Baujahres. Mehr kann ich Ihnen nicht sagen."

„Vielen Dank. Ich lasse Ihnen sicherheitshalber meine Karte hier, falls Ihnen noch etwas Wichtiges einfallen sollte."

Der Hüne steckte das Kärtchen in seine Hosentasche.

„Genau aus diesem Grund habe ich das Mädchen zum Bus geschickt, damit es wohlbehalten zu Hause ankommt. Keine Ahnung, warum sie zu dem Typen in den Wagen gestiegen ist. Werden die Kids heutzutage nicht mehr aufgeklärt?"

„Sara Larsson ist eigentlich ein sehr vernünftiges Mädchen. Auch uns fällt es schwer, ihr Verhalten nachzuvollziehen."

„Dann viel Glück bei der Suche. Ich hoffe sehr, dass die Kleine schnell wieder auftaucht."

„Das wünschen wir uns alle."

Draußen vor der Tür telefonierte Jacob mit seinen Kollegen.

„Ich brauche die Adressen sämtlicher Fahrzeughalter, die in Svanberga und der näheren Umgebung einen schwarzen Mazda fahren. Gesucht wird ein Mann, schätzungsweise Ende dreißig, Anfang vierzig, von kräftiger Statur. Sobald ihr euch darüber einen Überblick verschafft habt, schickt ihr zwei Kollegen los, um mögliche Fahrzeughalter zu befragen. Alles klar?“

Jacob stieg wieder in seinen Wagen, um die wenigen Kilometer bis zur Tankstelle zurückzulegen. Im Sommer war dieser Landstrich bei den Touristen sehr beliebt, doch heute fiel es Jacob schwer, sich daran zu erfreuen. Er setzte all seine Hoffnungen auf die Videoaufzeichnungen.

Nach zwanzig Minuten hatte er die Tankstelle erreicht. Um diese Uhrzeit herrschte Hochbetrieb und er stellte seinen Wagen auf dem begrünten Randstreifen ab. Die Glastüren glitten lautlos auf und Jacob steuerte die Theke an. Er zeigte seinen Ausweis und bat darum, die Aufzeichnungen sichten zu dürfen.

„Oh, das tut mir leid, aber die Videos werden am nächsten Tag sofort wieder überspielt“, sagte der Pächter.

Jacob kontrollierte die Uhrzeit und stellte mit Bedauern fest, dass er eine halbe Stunde zu spät dran war. Die kostbare Zeit rann wie Sand durch die Finger, ohne dass sich eine heiße Spur ergeben hätte. Momentan schoben sie Dienst nach Vorschrift, ermittelten auf Verdacht, weil ihnen der alles entscheidende Hinweis fehlte. So konnte es auf keinen Fall weitergehen.

# KAPITEL 15

Ein sich näherndes Motorgeräusch riss Frija aus den Gedanken. Sara! Hastig sprang sie auf und eilte zur Tür.

„Svea, Linda?", rief sie überrascht.

„Meine Tochter hat dir etwas mitzuteilen", antwortete Linda und schob Svea in den Flur.

„Wisst ihr, wo Sara steckt?" Es lag so viel Hoffnung in ihrer Stimme.

„Nein, aber vielleicht kann dir Svea weiterhelfen", erwiderte Linda.

Frija begleitete Mutter und Tochter ins Wohnzimmer. „Setzt euch bitte." Sie nahm gegenüber Platz und wartete gespannt.

„Sara hat mit einem Jungen aus dem Internet gechattet", sagte Svea kleinlaut.

„Hast du seinen Namen?"

„Er soll angeblich Noah heißen, aber das ist nur ein Fake-Profil. Ich habe sein Foto durch die Suchmaschine gejagt und mir wurde angezeigt, dass es sich bei dem jungen Mann um ein dänisches Fotomodell handelt. Seine Bilder wurden für den gefälschten Account einfach zweckentfremdet."

„Und weiter?" Frija saß wie auf glühenden Kohlen.

„Mehr weiß ich auch nicht. Aber ich könnte mir vorstellen, dass sich Sara vielleicht mit ihm treffen wollte." Svea senkte schuldbewusst ihren Blick.

„Seit wann weißt du davon?" Frija war aufgesprungen und fuhr sich mit beiden Händen nervös durchs blonde Haar.

„Ich bin erst in der Schule auf die Idee gekommen, Noah zu googeln. Tut mir leid."

„Kannst du mir das Foto von ihm zeigen?", fragte Frija.

Svea wischte über das Display ihres Smartphones und hielt es in Frijas Richtung. „Er sieht ziemlich gut aus. Ich glaube schon, dass sie sich in ihn verliebt haben könnte."

„Aber wer könnte dahinterstecken, wenn es sich um ein Fake-Profil handelt?"

„Dazu kann ich nichts sagen. Warum sollte er nicht in diesem Portal nach einer Freundin suchen? Schließlich ist es doch extra dafür erstellt worden", sagte Svea. „Wir waren anscheinend zu naiv."

„Gibt es sonst noch etwas, das ich wissen müsste?" Frija musterte Svea mit strengem Blick.

„Das ist alles, was ich weiß. Es tut mir leid, aber Sie sehen doch selbst, dass Sara auch zu uns kein Vertrauen hatte. Nicht einmal ihre besten Freundinnen hat sie eingeweiht." Verstohlen wischte sich Svea über die Augen. „Ich will nur, dass sie wieder zurückkommt."

„Das wollen wir alle", sagte Linda und stand auf. Bevor sie ging, umarmte sie Frija. „Wir sind in Gedanken bei dir und falls du Hilfe brauchst, dann scheue dich nicht, mich anzurufen. Zu jeder Tages- und Nachtzeit."

„Danke."

Frija begleitete Svea und Linda zur Tür und wartete so lange, bis der Wagen hinter der Kurve verschwunden war. Dann zog sie ihr Smartphone aus der Hosentasche und wählte Jacobs Nummer.

„Svea war gerade mit ihrer Mutter hier. Sie hat mir von Saras Internetbekanntschaft erzählt, die sich hinter einem gefälschten Profil versteckt."

„Das habe ich mir schon fast gedacht. Leider sind sämtliche Chatverläufe gelöscht worden, aber wir haben einen Antrag gestellt, um in die Profile Einsicht nehmen und den Chat rekonstruieren zu können."

„Das dauert alles viel zu lange. Bitte, Jacob, ihr müsst endlich etwas unternehmen. Ich kann fühlen, dass Sara in Lebensgefahr schwebt."

„Frija, hältst du immer noch an deiner Meinung fest, dass Saras Verschwinden mit Leif zusammenhängen könnte?"

„Das war mein erster Verdacht, aber jetzt..." Sie stockte, wusste weder ein noch aus. Wie viel von ihrer Vergangenheit durfte sie preisgeben?

„Wenn du etwas zu sagen hast, dann sag es endlich."

„Eigentlich hatte mich diese diffuse Angst schon fest im Griff, bevor Leif mein Leben restlos auf den Kopf gestellt hat. Anfangs waren es nur subtile Dinge, die mit Sara zusammenhingen. Ich habe zum Beispiel eine Kette am Seeufer gefunden, die Saras sehr ähnelte, und einen Stofffetzen, der sich in den Sträuchern verfangen hatte. Trotzdem bin ich mir nicht sicher, ob das alles zusammenhängen könnte."

„Glaubst du an Zufälle?", fragte Jacob.

„Das ist es ja, ich zweifle in jeder Hinsicht. Ich werde jetzt ein wichtiges Telefonat führen und dich danach sofort zurückrufen."

„Gut, ich warte."

Frija legte auf und dachte kurz darüber nach, ob Leif vielleicht auf sie angesetzt worden sein könnte. Mittlerweile hielt sie alles für möglich. Kurzentschlossen wählte sie die Nummer, die sie für den Notfall abgespeichert hatte.

„Hallo, Hedda, meine Tochter ist verschwunden."

Am anderen Ende der Leitung herrschte tiefes Schweigen.

„Hedda?", fragte Frija erneut.

„Ich habe dich schon verstanden, Frija. Bist du dir sicher, dass Tag X eingetreten ist?"

„Alle Zeichen deuten darauf hin. Als ich vor einigen Tagen Sara zur Schule gebracht habe, lag ein totes Kätzchen mitten auf dem Weg. Auf dem dazugehörigen Zettel stand mit blutiger Schrift geschrieben, dass dies erst der Anfang sei."

„Könnte deine Tochter weggelaufen sein? Teenager sind in diesem Alter unberechenbar."

„Hedda, ich bitte dich. Jemand hat sich Sara mit einem gefälschten Account genähert und sie angeschrieben", erklärte Frija.

„Aber warum ausgerechnet jetzt? Ich meine, er hat sich schließlich das Leben genommen, wenn auch unter mysteriösen Umständen."

„Wahrscheinlich wollen sie sich aus genau diesem Grund an uns rächen. Sie wissen anscheinend schon seit Längerem, wo wir uns aufhalten", entgegnete Frija.

„Und welche Schritte ziehst du in Erwägung? Du kannst unmöglich deine Identität wechseln, solange deine Tochter noch nicht gefunden wurde", erwiderte Hedda.

„Könnt ihr die Polizei bei der Suche nach meiner Tochter nicht unterstützen? Bitte, Hedda, ich weiß wirklich nicht mehr, was ich tun soll."

„Ich werde sehen, was ich für euch tun kann."

„Danke. Ich möchte Jacob Hedlund, den zuständigen Kriminalkommissar, einweihen, um zu verhindern, dass sein Team an der falschen Stelle sucht."

„Solange wir nicht wissen, wer genau dahintersteckt, halte ich das für zu riskant. Du hast dir ein neues Leben aufgebaut, damit wäre dann ein für alle Mal Schluss."

„Das spielt doch jetzt keine Rolle mehr, verdammt. Ich will mein Kind zurück!"

„Ich werde diese Sache mit meinem Vorgesetzten besprechen. Aber bis dahin musst du dich in Geduld üben. Versprichst du mir das?"

Frija schluckte. Noch während des Gespräches hatte sie beschlossen, Jacob einzuweihen, und nicht nur ihn. Sie konnte nicht länger schweigen, solange Sara in Lebensgefahr schwebte. Alles, was danach kommen würde, war unwichtig, hatte keinerlei Bedeutung mehr.

Sie hatte es schon einmal geschafft, sich ein neues Leben aufzubauen, auch wenn sie Svanberga schmerzlich vermissen würde. Doch ohne Sara hatte alles keinen Sinn.

# KAPITEL 16

In nahezu regelmäßigen Abständen fuhr Sara aus dem Schlaf. Albträume peitschten sie durch die Nacht, in denen sie erfolglos versuchte, ihren Häschern zu entkommen. Entweder lief sie auf der Stelle oder ihren Peinigern direkt in die Arme und schreckte schweißgebadet auf. Jedes Mal, wenn sie sich nach einigen Sekunden der Orientierungslosigkeit ihrer Umgebung wieder bewusst wurde, kämpfte sie gegen die Tränen an.

„Ich will hier raus!", brüllte sie in ihrer Verzweiflung und schlug mit den Fäusten auf die Bettdecke ein. Erschöpft blieb sie einige Minuten reglos liegen, dann stand sie auf. Bevor sie die Toilette aufsuchte, tastete sie sich in die Küche, um die Kühlschranktür zu öffnen. Dieser schwache, aber dennoch warme Lichtstrahl bedeutete ihr alles. Nur durfte Jordan nicht dahinterkommen.

Im Badezimmer hockte sie sich auf den Wannenrand und dachte über einen möglichen Plan nach. Sie ließ die Gedanken gar nicht erst zu, was Jordan am Ende alles mit ihr anstellen könnte. Bevor das geschehen würde, wollte sie längst über alle Berge sein. Wie oft hatte ihre Mutter in schwierigen Situationen gesagt: „Sara, es gibt immer einen Weg." Und genau diesen würde sie finden.

Für eine mögliche Flucht brauchte sie einen klaren Kopf und musste bei Kräften sein. Also deckte sie den Tisch – Pappteller, Wasserflasche und Lebensmittel. Mit dem Löffel kratzte sie die Margarine aus der Packung, was relativ gut funktionierte. Nach vier Broten räumte sie die kärglichen Reste wieder ab. Draußen zog langsam die Dämmerung auf und Sara konnte anhand der Helligkeit die ungefähre Uhrzeit abschätzen. Wann würde Jordan wieder aufkreuzen?

Genauso planlos wie am Vortag durchstreifte sie die einzelnen Räume, auf der Suche nach einer Lösung ihrer vertrackten Situation. Nachdem es heller geworden war, ging sie in den Keller. Er wirkte nicht mehr so dunkel und gespenstisch wie in der Nacht, durch einige Ritzen schimmerte das Licht. Spinnweben hingen von der Decke und bis auf eine am Boden festgeschraubte Werkbank war der Raum komplett leer. Trotzdem klopfte Sara die einzelnen Bretter ab, die vor die Fenster genagelt worden waren, um eine mögliche Schwachstelle zu finden. Ohne Erfolg.

Enttäuscht versetzte sie der Kellertür einen Tritt, die mit einem lauten Knall ins Schloss flog. Sara wandte sich ab und genau in diesem Moment streifte ihr Blick die Decke des Flures. Konnte das die Lösung ihres Problems sein?

Direkt über ihr befand sich eine Luke, die zum Dachboden führte. Nur leider war diese unerreichbar. Mit einem Satz war Sara in der Küche, um einen der wackeligen Stühle zu holen. Sie platzierte ihn unter der Luke und stieg darauf. Zu ihrem Ärgernis fehlten nur wenige Zentimeter bis zur Schlaufe und sie fluchte leise.

Zwischendurch lief sie zum Fenster, um zu überprüfen, ob Jordan zurückgekommen war. Ihre Kopfhaut prickelte und das Herz pochte von all dem Stress. Wenn er sie jetzt entdecken würde, dann war es aus.

Der Blick nach draußen beruhigte sie für den Moment. Nichts deutete auf Jordans Ankunft hin. Also zerrte sie den schweren Tisch in den Flur und kletterte flugs darauf.

Die Luke zum Dachboden ließ sich problemlos öffnen. Jordan musste vergessen haben, sie zu sichern – was für ein Glück. Leider konnte Sara die Leiter nicht ausfahren, weil nun der Tisch im Weg stand. Sie schob ihn einige Male hin und her, bis sie die richtige Position gefunden hatte.

Plötzlich erstarrte sie. Hatte sie nicht eben ein Motorengeräusch gehört? Mit weichen Knien hetzte sie zum Fenster. Tatsächlich, Jordan war im Anmarsch.

Sie schob die Leiter zurück in ihre ursprüngliche Position und drückte die Luke zu, die partout nicht ins Schloss einrasten wollte. Sara brach der Schweiß aus allen Poren, weil sie wieder und wieder die Luke kopfüber nach oben knallte. Endlich vernahm sie das ersehnte Klicken.

Sie zerrte den Tisch zurück in die Küche und hörte, wie Jordan die Autotür zuschlug. Nur Sekunden später schwang die Haustür knarrend auf und Sara blieb keine Zeit mehr, um die Stühle an ihren angestammten Platz zu stellen. Also setzte sie sich auf einen und legte die Beine auf den anderen.

„Wie ich sehe, hast du es dir bequem gemacht", sagte Jordan in seinem gewohnt verächtlichen Ton. „Hätte nicht vermutet, wie gelassen du die Situation erträgst.

Aber so ist die Jugend von heute, Beine hochlegen, wo immer es geht."

Sara nahm allen Mut zusammen und stand auf. Sie umrundete den Tisch und lehnte sich mit verschränkten Armen an die abgenutzte Arbeitsplatte.

„Ich will sofort nach Hause zurück", sagte sie mit fester Stimme. Hoffentlich bemerkte Jordan nicht, dass die Angst ihr die Kehle zuschnürte.

„Auch noch Sonderwünsche, oder was?", brummte er, während sich sein Blick verhärtete. Nicht nur seine Statur hatte etwas Furchteinflößendes.

„Meine Mutter wird nach mir suchen und dich zur Rechenschaft ziehen."

Jordan grinste höhnisch. „Sie hat doch keinen blassen Schimmer, wo du steckst, sonst wäre sie längst hier. Wenn du wüsstest, wer alles in diese Sache verstrickt ist, dann würdest du aus dem Staunen nicht mehr herauskommen."

„Na, dann raus mit der Sprache", erwiderte sie kühn. „Ich werde dieses Geheimnis doch sowieso mit ins Grab nehmen."

„Ach, Mädchen, deine Sprüche sind so flach wie dein Busen. Zuerst wird deine Mutter für den Tod meines Bruders büßen und für dich habe ich mir etwas ganz Besonderes einfallen lassen. Mein Cousin führt ein erfolgreiches Etablissement, in dem Mädchen deines Alters sehr gefragt sind. Allerdings wirst du noch lernen müssen, an der richtigen Stelle den Mund zu öffnen."

Sara spürte einen schmerzhaften Druck in ihrer Brust und atmete hektischer.

„Wie ich sehe, hast du mich verstanden. Sei ein braves Mädchen und kümmere dich nicht um Angelegenheiten, die dich nichts angehen.“

Sara waren die Konsequenzen egal. Todesmutig machte sie einen Schritt nach vorn und spuckte Jordan vor die Füße. Der Fausthieb, den er ihr daraufhin versetzte, ließ sie straucheln.

„Noch so ein Ding, und ich prügele dich windelweich. Haben wir uns verstanden?“

Sara stützte sich auf der Arbeitsplatte ab und rieb sich zitternd das Kinn. Dann drehte sie sich um und ihre Augen funkelten hasserfüllt. Dieser verabscheuungswürdige Dreckskerl würde sie nicht kleinkriegen.

„Wenn du glaubst, mich mit diesem lächerlichen Blick einschüchtern zu können, hast du dich getäuscht. Ich wünsche dir noch einen schönen Tag.“

Jordan drehte sich um und ging zur Tür.

„Mir ist kalt!“, schrie sie ihm hinterher.

Er zuckte nur achtlos mit den Schultern. „Mach ein Feuerchen“, sagte er, dann fiel die Tür hinter ihm ins Schloss.

Sara verfolgte vom Fenster aus, wie Jordan in den Wagen stieg und davonfuhr. Kaum war er außer Sichtweite, suchte sie das Badezimmer auf und tastete vor dem Spiegel behutsam das Kinn ab, das bereits eine dunkelviolette Färbung angenommen hatte. Vorsichtig bewegte sie den Kiefer nach rechts und nach links und stöhnte leise, als sich ein Höllenschmerz ausbreitete.

Warum hatte sie Jordan überhaupt provoziert? Sich mit ihm anzulegen, war ein Spiel mit dem Feuer, das sie tunlichst vermeiden sollte. Ihr Fluchtplan hatte oberste Priorität, dafür musste sie körperlich fit sein.

Nachdem sie ihre linke Gesichtshälfte mit kaltem Leitungswasser gekühlt hatte, stand sie am Küchenfenster und hielt Ausschau, ob Jordan zurückkehren würde. In Gedanken zählte sie die Minuten ab, eine geschätzte Viertelstunde wollte sie mindestens abwarten.

Sie vergrub die klammen Hände in der Jackentasche, um sie aufzuwärmen. Solange sie sich bewegte, war alles in Ordnung, aber wenn sie auf der Stelle stand, kroch ihr sofort die Kälte unter die Kleidung. Schon nach kurzer Zeit wurde sie des Wartens überdrüssig und zerrte den Tisch wieder in den Flur.

Diesmal klappte alles wie am Schnürchen. Aber als sie zwei Finger durch die Schlaufe steckte, um die Luke nach unten zu ziehen, klemmte diese. Wahrscheinlich war sie vorhin zu rabiat vorgegangen.

Wie besessen zog und zerrte sie an der Luke, ohne dass diese sich öffnete. Frustriert gab sie irgendwann auf. Wenigstens fror sie nicht mehr so erbärmlich. In der Küche schmierte sie sich zwei Brote, und urplötzlich war sie da, die zündende Idee. Sie ließ die Mahlzeit achtlos auf dem Tisch zurück und stürzte ins Badezimmer, um das Handtuch zu holen.

Sie fädelte es geschickt durch die Schlaufe und hängte sich mit ihrem gesamten Körpergewicht daran. Ein kaum hörbares Knacken ertönte, und Sara rauschte mitsamt der Luke nach unten. Der Aufprall war hart, weil sie vor Schreck das Handtuch losgelassen hatte. Aber zum Jammern blieb keine Zeit.

Sie zog hastig die Leiter aus und kletterte auf den Dachboden. Hier oben war es bedeutend kälter, und der Wind pfiff heulend durch die Sparren. Frierend rieb sich Sara über die Oberarme und sah sich suchend um. Bis auf zwei alte Truhen, die sich im hinteren Teil des Dachbodens befanden, war dieser leer. Vorsichtig balancierte sie über die Bretter, die teils nur lose über die Balkenkonstruktion gelegt worden waren, und inspizierte die Truhen. Das Einzige, was diese beherbergten, war eine mumifizierte Maus.

Sie drehte sich einmal um die eigene Achse und ließ ihren Blick über die Dachziegel schweifen. Mit der Faust drückte sie gegen eine Pfanne, die sich sofort aus der Verankerung löste. Scheppernd rutschte sie nach unten, wo sie auf dem Boden zerbarst.

Erschrocken machte Sara einen Schritt zurück und wäre beinahe in einen schmalen Zwischenraum gefallen. Sobald Jordan das Loch im Dach und die kaputte Pfanne bemerken würde, hätte sie mit harten Konsequenzen zu rechnen. Jetzt war guter Rat teuer.

Sie beschloss, eine Dachschindel von der Rückseite des Hauses zu lösen, weil dort das Loch nicht sofort ins Auge fiel. Behutsam drückte sie die Pfanne heraus und zog sie durch die entstandene Öffnung nach innen. Geschafft.

Das Einsetzen in die Vorderfront gestaltete sich deutlich schwieriger als gedacht. Mit sehr viel Geschick und Fingerspitzengefühl gelang es ihr schließlich, das Loch zu verschließen. Zufrieden betrachtete sie ihr Werk. Jetzt würde Jordan keinen Verdacht schöpfen.

Vorsichtig entfernte sie auf der Rückseite weitere Dachpfannen, bis eine Öffnung entstanden war, durch die sie sich hindurchzwängen konnte. Der Blick nach unten bereitete ihr allerdings Bauchgrimmen. Ein Sturz aus dieser Höhe wäre ein unkalkulierbares Risiko und könnte ernsthafte Verletzungen nach sich ziehen. Aber wenn sie das Bettlaken zweckentfremden und an einer Dachlatte vertäuen würde, könnte sie sich daran hinunterhangeln.

Zu allem Überfluss fing es auch noch an zu regnen. Feuchtigkeitsflecken an der Zimmerdecke waren das Letzte, was sie gebrauchen könnte. Hastig kraxelte sie nach unten und zerrte das Laken vom Bett. Der Gedanke, nur noch wenige Minuten von der Freiheit getrennt zu sein, verlieh Sara neue Kraft.

„Wie ich sehe, bist du gerade schwer beschäftigt?", ertönte überraschend Jordans Stimme.

Sie ließ mit einem spitzen Schrei das Bettlaken fallen und griff sich an die Brust. Er hatte ihr einen Wahnsinnsschrecken eingejagt, und nun würde sie für ihre Nachlässigkeit büßen müssen.

„Ich habe dich doch gewarnt, dass du beim nächsten Verstoß nicht so glimpflich davonkommen wirst. Scheint dich nicht sonderlich berührt zu haben."

Jordan schnellte nach vorn, um sie am Oberarm zu packen. Sein Gesicht war zu einer hässlichen Fratze verzerrt, in den Augen loderte Hass. Er schlug Sara mit der flachen Hand ins Gesicht und stieß sie von sich. Sie taumelte rückwärts und wischte sich das Blut von der Nase.

„Fühlst du dich nur stark, wenn du dich an einem Teenager vergreifst?", schrie sie ihn an. „Reicht dein Mut nicht aus, um dich mit meiner Mutter anzulegen?"

Sie konnte und wollte ihre Wut nicht länger unterdrücken. Ihre Mutter hatte niemanden auf dem Gewissen, davon war sie felsenfest überzeugt.

„Du unverschämtes Miststück", zischte Jordan und packte Sara erneut. Er holte aus, doch sie konnte sich unter seinem Schlag wegducken. Das brachte Jordan erst recht in Rage, und er stieß sie zu Boden. Mit angstgeweiteten Augen wartete Sara auf das Unvermeidliche.

# KAPITEL 17

Jacob fuhr mit gemischten Gefühlen zum Dienst. Sie steckten in einer tiefen Krise, denn von Sara fehlte weiterhin jede Spur. Leif Bergmann war inzwischen von der Liste der Verdächtigen gestrichen worden, er hatte ein wasserdichtes Alibi. Allerdings würde er wegen des Besitzes von pornografischen Darstellungen Minderjähriger angeklagt werden, eine Genugtuung für Jacob. Von einem Kollegen hatte er erfahren, dass Leifs Frau inzwischen aus dem gemeinsamen Haus ausgezogen war und die Scheidung eingereicht hatte. Immerhin ein Teilerfolg.

Jacob schenkte sich in der Miniküche noch eine Tasse Kaffee ein, dann suchte er sein Büro auf und war bereit für seinen Arbeitstag, der sicher wieder einige Überstunden parat haben würde. Zuerst checkte er die Nachrichten. In einem Gefängnis in Malmö hatte es wiederholt einen Zwischenfall gegeben. Ein weiterer Inhaftierter war unter mysteriösen Umständen zu Tode gekommen. Die Gefängnisleitung schloss Selbstmord nicht aus.

Was für ein mieser Start, dachte Jacob zerknirscht und sortierte die Zeugenaussagen, um sie nochmals ausgiebig zu studieren. In Fernsehserien fuhren die Kommissare geschäftig von A nach B, besuchten jeden

Tatort und lieferten sich wilde Verfolgungsjagden. Die Realität sah jedoch ganz anders aus.

Sein Schreibtisch war mit Akten überladen. Diebstähle, Schlägereien, Drogendelikte. Aber ausgerechnet Sara Larsson, die er persönlich kannte, sorgte für den ersten aufreibenden Fall seit Jahren, und das erhöhte den Druck enorm.

Als das Telefon klingelte, zuckte er zusammen.

„Jacob Hedlund, Kriminalkommissar."

„Grüß dich, Jacob, hier ist Ida."

„Hallo, Ida, was ist der Grund deines Anrufes? Alles in Ordnung bei dir?", fragte er.

Ida Bergqvist wohnte in einem Häuschen an der Hauptstraße und saß seit vielen Jahren im Rollstuhl.

„Hm, keine Ahnung, ob das wirklich wichtig ist, aber vor Kurzem hat sich ein Fremder nach dem Haus von Frija Larsson erkundigt."

„Das ist ja interessant. Kannst du den Mann beschreiben? Mit was für einem Fahrzeug war er unterwegs?"

„Nun mal langsam, mein Lieber, du weißt doch genau, wie vergesslich ich bin. Ich möchte trotzdem eine Aussage machen."

Jacob überlegte einen Moment, weil er Ida unmöglich herzitieren konnte.

„Bist du gerade sehr beschäftigt? Dann würde ich mich nämlich hinters Steuer schwingen und zu dir fahren."

„Ach, Jacob, ich freue mich immer über Besuch. Soll ich eine Kanne Kaffee kochen?"

„Danke, das wäre sehr nett. Ich bin gleich bei dir."

Er zog sich seine Jacke über und trat in den Flur. Erst im letzten Moment fiel ihm ein, dass es besser wäre, Fotos von Sara, ihrem Mountainbike und Leif Bergmann mitzunehmen, um Idas Erinnerungsvermögen auf die Sprünge zu helfen.

Die kurze Strecke hatte er innerhalb weniger Minuten zurückgelegt und parkte den Wagen vor dem weiß gestrichenen Lattenzaun.

Ida winkte ihm vom Fenster aus zu. „Die Tür ist offen, du kannst einfach reinkommen", rief sie.

Im Flur empfing ihn der Duft von frisch gekochtem Kaffee.

„Hallo, Ida." Er begrüßte die ältere Dame mit Handschlag und setzte sich an den Küchentisch.

„Ich habe schnell noch frischen Kuchen geordert. Arvid war so nett, ihn mir vorbeizubringen."

Sie strahlte übers ganze Gesicht, und Jacob empfand tiefes Mitgefühl. Ida verließ viel zu selten das Haus, wenn überhaupt. Er nahm sich fest vor, in nächster Zeit öfter bei ihr vorbeizuschauen und nachzufragen, ob sie Hilfe benötigte. In Svanberga hielten schließlich alle zusammen, niemand sollte allein zurückbleiben.

Ida lenkte den Rollstuhl zum Tisch und schenkte den Kaffee ein.

„Greif zu, mein Junge, du könntest ruhig etwas mehr auf den Rippen vertragen. Und müde siehst du auch aus."

Er winkte lächelnd ab.

„Und jetzt erzähl, Ida. Wer hat sich nach Frija erkundigt?"

„Das war so ein feiner Pinkel", sagte sie abschätzig. „Er hat ständig auf seine schmutzigen Schuhe gestarrt, weil er durch den Verkehr gezwungen war, am Straßenrand entlangzulaufen."

„Also keine Fahrzeugbeschreibung?"

„Nein, er ist zu Fuß gekommen."

Jacob öffnete den schmalen Ordner und zog ein Foto von Leif Bergmann heraus. „War das dieser Mann, der nach Frija gefragt hat?"

„Oh ja, ich erkenne ihn sofort. Was ist, warum schaust du so enttäuscht?"

„Weil er nichts mit Saras Verschwinden zu tun hat."

„Ach, wie schade." Ida seufzte. „Ich hätte so gern zur Aufklärung des Falles beigetragen."

„Das macht nichts, ich werde deine Aussage dennoch aufnehmen."

„Hat er auch Dreck am Stecken?", fragte sie neugierig.

Er nickte. „Aber ich darf nicht mit dir darüber reden."

Sie schenkte ihm ein verschwörerisches Lächeln. „Ich weiß schon Bescheid."

„Wie sieht es mit Sara Larsson aus? Hast du sie am Tag ihres Verschwindens gesehen?" Er legte das Foto mit dem Mountainbike neben das von Leif. „Das ist ihr Fahrrad."

„Nein, damit ist sie nicht bei mir vorbeigekommen."

„Hm, fällt dir sonst noch etwas ein?" Jacob zerteilte ein Stück Erdbeerkuchen und schob es sich genüsslich in den Mund.

„Ich bin mir nicht sicher, ob das wichtig ist. Aber vor ein paar Wochen habe ich einen ziemlich verbeulten schwarzen Wagen gesehen, der zur anderen Seite des Sees gefahren ist."

„Konntest du den Fahrer erkennen?"

„Nur schemenhaft. Sein Haar war dunkel und er trug einen Vollbart“, sagte Ida.

„Kennzeichen vielleicht?“

„Hör mal, Jacob, ohne Brille bin ich blind wie ein Maulwurf. Außerdem achte ich nicht auf diese Dinge, dann wäre ich ja den ganzen Tag damit beschäftigt. Auch zum Fahrzeug kann ich keine genauen Angaben machen. Ich habe nur vermutet, dass der Mann zum Angeln fährt.“

„Hast du vielleicht einen Zettel und einen Stift zur Hand?“

„Ja, schau mal hinter mir in der Schublade nach.“

Jacob erhob sich und zog die Schublade auf. Dann reichte er Ida Block und Stift.

„Könntest du das Gesicht des Mannes grob skizzieren?“, fragte er.

„Ach, Jacob, mehr als ein Strichmännchen bringe ich doch nicht zustande“, erwiderte sie.

„Das ist kein Malwettbewerb. Ich möchte mir nur ein Bild von diesem Mann machen können.“

„Dann reich mir bitte meine Brille, die liegt hinten in der Schale.“

Jacob öffnete das Etui. „Besser?“

„Ja.“

Ida kritzelte auf das Blatt Papier und Jacob wartete geduldig, bis sie den Block in seine Richtung schob.

„Hoffentlich kannst du damit etwas anfangen.“

„Wir werden sehen. Ich danke dir für deine Mühe und auch für Kaffee und Kuchen.“

„Immer wieder gern.“

„Ich muss jetzt leider wieder zur Dienststelle zurück, aber ich werde am Ende der Woche noch einmal bei dir vorbeischauen“, sagte er.

„Das würde mich sehr freuen. Du findest allein hinaus?“

„Natürlich.“

Er faltete das Blatt Papier zusammen, steckte es in die Innentasche seiner Jacke und startete den Wagen. Das Gesicht des Mannes war markant, auch wenn der Vollbart einen Großteil davon verdeckte. Außerdem konnte Ida bedeutend besser zeichnen, als sie behauptet hatte.

Zurück im Büro klemmte sich Jacob sofort wieder hinter seinen Schreibtisch und ging die Männer mit einschlägigem Vorstrafenregister durch. Zwei fielen ihm sofort ins Auge: Jordan Anwar und ein gewisser Olaf Wallin. Wallin wohnte in Lappland, während Jordan Anwar aus Malmö stammte. Demnach kam keiner von ihnen infrage. Aber wo, verdammt noch einmal, sollte er ansetzen?

Missgelaunt griff er zum Telefon, um Frija über die wenigen Neuigkeiten zu unterrichten. Vielleicht hatte sie weitere Informationen für ihn, die dem Fall eine neue Richtung geben könnten.

# KAPITEL 18

Als Matildas Wagen in der Einfahrt hielt, eilte Frija zur Tür.

„Danke, dass du kommen konntest", sagte sie und umarmte die Freundin. „Ich weiß wirklich nicht mehr ein noch aus." Nur mit Mühe gelang es ihr, die Tränen zurückzuhalten.

Matilda strich ihr tröstend durchs Haar. „Ich koche uns erst einmal einen Kaffee und dann erzählst du mir alles. Einverstanden?"

Frija nickte. Sie setzte sich auf einen Küchenstuhl und beobachtete Matilda.

„Also, was ist passiert? Und wo zum Teufel steckt Sara?"

„Ich weiß gar nicht, wo ich anfangen soll", sagte Frija. „Ausgerechnet gestern bin ich zu Leif gefahren, um ihn zur Rede zu stellen. Als ob es nicht wichtigere Dinge geben würde." Sie schlug wütend mit der flachen Hand auf die Tischplatte und die Tassen klirrten leise. „Nachdem ich mich vor Leif bis auf die Knochen blamiert habe, bin ich wieder nach Hause gefahren, um auf Sara zu warten. Aber sie ist nicht gekommen. Natürlich hatte ich sofort Leif in Verdacht, weil er ständig darauf bestanden hat, ein Foto von ihr zu sehen. Aber sein Alibi ist wasserdicht."

„Aber wo könnte Sara sein?"

„Was meine Vergangenheit betrifft, so war ich nicht immer aufrichtig zu dir. Ich denke, dass Saras Verschwinden damit zusammenhängen könnte. Sobald diese Sache ausgestanden ist, werde ich dir alles erklären.“

Frija forschte in Matildas Gesichtszügen, die es mit Fassung nahm und keinerlei Regung zeigte. Sie hatte mit Empörung oder Enttäuschung gerechnet, aber nichts dergleichen geschah. Da war nur Matildas undefinierbarer Blick, den sie nicht einordnen konnte.

„Wieso siehst du mich so komisch an? Bist du sehr verärgert, weil ich nicht aufrichtig zu dir gewesen bin?“, fragte Frija irritiert. „Aber was hätte ich tun sollen? Je weniger Menschen davon wussten, desto sicherer war es für Sara und mich.“

„Ich bin dir nicht böse, warum auch“, antwortete Matilda nach kurzem Zögern. „Das Wichtigste ist doch, dass Sara wieder wohlbehalten auftaucht.“

„Da stimme ich dir zu. Momentan fehlt mir die Kraft, um über alles zu reden.“ Frija zupfte nervös an einer Strähne, die ihr in die Stirn hing.

„Das verstehe ich“, sagte Matilda und schenkte den Kaffee in die Tassen. „Hast du vorher schon eine Ahnung gehabt, dass etwas passieren könnte?“

„Ja, es gab da ein paar merkwürdige Dinge, die mich verunsichert haben. Eines Morgens lag ein totes Kätzchen auf dem Weg und unter seinem leblosen Körper befand sich ein Zettel mit einer Drohung.“

„Warum hast du nie mit mir darüber gesprochen?“, fragte Matilda. „Hast du so wenig Vertrauen?“

„Ich bin mir nicht sicher gewesen, ob die Drohung mir gegolten hat, und wollte keine Panik verbreiten.

Jahrelang habe ich mit der Angst gelebt, dass mein Geheimnis durch einen dummen Zufall aufgedeckt werden könnte."

Matilda warf einen raschen Blick auf ihre Armbanduhr.

„Musst du schon wieder los?", fragte Frija überrascht.

„Nein, nein, ein paar Minuten habe ich noch."

„Schade. Ich habe gehofft, dass du länger bleiben kannst", sagte Frija enttäuscht. Sie hätte so gern jemanden an ihrer Seite gehabt, denn die Stille im Haus war kaum zu ertragen. Matildas gehetzter Blick schmerzte, ausgerechnet jetzt wollte sie ihr nicht zur Seite stehen. Aber sie würde wohl ihre Gründe haben.

„Ich wollte mir eigentlich den restlichen Tag freinehmen, aber mein Chef hat sein Veto eingelegt", sagte Matilda.

„Schaust du am Abend noch einmal vorbei?"

Matilda zögerte erneut. „Ich bin immer für dich da, das weißt du doch", sagte sie schließlich.

„Ja, ich habe mich stets auf dich verlassen können." Warum das ausgerechnet heute nicht der Fall sein sollte, irritierte sie.

Matilda bemerkte ihre Enttäuschung und setzte sich zu ihr an den Tisch. Sie ergriff Frijas Hände und drückte sie sacht.

„Ich werde für dich da sein und dir helfen, wo immer es geht. Bitte, das musst du mir glauben." Matilda beschwor sie regelrecht.

„Ist schon gut. Ich bin zum Warten verdammt, sitze untätig herum, und das zehrt an meinen Nerven. Dabei möchte ich am liebsten jeden Stein umdrehen, um nach Sara zu suchen."

„Jacob macht einen guten Job, vertraue ihm." Matilda nickte ihr aufmunternd zu.

„Das weiß ich doch. Trotzdem habe ich das Gefühl, auf der Stelle zu treten." Frija zog ihre Hände zurück und stand auf. „Ich will mein Mädchen nicht irgendwo verscharrt im Wald wiederfinden."

„Wo genau ist Sara überhaupt verschwunden? Bitte, Frija, du musst mir alles ganz genau erklären."

„In Knutby."

„Warum ausgerechnet dort?"

„Woher soll ich das denn wissen?", antwortete Frija gereizt. „Sara soll im Knutby Krog auf jemanden gewartet haben. Wahrscheinlich einen Jungen, den sie im Internet kennengelernt hat."

„Und weiter?" Matilda hob ungeduldig die Hände.

„Dann ist sie zu einem Mann in den Wagen gestiegen, und ab diesem Zeitpunkt verliert sich ihre Spur. Ich wäre sofort nach Knutby aufgebrochen, wenn ich gewusst hätte, wo ich suchen soll."

„Hm, weißt du vielleicht, in welche Richtung das Fahrzeug gefahren ist?"

„Angeblich zurück nach Svanberga, aber der Wagen könnte später auch gewendet haben."

„Danke, Frija." Matilda warf erneut einen nervösen Blick auf die Uhr. „Tut mir leid, aber ich muss leider ins Büro zurück." Sie stand auf und umarmte Frija. „Wir kriegen das wieder hin, ganz sicher", flüsterte sie.

„Wie denn?" Frija stand die Verzweiflung ins Gesicht geschrieben.

„Das weiß ich noch nicht. Aber ich werde mir etwas einfallen lassen", erwiderte Matilda.

„Du sprichst in Rätseln."

„Frija, mein Chef wartet. Wir sehen uns." Matilda lief
zur Tür, wo sie sich noch einmal umdrehte. „Ich wäre
wirklich lieber bei dir geblieben. Du kommst allein zu-
recht?"

„Habe ich eine andere Wahl?", antwortete Frija gequält.

„Bis nachher."

Matilda rannte förmlich zu ihrem Wagen und schien
es eilig zu haben, von hier wegzukommen. Überhaupt
hatte sie die ganze Zeit über ziemlich sonderbar gewirkt. So hatte sie ihre beste Freundin noch nie erlebt.
Hatte sie Matilda mit ihrem Geständnis vielleicht doch
gekränkt?

„Ach, Smilla, was soll ich nur machen?"

Die Katzendame begann leise zu schnurren, als sie ihr
durchs seidig glänzende Fell fuhr.

„Was meinst du? Macht es Sinn, einfach ins Blaue
draufloszufahren, damit mir nicht die Decke auf den
Kopf fällt? Ich habe solche Angst davor, was diese Männer Sara antun könnten. Sie töten, ohne sich schuldig
zu fühlen, ich habe es schließlich mit eigenen Augen gesehen."

# KAPITEL 19

„Lass Sara sofort los!", ertönte wie aus dem Nichts Matildas Stimme.

Jordan erstarrte in seinen Bewegungen und fuhr herum. „Was willst du hier?"

„Sie mitnehmen", antwortete sie.

„Das kannst du vergessen", knurrte Jordan.

„Ach ja?"

Erst jetzt bemerkte Sara die Waffe, mit der Matilda auf Jordan zielte, und wich entsetzt zurück.

„Nimm das Scheißding runter."

Matilda kam Jordans Aufforderung nicht nach und schüttelte energisch den Kopf. „Sara, du kommst jetzt ganz langsam zu mir und stellst dich hinter mich."

Mit weichen Knien befolgte Sara die Anweisung. Kaum hatte sie Matilda erreicht, hörte sie ein leises Ploppen, und Jordan sackte zusammen. Der Aufprall auf dem Boden klang dumpf. Knochensplitter und eine blutige Masse, die von der Austrittswunde stammten, verteilten sich auf Bett und Wand.

Sara benötigte mehrere Atemzüge, um zu begreifen, was soeben geschehen war. „Du hast ihn abgeknallt, ihn einfach so abgeknallt ...", kreischte sie dann hysterisch.

„Reiß dich zusammen, verdammt", fauchte Matilda. „Sehen wir zu, dass wir von hier verschwinden." Sie bückte sich, durchsuchte Jordans Hosentaschen und nahm sein Smartphone an sich. „Los jetzt, raus hier!"

Matilda stieß Sara zur Tür.

„Was soll das, Matilda? Wie hast du mich überhaupt gefunden?"

„Das erzähle ich dir im Auto. Willst du Wurzeln schlagen oder endlich deine Beine benutzen? Wir haben nicht ewig Zeit."

Sara folgte Matilda wie fremdgesteuert nach draußen. Obwohl sie noch unter Schock stand, konnte sie ihr Glück kaum fassen – am Ende hatte die Gerechtigkeit doch gesiegt. Mit gemischten Gefühlen ließ sie sich auf den Beifahrersitz fallen und warf keinen einzigen Blick zurück.

Sie waren schon seit Stunden unterwegs, und Sara schaute auf die vorüberziehende Landschaft, die mit der Zeit rauer geworden war. Die hübschen Holzhäuser in roten und ockerfarbenen Farbtönen schmiegten sich in die hügelige Landschaft. Sara betrachtete das Licht der untergehenden Sonne mit ihrem Spiel aus Licht und Schatten. Noch immer konnte sie nicht fassen, dass Matilda Jordan wie einen räudigen Hund abgeknallt hatte, und ihre Hände zitterten.

„Wohin fahren wir? Warum bringst du mich nicht nach Hause?"

„Weil das im Moment nicht möglich ist. Deine Mutter hat mir aufgetragen, dich an einen sicheren Ort zu bringen", antwortete Matilda.

„Aber warum?"

„Du schwebst in Lebensgefahr, und sie will dich aus der Schusslinie haben."

Schusslinie. Allein dieses Wort hallte bitter nach. Matilda hatte, ohne mit der Wimper zu zucken, wie ein Profi abgedrückt.

„Was wird meiner Mutter vorgeworfen? Stimmt es, dass sie Jordans Bruder auf dem Gewissen hat?"

„So viele Fragen." Matilda atmete tief aus. „Sie ist jedenfalls nicht die Person, für die du sie hältst."

„Das kann ich nicht glauben", widersprach Sara.

„Natürlich ist es hart für dich, wenn die Masken fallen", sagte Matilda nüchtern.

„Du sprichst in Rätseln. Bitte sag mir endlich, wie du mich gefunden hast?"

„Deine Mutter hatte da so eine Ahnung, der ich nachgegangen bin. Jordan und sie kennen sich. Deshalb war es auch nicht so schwer, ihn ausfindig zu machen."

„Aber die Polizei ..."

„... arbeitet viel zu nachlässig und zu zeitintensiv, sonst hätten sie dich schon längst befreit." Matilda schaute nervös in den Rückspiegel.

„Darf ich meine Mutter wenigstens anrufen?"

„Auch das ist nicht möglich. Es könnte durchaus sein, dass sie abgehört wird."

„Warum erklärst du mir nicht einfach, was hier gespielt wird?"

„Je weniger du weißt, desto besser. Noch bist du nicht in Sicherheit."

Sara fiel es schwer, ihre Ungeduld zu zügeln. Matildas Antworten waren alles andere als zufriedenstellend.

„Hat meine Mutter Jordans Bruder umgebracht?"

„Nein, nicht direkt. Aber sie hat dafür gesorgt, dass er im Gefängnis landet."

„Das ist doch alles Bullshit“, rief Sara. „Du hast Jordan einfach den Kopf weggeblasen, dafür muss es doch einen triftigen Grund geben. Er hätte uns sicherlich gehen lassen.“

„Jordan?“ Matilda stieß ein kehliges Lachen aus. „Niemals!“

„Und woher weißt du das so genau?“

„Jetzt pass mal auf, meine Kleine. Er hätte dich früher oder später getötet, und ich war gezwungen, eine Entscheidung zu treffen.“

„Das ist doch der helle Wahnsinn“, murmelte Sara.

„Schön, dass du das endlich begreifst.“

Ihnen kamen kaum noch Fahrzeuge entgegen, und Matilda erhöhte die Geschwindigkeit.

„Hast du vielleicht eine Kopfschmerztablette?“, fragte Sara unvermittelt.

„Sieh im Handschuhfach nach.“

Sara wühlte im Fach, bis sie die Schachtel gefunden hatte. Matilda reichte ihr eine Wasserflasche.

„Dein Kinn tut weh, nicht wahr?“, sagte Matilda mitfühlend.

„Ja, und Hunger habe ich auch.“

„Der Kofferraum ist voller Lebensmittel, keine Sorge.“

„Willst du mir nicht wenigstens verraten, wohin die Reise geht?“ Sara spülte die Tablette mit einem Schluck Wasser herunter.

„Wir sind gleich da, hab noch ein wenig Geduld.“

Seit etlichen Kilometern hatten sie keine Ortschaft mehr durchquert, und dichte Waldgebiete umsäumten die Straße. Sara sehnte sich nach ihrem Zuhause, nach der Ruhe und der Geborgenheit, die sie früher als Selbstverständlichkeit hingenommen hatte.

Das Schmerzmittel entfaltete rasch seine Wirkung, und Sara schloss erschöpft die Augen. Obwohl sie gegen die Müdigkeit ankämpfte, döste sie immer wieder ein. Erst als der Wagen über einen Waldweg holperte, schreckte sie aus dem Schlaf.

Matilda parkte das Fahrzeug vor einer rustikalen Finnhütte, die von hohen Fichten umgeben war. Das letzte bisschen Tageslicht schimmerte durch das Geäst der Bäume und tauchte die Umgebung in gespenstisch wirkendes Zwielicht.

„Das wird für die nächsten Tage unser Zuhause sein." Auf Matildas Gesicht zeichnete sich Erleichterung ab.

„Die Hütte ist winzig", sagte Sara.

„Wart's nur ab, bis du die Ausstattung siehst. Es gibt sogar Satellitenfernsehen."

„Matilda, ich bin nicht im Urlaub und hasse es jetzt schon."

„Mach doch, was du willst. Aber zuerst tragen wir die Einkäufe rein."

Matilda schloss die Tür auf, und Sara staunte, wie geräumig und hell es im Inneren war. Der Wohnbereich mit Kücheninsel war modern möbliert und bot genügend Platz für mehrere Personen. Von dort aus gelangte man durch zwei Türen in den hinteren Teil der Hütte. Eine Tür führte in ein Badezimmer, die andere in ein schmales Schlafzimmer. Direkt über ihnen auf der Empore hatte Sara ein Doppelbett stehen sehen.

„Hey, nicht trödeln, hilf mir endlich."

Sara trug die Lebensmittel, die Matilda ihr in die Hand drückte, in die Hütte, und innerhalb weniger Minuten war der Kofferraum geleert.

„Was kühl gelagert werden muss, kommt in den Kühlschrank, den Rest kannst du in den Schränken verteilen.“

Sara befolgte ohne Widerspruch ihre Anweisungen. Völlig abwesend sortierte sie die Lebensmittel. Ihre Gedanken waren bei Jordan, den sie in einer Blutlache liegend zurückgelassen hatten. Matilda, die Sara seit Kindertagen als liebevolle und fürsorgliche Frau kannte, hatte mit einem eiskalten Gesichtsausdruck die Waffe auf einen Menschen gerichtet und ihn getötet.

„Sara, alles in Ordnung?“ Matilda stand direkt hinter ihr, und Sara zuckte erschrocken zusammen.

„Nein, nichts ist okay. Wo hast du überhaupt so gut schießen gelernt?“

Matilda stemmte die Fäuste in die Hüften. „Himmel, du fragst mir noch Löcher in den Bauch. Jordan stand direkt vor mir, ich konnte ihn gar nicht verfehlen.“

Sara erwiderte nichts, dachte sich aber ihren Teil. Sie erkannte Matilda nicht wieder und fühlte sich in ihrer Gegenwart noch bedrohter als zuvor.

„Was sagt eigentlich dein Mann zu dieser Aktion? Weiß Kjell davon?“

„Sara, jetzt halt endlich deinen Mund und hilf mir, das Abendessen zuzubereiten.“

Matilda wich ihren Fragen aus, und Sara fragte sich, was sie zu verbergen hatte.

„Entschuldige, aber ich fühle mich nicht gut.“ Kraftlos sank Sara auf einen Stuhl, sie konnte die Augen kaum noch offen halten. „Wo werde ich schlafen?“, fragte sie.

„Für dich habe ich das hintere Schlafzimmer vorgesehen, während ich es mir auf der Empore bequem machen werde. Von dort oben habe ich den perfekten Überblick und kann im Notfall schnell agieren."

„Aber jetzt, wo Jordan tot ist, sind wir doch keiner Gefahr mehr ausgesetzt", sagte Sara.

„Da täuschst du dich aber gewaltig. Es handelt sich um ein großes Netzwerk, das dahintersteckt", erklärte Matilda.

„Was wird meiner Mutter zur Last gelegt, dass alles so außer Kontrolle geraten ist?" Sara konnte nach wie vor keinen Zusammenhang erkennen.

„Das wird sie dir in Kürze erklären. Aber bis dahin hältst du deine Füße still. Haben wir uns verstanden?" Der scharfe Unterton in Matildas Stimme war nicht zu überhören.

„Nein", erwiderte Sara trotzig. „Zuerst sagst du mir auf der Stelle, was Sache ist."

Matilda ignorierte ihre Worte. „Was möchtest du zum Abendessen? Pizza vielleicht?", fragte sie stattdessen.

„Mir doch egal ...", antwortete Sara.

Matilda schob zwei Tiefkühlpizzen in den Backofen und zog die Vorhänge zu. „Sicher ist sicher. Ich werde jetzt den Generator in Gang setzen und Holz holen."

Sie ging nach draußen und kehrte nur wenige Augenblicke später mit einem Arm voller Holzscheite zurück. Mit geübten Handgriffen schichtete sie das Holz und hielt ein Streichholz an das Papier. Züngelnde Flammen leuchteten auf, und kurz darauf knisterten die ersten Scheite.

„Warst du früher bei den Pfadfindern?"

Sara hatte sich diese Frage nicht verkneifen können. Seit Jordans Tod war ihr bewusst geworden, dass sie Matilda völlig falsch eingeschätzt hatte.

„Denk dir einfach deinen Teil", antwortete Matilda.

„Das mache ich schon die ganze Zeit über, aber es hilft mir nicht sonderlich weiter."

„Hab ein wenig mehr Geduld, bald wirst du die Wahrheit erfahren ... von deiner Mutter natürlich."

„Echt jetzt? Diese Geheimniskrämerei ist doch totaler Bullshit", fauchte Sara.

Matilda betrachtete gelangweilt ihre Fingernägel. „Schätzchen, ich stelle hier die Regeln auf."

Sara war der verächtliche Tonfall nicht entgangen. Matilda war ihre Retterin, gar keine Frage. Dennoch fühlte es sich falsch an. In Gedanken spielte sie alle Möglichkeiten durch, wie sie so schnell wie möglich von hier wieder verschwinden konnte. „Haben wir überhaupt Handyempfang?"

„Das konnte ich noch nicht testen. Aber ich gehe davon aus, dass das nicht der Fall sein wird."

„Und was willst du im Notfall unternehmen?"

„Ich habe vorgesorgt und ein Satellitentelefon dabei. Du kannst also ganz beruhigt dein Abendessen genießen."

Matilda öffnete den Backofen und schob die Pizzen auf zwei Teller.

„Guten Appetit, Sara."

„Danke, dir auch."

Der geschwollene Unterkiefer bereitete Sara beim Kauen starke Schmerzen, aber sie war so ausgehungert, dass sie die Pizza regelrecht in sich hineinstopfte.

„Dumme Frage, hättest du vielleicht frische Kleidung zum Wechseln für mich? Ich stinke wie ein Wiesel und würde gern duschen."

„Ich kann dir etwas Bequemes von mir borgen, wenn du magst."

„Danke."

Matilda öffnete ihre Reisetasche und nahm eine Jogginghose und ein weites Shirt heraus.

„Mit Unterwäsche kann ich leider nicht dienen."

„Kein Problem", erwiderte Sara und verschwand im Badezimmer. Der elektrische Boiler hatte das Wasser inzwischen vorgeheizt, und es war eine Wohltat, sich den ganzen Dreck von der Haut zu schrubben. Sie fühlte sich müde und abgekämpft, als sie aus der Duschkabine stieg und sich abtrocknete. Mit einem Schwall feuchtwarmer Luft kehrte sie in den Wohnbereich zurück.

„Ich gehe jetzt schlafen", sagte sie in die Stille hinein.

„Gute Nacht", antwortete Matilda abwesend, ohne ihren Blick zu heben.

Wortlos zog sich Sara in das Schlafzimmer zurück und kroch unter die Bettdecke. Innerhalb weniger Minuten war sie eingeschlafen.

Mitten in der Nacht fuhr Sara aus dem Schlaf. Die Bäume bewegten sich knarrend im Wind und irgendwo klapperte ein Fensterladen. Die bedrückende Stille im Haus wurde nur vom leisen Brummen des Generators unterbrochen.

Sara wälzte sich von einer Seite auf die andere. Sie sehnte sich danach, in ihr altes Leben zurückzukehren, obwohl sie wusste, dass es nie mehr so sein würde wie vorher. Ein leises Flüstern weckte ihre Aufmerksamkeit. Behutsam schlug sie die Bettdecke zurück und schlich auf nackten Sohlen zur Tür, um zu lauschen.

„… mir ist total egal, was ihr davon haltet …", hörte sie Matilda sagen. „Nein, ich werde mich nicht rechtfertigen, haben wir uns verstanden? … Das ist allein meine Sache und ich lasse mir da nicht reinreden. Ich werde das Ganze zu einem würdigen Abschluss bringen und niemand kann mich daran hindern. All die Jahre, in denen ich mich still verhalten habe, werden nicht umsonst gewesen sein."

Ob Matilda gerade mit ihrer Mutter sprach? Was bedeutete ein würdiger Abschluss? Und wer, verflucht noch einmal, war Matilda überhaupt?

Sara hatte sie stets für das typische Frauchen gehalten, das keinen Schritt ohne ihren geliebten Kjell unternahm. Aber die letzten Stunden hatten sie eines Besseren belehrt. Spielte Matilda nur eine Rolle, um alle zu täuschen?

„Da kannst du lange suchen, bis du eine Spur finden wirst, die zu uns führt. Ich bin ein braves Mädchen gewesen und habe seitdem viel gelernt. Jordan hat Sara entführt und den Tod mehr als verdient. Und jetzt möchte ich dieses sinnlose Gespräch beenden, fahr zur Hölle!"

Matilda ließ sich mit einem Seufzen auf das Bett fallen.

Bahnte sich da eine Katastrophe an, die sie alle ins Unglück stürzte? Die Angst schnürte Sara die Kehle zu. Instinktiv spürte sie die drohende Gefahr, die wie ein Damoklesschwert über ihnen schwebte. Mittlerweile bezweifelte sie, dass Matilda aufrichtige Absichten hatte. Ihre Worte klangen so hart, so emotionslos, so berechnend, dass es Sara fröstelte und sie den Schlüssel im Schloss herumdrehte. Sie wollte auf keinen Fall wie Jordan mit einem Loch im Kopf das Zeitliche segnen.

Mehrere ohrenbetäubende Schläge rissen Sara aus dem Schlaf. Mit einem Satz war sie an der Tür. „Matilda, was machst du da?"

Matilda zertrümmerte mit einem Hammer Jordans Smartphone. „Das siehst du doch, mögliche Spuren vernichten", antwortete sie.

„Und wenn sie uns schon längst geortet haben?"

„Ich habe das Smartphone erst in den frühen Morgenstunden aktiviert", erklärte Matilda.

Sara überlegte, ob sie das nächtliche Telefongespräch erwähnen sollte, ließ es dann aber bleiben. Wer wusste schon, zu welchen Taten Matilda sonst noch fähig war.

„Übrigens sehe ich es nicht gern, wenn du dich einschließt. Wenn es schnell gehen muss, verlieren wir kostbare Zeit."

„Ach ja? Wer ist uns denn bitte schön auf den Fersen?", fragte Sara gereizt.

„Kannst du dich einfach nicht in Geduld üben? Ich habe dich nicht so nervig in Erinnerung."

„Tja, damals warst du auch noch keine Pistolen schwingende Pfadfinderin", sagte Sara und versuchte, die Situation abzuschätzen. Das einst so innige Verhältnis zu Matilda hatte tiefe Risse bekommen. Bedrückt setzte sich Sara an den Tisch und stützte den Kopf auf die Hände.

„Willst du dir nicht wenigstens die Zähne putzen?" Matilda musterte sie mit strengem Blick.

„Ist das dein Ernst? Haben wir keine anderen Sorgen?“, rief Sara empört.

„Wir sollten uns so normal wie möglich verhalten“, antwortete Matilda knapp.

„Bist du jetzt total durchgedreht?“, schrie Sara aufgebracht. „Du hast ein Menschenleben auf dem Gewissen und ich soll meine Zähne putzen?“

„Reiß dich gefälligst zusammen“, fauchte Matilda und griff über den Tisch, um Sara am Handgelenk zu packen. „Noch ein Wort, und ich vergesse mich!“

# KAPITEL 20

Kjell Eriksson saß Jacob wie ein Häufchen Elend gegenüber.

„Matilda ist seit gestern verschwunden", sagte er.

„Und warum meldest du dich erst jetzt?" Jacob musterte Kjell. Das konnte kein Zufall mehr sein.

„Wir hatten einen heftigen Streit. Matilda ist seit einigen Wochen sehr gereizt und unnahbar, wollte mir aber den Grund nicht nennen."

„Und weiter?"

Kjell wippte nervös mit dem Knie. „Sie ist ohne Frühstück aus dem Haus gestürmt und ins Büro gefahren. Das hatte ich zumindest angenommen. Ihre Kollegen haben mir dann erzählt, dass sie bereits vor einer Woche Urlaub beantragt hat."

„Von Matildas Plänen hast du also nichts gewusst?"

„Nein, Mann. Ich dachte, dass sie wegen unseres Streits nicht nach Hause gekommen ist. Erst später habe ich gesehen, dass einige Kleidungsstücke und die Reisetasche fehlen."

„Könnte Matilda etwas mit dem Verschwinden von Frijas Tochter zu tun haben?"

„Hältst du das denn für möglich?" Kjell wurde immer nervöser.

„Würde ich sonst fragen? Gibt es vielleicht einen Ort, an den sie sich gern zurückgezogen hat? Es ist wichtig, dass wir sofort mit der Suche beginnen." Für Jacob zählte jede Minute. „Ich brauche ein aktuelles Foto von Matilda, damit ich sie zur Fahndung ausschreiben lassen kann. Ihre Spur könnte uns vielleicht zu Sara führen."

„Jacob, lehnst du dich da nicht zu weit aus dem Fenster? Ich bin schon eine halbe Ewigkeit mit ihr verheiratet und kenne keinen loyaleren Menschen."

„Darüber können wir diskutieren, wenn wir Sara und deine Frau gefunden haben. Aber bis dahin müssen wir die Augen offen halten." Jacob öffnete ein Dokument auf dem Computer. „Beschreib bitte die Kleidungsstücke, die Matilda getragen und mitgenommen hat."

Stockend kam Kjell seiner Aufforderung nach. Dann schaute er Jacob Hilfe suchend an.

„Werdet ihr sie finden?"

„Das hoffen wir. Matilda hat sich also seit vierundzwanzig Stunden nicht mehr gemeldet?"

Kjell nickte.

„Hast du sie angerufen?"

„Wie denn, wenn sie ihr Smartphone auf dem Küchentisch vergessen hat. Dafür fehlen ihre Ausweispapiere."

„Seltsam."

„Ja, das finde ich auch. Es macht mich verrückt, dass ich sie nicht erreichen kann. Bitte sag mir, was ich jetzt tun soll?"

„Du solltest dir freinehmen und noch einmal das gesamte Haus auf den Kopf stellen."

Kjell erhob sich zögerlich. „Ja dann ..."

„Ich werde sofort einen Kollegen losschicken, der sich in der Firma umhört, in der Matilda angestellt ist. Außerdem brauche ich noch die Beschreibung ihres Wagens und das Kennzeichen."

Nachdem Kjell die Angaben vervollständigt hatte, verließ er mit hängenden Schultern das Büro. Jacob machte sich sofort an die Arbeit und schrieb Matilda und ihren Wagen zur Fahndung aus. Nur eine halbe Stunde später klingelte sein Telefon.

„Hallo, Jacob", sagte Hilmar, ein Kollege. „Matildas Wagen steht verlassen auf dem Firmengelände. Ich vermute, dass sie mit einem Leihfahrzeug unterwegs ist, und werde bei den Autovermietungen nachfragen, die in der näheren Umgebung ihren Sitz haben."

„Sehr gut. Ich drücke dir die Daumen."

Jacob atmete tief durch. Statt ein Problem zu lösen, tauchten weitere auf. Umgehend tippte er Frijas Nummer ein.

„Larsson." Ihre Stimme klang matt.

„Frija, wir müssen reden. Ich weiß, dass du wichtige Informationen zurückhältst, und bitte dich inständig, endlich dein Schweigen zu brechen. Könntest du herkommen?"

„Sofort?"

„Ja. Es haben sich neue Erkenntnisse aufgetan."

„Habt ihr Sara gefunden?"

Jacob verneinte.

„Ich fahre gleich los …", erwiderte sie enttäuscht.

Jacob konnte erahnen, wie schrecklich sich Frija fühlen musste. An manchen Tagen war er sogar froh darüber, keine Kinder in die Welt gesetzt zu haben.

Frija saß zusammengesunken vor seinem Schreibtisch. Die dunklen Augenringe und ihr müder Blick sprachen Bände.

„Möchtest du einen Kaffee?", fragte er.

„Wenn es dir keine Umstände bereitet ..."

„Einen Moment, ich bin gleich wieder da."

Mit zwei Tassen Kaffee und einer Packung Waffeln kehrte er zurück.

„Bitte, bediene dich ruhig."

„Warum hast du mich hergebeten?"

„Weil ich endlich wissen möchte, was du vor mir verheimlichst. Ich habe in der Zwischenzeit ein wenig recherchiert und festgestellt, dass du wie aus dem Nichts in Svanberga aufgetaucht bist. Aus der Zeit davor existieren nur eure Geburtsurkunden und das erweckt den Eindruck, als ob du nie eine Schule besucht oder eine Arbeitsstelle gehabt hättest. Bitte kläre mich auf, warum das so ist."

Jacob bemerkte ihr Zögern. Sie war mager geworden und das ungewaschene Haar hing strähnig herab. Ein mitleiderregender Anblick. Es verstrichen einige Augenblicke, ohne dass einer von ihnen etwas sagte.

„Ich habe zwar noch keine Rückmeldung erhalten, möchte aber auch nicht länger schweigen. Sara ist schon viel zu lange fort." Frija kämpfte mit den Tränen.

„Was ist in deiner Vergangenheit vorgefallen, dass sie total ausgelöscht ist?"

„Sara und ich sind Teil eines Zeugenschutzprogrammes. Unsere richtigen Namen sind Ava und Lilly Holm."

„Großer Gott, warum hast du das nicht gleich gesagt? Damit bekommt der Fall eine völlig andere Wendung."

Jacob war aufgesprungen. „Jetzt lass dich nicht länger bitten, was ist damals passiert?"

Frija zerknüllte ein Taschentuch zwischen den Händen und räusperte sich mehrmals. Es schien ihr schwerzufallen, sich zu öffnen.

„Komm schon, Frija, die Zeit läuft uns davon." Er neigte sich nach vorn und ergriff ihre Hand, um sie zum Sprechen zu bewegen.

„Ich habe zum damaligen Zeitpunkt in Malmö gewohnt und war seit zwei Jahren mit einem Polizisten verheiratet. Elias hatte gute Aufstiegschancen. Er war besonders ehrgeizig und wollte das Drogenproblem, das zwischen den rivalisierenden Banden herrschte, ernsthaft angehen. Du kennst sicher die Viertel, in die sich kaum noch ein Polizist hineintraut. In der heutigen Zeit hat sich dieser Zustand dramatisch verschlimmert."

„Das ist mir nicht neu", erwiderte Jacob.

„Wir hatten damals noch nicht so viel Geld und haben eine Wohnung in diesen riesigen Blocks gemietet. Was wir nicht wussten, war, dass einer dieser Kellerräume als Umschlagplatz für Drogen genutzt wurde."

„Und weiter?"

„Sara war gerade ein halbes Jahr alt, als ich in den Keller gegangen bin, um einen Karton mit Büchern zu holen. Plötzlich stürmten Polizisten ins Treppenhaus, direkt an mir vorbei in den Keller, und es entwickelte sich eine wilde Schießerei. Ich habe mich sofort auf den Boden geworfen und tot gestellt. Irgendwie ist es diesen Verbrechern gelungen, sich den Weg freizuschießen. Nur ein einziger Polizist hat schwer verletzt überlebt."

Als Frija unkontrolliert zu zittern begann, stand Jacob
auf und legte beruhigend seine Hände auf ihre Schultern. „Du machst das sehr gut. Aber ich muss unbedingt
wissen, was genau geschehen ist."

„Im Vorbeigehen hat einer der Männer bemerkt, dass
ich noch am Leben bin. Er hat mich gepackt und trotz
meiner Gegenwehr ins Treppenhaus gezerrt. Meine Gedanken galten Sara, die allein in der Wohnung zurück-
geblieben war. Auf dem Weg nach draußen bin ich
über Elias gestolpert. Er lag in einer riesigen Blutlache,
hat geschrien und sich vor Schmerzen gewunden, aber
ich konnte ihm nicht helfen."

Schluchzend schlug sich Frija die Hände vors Gesicht.
Ihr Körper bebte und Jacob konnte nachempfinden,
wie schlimm es für sie sein musste, dieses Martyrium
noch einmal zu durchleben.

Nach einigen Minuten hatte sie sich wieder gefasst.
„Die Männer haben mich zum Fluchtwagen geschleift
und in den Kofferraum gestoßen. Durch das sommerli-
che Wetter hatte sich das Innere des Fahrzeugs so er-
hitzt, dass ich glaubte, ersticken zu müssen. Der
Schweiß rann mir aus allen Poren, während ich versucht habe, mich aus diesem Gefängnis zu befreien."
Frija atmete hektisch bei der Erinnerung an ihre Qual
und griff sich unwillkürlich an den Hals. „Dürfte ich
bitte ein Glas Wasser haben?"

„Einen Moment." Jacob eilte nach draußen und
klopfte bei einem Kollegen an die Tür. „Lennard, ich
brauche den Polizeipsychologen, *sofort*!"

In der Miniküche schenkte er ein Glas eisgekühltes
Mineralwasser ein und kehrte mit schnellen Schritten
in sein Büro zurück.

Frija leerte das Glas mit gierigen Zügen, dann fuhr sie fort. „Durch den rasanten Fahrstil wurde ich im Kofferraum hin und her geschleudert. Gas geben, abbremsen, Tempo wieder erhöhen. Plötzlich kreischten die Bremsen, es gab einen dumpfen Aufprall, und ich wurde nach vorn geschleudert. Ich hörte Menschen schreien und musste mich nach diesem Höllenritt übergeben. Der Gedanke, dass sich niemand um Sara kümmerte, raubte mir den Verstand. Aber die Flucht ging unvermindert weiter."

Frija griff sich an die Brust und ihre Atemfrequenz erhöhte sich besorgniserregend. Jacob riss das Fenster auf und redete beruhigend auf sie ein. „Soll ich einen Arzt rufen?"

„Nein, nein, es geht schon."

Verdammt, wo blieb nur der Psychologe?

„Die Fahrt schien ewig zu dauern und ich habe durch die hohen Temperaturen im Kofferraum immer wieder das Bewusstsein verloren. Meine Kleidung war vom Schweiß durchtränkt. Irgendwann lag das Fahrzeug ruhig auf der Straße, die Männer mussten Malmö verlassen haben." Frija ballte die Hände zu Fäusten, um das Zittern zu unterdrücken. „Trotz eingeschalteter Klimaanlage und dem kühlenden Fahrtwind glaubte ich, ersticken zu müssen. Die Männer hatten mich als Geisel genommen und ich habe geahnt, was mich letzten Endes erwarten würde. Innerhalb von Minuten war mein Leben zerstört und ich jeder Illusion beraubt worden. Unser gemeinsames Kind würde in einer Pflegefamilie aufwachsen."

Frija sackte auf dem Stuhl zusammen und Jacob gelang es im letzten Moment, sie aufzufangen. Er hob sie hoch und trug sie zur Tür. Mit dem Ellenbogen drückte er die Klinke herunter und rief in den Flur: „Schnell, ich brauche sofort einen Arzt!"

„Ist unterwegs", antwortete Anne.

Jacob legte Frija auf eine Pritsche im Ruheraum. Die junge Kollegin bettete Frijas Beine auf zwei Kissen, damit das Blut in die inneren Organe zurückfließen konnte.

„Danke, Anne. Ihr müsst euch sofort hinter die Computer und Telefone klemmen. Ich brauche alle Infos zu einem Fall in Malmö, der ungefähr sechzehn Jahre zurückliegt."

„Geht's auch etwas genauer, Chef?"

„Es handelt sich um ein Drogendelikt mit Schusswechsel und anschließender Geiselnahme, mehr kann ich darüber noch nicht sagen."

„Der Arzt ist da", rief Lennard und machte einen Schritt zur Seite, damit die Sanitäter den Ruheraum betreten konnten.

Nach einer kurzen Untersuchung wurde Frija sofort ein Venenzugang gelegt und ein Beruhigungsmittel verabreicht.

„Wann ist sie wieder fit?", fragte Jacob.

„Ich möchte die Patientin lieber zur stationären Beobachtung mitnehmen", erwiderte einer der Sanitäter.

„Das geht auf gar keinen Fall", widersprach Jacob. „Ihre Tochter wird vermisst und jede Minute zählt."

„Das kann ich nur gestatten, wenn Sie anschließend dafür sorgen, dass die Patientin in ein Krankenhaus gebracht wird."

Der Sanitäter musterte Jacob über den Rand seiner Brille hinweg.

„Selbstverständlich. Ist sie so weit stabil?"

„Ja, aber übertreiben Sie es bitte nicht." Der Arzt packte seinen Koffer und verließ mit den Sanitätern den Ruheraum.

Jacob ergriff Frijas Hand. „Fühlst du dich dazu in der Lage, mir den Rest zu erzählen?"

„Ja. Falls die Männer Sara in ihrer Gewalt haben, werden sie schlimme Dinge mit ihr anstellen."

„Das werden wir mit allen Mitteln verhindern. Die Kollegen sind schon an der Sache dran."

Frija setzte sich auf. „Nach einer schier endlos langen Fahrt kam der Wagen endlich zum Stehen. Die Kofferraumklappe wurde geöffnet und sie haben mich nach draußen gezerrt. Ich konnte mich kaum noch auf den Beinen halten, aber diese Kerle kannten kein Erbarmen. Sie haben mich zu einem Haus geschleift, wo bereits zwei weitere Männer warteten. Ich wurde in den Keller gesperrt, während sie eine Etage über mir beratschlagten, wie es weitergehen sollte." Frija legte eine kurze Pause ein und schluckte. Tränen sammelten sich in ihren Augen. „Der quälende Durst war kaum zu ertragen, aber es sollte noch schlimmer kommen. Zwei dieser Monster haben sich am Abend mit Gewalt genommen, was ich ihnen freiwillig niemals zugestanden hätte."

„Ach, Frija …", raunte Jacob betroffen. Kein Wunder, dass sie so zurückgezogen gelebt hatte.

„Ich war wie paralysiert und am Ende zu keiner Gegenwehr mehr fähig. Am nächsten Morgen haben sie ihre Sachen gepackt und mich aus dem Keller gezerrt. Trotz der körperlichen Schwäche war mein Lebenswille ungebrochen. Sara sollte nicht ohne Mutter aufwachsen, das hatte ich mir geschworen. Die Fahrt ging immer weiter ins Hinterland, bis die Männer auf eine Straßensperre trafen, die die Polizei errichtet hatte."

Jacob drückte Frijas Hand und nickte ihr aufmunternd zu.

„Der Fahrer wendete den Wagen, doch das Manöver kostete ihn Zeit. Um den Vorsprung wieder auszubauen, trat er das Gaspedal durch und der Wagen schoss nach vorn. In einer Kurve geriet das Fahrzeug ins Schleudern und landete im Graben. Durch den Aufprall wurden die Scheiben eingedrückt und ich habe diese unverhoffte Chance zu meinen Gunsten genutzt. Nachdem ich den Gurt gelöst hatte, bin ich blutverschmiert aus dem Seitenfenster gekrochen. Die Schmerzen waren höllisch, aber der Gedanke an Sara verlieh mir die nötige Kraft. Ich konnte die Polizeisirenen im Hintergrund hören und betete, dass die Beamten schneller sein würden. Ich bin gerannt und gerannt, doch leider nicht sehr weit gekommen. Zwei der Männer haben kurzerhand ihre Waffen gezogen und auf mich geschossen. Nach zwei Streifschüssen bin ich zu Boden gegangen und kraftlos liegen geblieben." Ihre Schultern bebten.

Jacob schüttelte fassungslos den Kopf. „Mir fehlen die Worte", sagte er und strich Frija sacht übers Haar.

„Inzwischen hatten die Polizisten das Fluchtfahrzeug erreicht, aber die Kerle dachten nicht daran, sich zu ergeben. Es folgte ein erneuter grauenvoller Schusswechsel, bei dem einer der Männer gestorben ist. Ich habe nur am Rande wahrgenommen, dass ich in ein Krankenhaus eingeliefert wurde. Als ich wieder bei Bewusstsein war, galt der erste Gedanke meiner Tochter. Die Sorge, dass diese Männer sie in ihrer Gewalt haben könnten, hat mich in den Wahnsinn getrieben. Wie ich hinterher erfahren habe, war Sara von einer Sozialarbeiterin für die Zeit meines Krankenhausaufenthaltes bei einer Pflegefamilie untergebracht worden."

„Und nach deiner Zeugenaussage bist du in das Schutzprogramm aufgenommen worden?", fragte Jacob.

„Ja, es war eine grauenvolle Zeit. Ich habe Elias im Kugelhagel verloren und musste bis auf die Fotoalben alles, was mir lieb und teuer war, zurücklassen. Nur meine Mutter, die leider im letzten Jahr verstorben ist, durfte davon wissen. Die erste Zeit haben Sara und ich in der Nähe von Stockholm gewohnt. Aber die ständige Angst, durch einen dummen Zufall enttarnt zu werden, saß mir im Nacken. Der Prozess war die Hölle gewesen und ich wurde von den Clanmitgliedern bedroht, die die Drogengeschäfte abgewickelt hatten."

„Haben sie lebenslänglich bekommen?"

Frija nickte. „Zumindest die Männer, die im Schusswechsel die Polizisten getötet hatten. Jedenfalls habe ich mich einige Wochen später auf die Suche nach einem neuen Job und einer neuen Heimat gemacht und bin in Svanberga schließlich fündig geworden. Das Haus lag abgeschieden am See und ich hatte den perfekten Rundumblick, nur für den Fall, dass ich schnell fliehen muss. Hedda Thalberg ist mein Notfallkontakt und meine Ansprechpartnerin. Sie hat alles in die Wege geleitet, um uns ein neues Leben zu ermöglichen. All die Jahre ist es ruhig geblieben, bis sich der erste Täter im Gefängnis das Leben genommen hatte ..." Frijas Stimme erstarb.

„Endet deine Geschichte an diesem Punkt?"

„Ja. Ich habe jahrelang einen inneren Kampf ausgefochten, habe versucht, die Erinnerungen an die grausamen Taten, so gut es eben ging, zu verdrängen. Nicht nur ich war traumatisiert, auch mein Baby. Doch jetzt ist die Vergangenheit wieder allgegenwärtig und ich bin nur von dem einen Wunsch beseelt, Sara wohlbehalten in meinen Armen zu halten."

„Wir werden unser Bestes geben, Frija, das verspreche ich dir. Eine Frage hätte ich allerdings noch. Matilda ist seit gestern verschwunden. Weißt du, wo sie stecken könnte und was sie vorhat? Kennt sie deine Geschichte?"

„Matilda?" Frija schüttelte ungläubig ihren Kopf. „Ich habe ihr nie etwas darüber erzählt. Sie hat sich seltsam verhalten, das ja. Aber ich weiß wirklich nicht, warum auch sie verschwunden ist."

„Danke, Frija. Ein Kollege wird dich gleich ins Krankenhaus fahren, damit du noch einmal gründlich durchgecheckt wirst."

„Muss das wirklich sein?"

„In diesem angeschlagenen Zustand kannst du unmöglich zurückfahren. Hab einen Moment Geduld, bis ich alles organisiert habe."

Jacob trat in den Flur und beauftragte Lennard damit, Frija ins Krankenhaus zu bringen. Anschließend trommelte er seine Kollegen im Konferenzraum zusammen. Sein Vorgesetzter weilte noch in Stockholm auf einer Fortbildung und so lag die Verantwortung allein in seinen Händen.

„Was habt ihr über den Fall in Malmö herausfinden können?"

Jörg Berger, der kurz vor seiner Pensionierung stand, erhob sich. „Wie der Einsatz abgelaufen ist, wissen wir ja bereits. Mehrere Clanmitglieder wurden angeklagt und verurteilt, darunter vier Männer wegen Mordes, von denen zwei im Gefängnis verstorben sind. Die Indizien deuten zwar auf Selbstmord hin, aber die Ermittlungen sind noch nicht vollständig abgeschlossen. Es könnte durchaus sein, dass jemand nachgeholfen hat."

„Warum ausgerechnet jetzt?"

„Die beiden verurteilten Mörder sollten wegen guter Führung vorzeitig entlassen werden", sagte Anne.

„Ist ein Artikel darüber in der Presse erschienen?"

„Eher eine Randnotiz", antwortete Marit.

„Also wäre es durchaus möglich, dass auch Frija davon erfahren haben könnte?", fragte Jacob.

Anne nickte. „Natürlich, das Internet macht's möglich."

„Habt ihr eine Verbindung zwischen Sara und Matilda entdecken können?"

„Leider nein. Frija Larsson und Matilda Eriksson sind seit etlichen Jahren miteinander befreundet. Aber wie tief diese Verbundenheit tatsächlich ist, kannst du sicher besser beurteilen, da du sie persönlich kennst. Jedenfalls sind Matilda und ihr Mann Kjell ein Jahr später nach Svanberga gezogen. Eine Sache ist mir allerdings sofort ins Auge gefallen – Matilda stammt ebenfalls aus Malmö." Berger setzte sich wieder.

„Das wäre eine Schnittstelle, an der wir ansetzen könnten", sagte Jacob. „Ich werde gleich im Anschluss ins Krankenhaus fahren, um Frija wegen des Zeitungsartikels noch einmal zu befragen. Wir rücken der Lösung des Falles näher und näher, das kann ich deutlich spüren."

Jacob klopfte an die Tür des Krankenzimmers und trat ein. Frija lag in einem Einzelzimmer und stand mittlerweile unter Polizeischutz.

„Entschuldige die Störung, aber ich hätte noch ein paar ungeklärte Fragen an dich", sagte Jacob und stellte einen Stuhl neben das Bett.

„Na dann, schieß los", erwiderte Frija matt und verbarg die zitternden Hände unter der Bettdecke. Der Leidensdruck stand ihr ins Gesicht geschrieben.

„Zwei der verurteilten Clanmitglieder sollten in Kürze wegen guter Führung entlassen werden. Hast du davon gewusst?" Er musterte sie mit einem prüfenden Blick.

„Nein, woher sollte ich?", antwortete sie irritiert.

„Der Artikel wurde im Malmöer Abendblatt veröffentlicht", sagte Jacob.

„Ja und? Willst du etwa andeuten, dass ich mit dem Tod der beiden Männer etwas zu tun haben könnte?"

„Ich bin verpflichtet, allen Hinweisen nachzugehen, so leid mir das auch für dich tut", erwiderte er.

„Jacob, ich bitte dich. Ich verfüge weder über die Mittel noch über die Kontakte, um einen Mord in Auftrag zu geben. Malmö ist ein rotes Tuch für mich, ich wollte nie wieder daran erinnert werden."

„Noch eine Sache ..."

Frija schloss für einen Moment die Augen.

„Wusstest du, dass Matilda ebenfalls aus Malmö stammt?"

„Was sagst du da?" Sie setzte sich ruckartig auf.

„Habt ihr je darüber gesprochen?"

„Nein, nicht direkt. Ich habe sie einmal gefragt, aus welcher Gegend sie stammt, aber Malmö hat sie mit keinem Wort erwähnt."

„Gut. Wir ermitteln weiter in diese Richtung", sagte er.

„Habt ihr schon eine Spur von Sara?"

„Die Kollegen arbeiten mit Hochdruck daran. Ich werde jetzt zu Kjell Eriksson fahren und hoffen, dass er mir weiterhelfen kann."

„Könnte Matilda tatsächlich in diese Sache verwickelt sein?", fragte Frija bang. „Sie war stets hilfsbereit und hat sich rührend um Sara gekümmert. Ich mag mir nicht vorstellen, dass sie in all den Jahren die Freundschaft nur vorgetäuscht hat."

„Wir dürfen keine voreiligen Schlüsse ziehen, das ist alles, was ich dazu sagen kann. Pass auf dich auf, Frija, und komm schnell wieder auf die Beine."

Jacob verabschiedete sich und lief mit schnellen Schritten zu seinem Wagen. Kjell würde ihm jetzt Rede und Antwort stehen müssen.

„Habt ihr Matilda gefunden?", fragte Kjell, nachdem er Jacob die Tür geöffnet hatte.

„Noch nicht."

„Warum bist du dann hier?"

„Können wir das bitte drinnen klären?"

„Na gut", antwortete Kjell widerwillig und trat einen Schritt zur Seite.

Die Wohnung war unaufgeräumt und roch unappetitlich nach kaltem Essen. Kjell hatte sich seit Matildas

Verschwinden nicht rasiert und anscheinend auch nicht gewaschen.

„Also, warum bist du hier?“ Er ließ sich mit einem Seufzen in den Sessel fallen.

„Dass Matilda aus Malmö stammt, ist dir nicht neu?“

„Um mich das zu fragen, bist du extra hergekommen?“ Kjell taxierte ihn ungläubig.

„Beantworte bitte meine Frage.“

„Himmelherrgott, sie ist, genau wie ich, in Malmö aufgewachsen. Aber was spielt das denn jetzt für eine Rolle?“, rief Kjell aufgebracht.

„Eine sehr wichtige. Was weißt du über Matildas Vergangenheit in Malmö?“

„Nicht sehr viel, wenn ich ehrlich bin“, sagte Kjell. „Sie war verwitwet, als wir uns kennengelernt haben. Hin und wieder hat sie zwar noch Kontakt zu alten Bekannten gepflegt, mehr aber auch nicht. Manchmal hatte ich sogar das Gefühl, dass sie diese Zeit komplett ausradieren wollte.“

„Und ihr Verhalten ist dir nicht seltsam vorgekommen?“, fragte Jacob.

„Nein, nicht direkt. Ich habe immer geglaubt, dass das mit dem Tod ihres ersten Mannes zusammenhängt.“

„Was kannst du mir über ihn sagen?“

„Er ist an Krebs gestorben.“

„Das ist alles?“

„Halte mich für einen albernen Gockel, aber ich habe ihn immer als Konkurrenz angesehen. Mir lag nicht viel daran, mehr über ihn zu erfahren.“

Genau so hatte Jacob Kjell eingeschätzt – ein wenig oberflächlich und eitel. Entweder hatte sich Matilda perfekt angepasst oder bewusst diesen Typ Mann ausgewählt, weil er kaum Fragen stellen würde.

„Warum hast du dich nie für Matildas Vergangenheit interessiert?"

„Ehrliche Antwort?"

„Ich bin ein Bulle und bestehe darauf", erwiderte Jacob.

„Matildas Liebe zu ihrem ersten Mann ist nie erloschen und das hat mir jedes Mal einen Stich mitten ins Herz versetzt. Frag mich nicht, wie oft ich sie dabei ertappt habe, wenn sie sein Bild weinend in den Händen gehalten hat. Wer ist schon gern zweite Wahl?"

„Seid ihr aus diesem Grund kinderlos geblieben?"

„Matilda kann keine Kinder bekommen, aber der Wunsch nach einer Familie war sowieso zweitrangig für mich. Ich habe nie einen Hehl daraus gemacht, sehr zu ihrer Erleichterung."

„Wessen Idee war es, nach Svanberga zu ziehen?"

„Matilda hat den Stein ins Rollen gebracht. Allerdings muss ich gestehen, dass ich den Umzug bis zum heutigen Tag nie bereut habe."

„Ich glaube nicht an Zufälle, Matilda ist garantiert in die Sache verstrickt. Im Nachhinein ist es schon ein merkwürdiger Zufall, dass ihr kurz nach Frijas und Saras Ankunft ein Haus gekauft habt." Jacob erhob sich.

„Und nun?" Kjell zuckte ratlos mit den Schultern.

„Wir werden uns ausschließlich auf Matilda konzentrieren. Ich bin mir sicher, dass sie weiß, wo sich Sara aufhält."

„Bitte haltet mich auf dem Laufenden", sagte Kjell.

„Das werden wir, drück du uns im Gegenzug die Daumen. Eine letzte Frage hätte ich allerdings noch. Ist dir inzwischen eingefallen, wohin sich Matilda gern zurückgezogen hat? Ein Ferienhaus vielleicht oder Ähnliches?“

„Nein, unsere Urlaube haben wir meist im Ausland verbracht.“

„Schade, es war nur so ein Gedanke. Bitte melde dich, falls du neue Informationen für uns hast.“

„Das werde ich.“ Kjell nickte ihm zu und begleitete ihn zur Tür.

# KAPITEL 21

Frija unterschrieb die Entlassungspapiere entgegen der Empfehlung des behandelnden Arztes. Sie hielt es keine Minute länger im Krankenhaus aus. Matilda ging ihr nicht mehr aus dem Kopf, und sie fragte sich, was sie übersehen haben könnte. War Matilda die Frau eines Clanmitglieds gewesen und hatte ihr die innige Freundschaft nur vorgespielt?

Ein stechender Schmerz in der Brust raubte ihr die Luft zum Atmen. Wie hatte sie sich nur in ihrer besten Freundin so täuschen können, das alles ergab doch gar keinen Sinn. Wiederum, ihre Affäre mit Leif beruhte ja auch auf Unwahrheiten und Betrug. Wahrscheinlich war sie durch die Ereignisse in der Vergangenheit und ihre Paranoia nicht mehr dazu in der Lage, authentische Menschen von chronischen Lügnern zu unterscheiden.

Sie rief sich ein Taxi und ließ sich zur Bushaltestelle chauffieren. Im Minutentakt checkte sie den Messenger und wartete auf die erlösende Nachricht.

Hatte Matilda Sara in ihrer Gewalt, um den Tod ihres Mannes, eines möglichen Clanmitglieds, zu rächen? Oder war Frija mit ihrer Vermutung völlig auf dem Holzweg?

Die Fahrt zurück zog sich in die Länge und Frija hatte keinen Blick für die Schönheit der Landschaft. Der Taxifahrer setzte sie an der Bushaltestelle in Svanberga ab, sie zahlte und stieg aus. Bis zu Matildas und Kjells Haus waren es nur wenige Meter und sie drückte auf den Klingelknopf.

„Hallo, Frija", sagte Kjell müde, um dessen Augen tiefe Schatten lagen. „Gibt es Neuigkeiten?"

„Das wollte ich eigentlich dich fragen", erwiderte sie.

„Nein, nichts. Matilda ist wie vom Erdboden verschluckt."

„Können wir kurz über sie reden?"

„Was soll das bringen? Ich habe Jacob doch schon alles gesagt."

„Wie hat er sich dazu geäußert?" Gebannt hing sie an seinen Lippen, sie hielt diese quälende Ungewissheit nicht länger aus.

„Dass Matilda zweifellos in diese Sache verstrickt ist."

„Und was denkst du?"

„Inzwischen ist Matilda mir so fremd, als hätten wir nie etwas miteinander geteilt. Mir ist klar geworden, wie wenig ich eigentlich von ihr weiß."

„Also gibt es nichts, was du mir über sie sagen könntest?"

„Nein."

„Eine Frage noch. Ist Matilda tatsächlich Witwe oder nur geschieden?"

„Du lässt nicht locker, oder?"

„Nein, es geht schließlich um meine Tochter", erwiderte sie.

„Komm schon rein." Kjell lief mit schleppenden Schritten durch den Flur. „Willst du einen Kaffee?"

„Wenn es dir keine Umstände macht.“

Er winkte ab und ging in die Küche, wo er Wasser in die Glaskanne laufen ließ und den Tank der Kaffeemaschine befüllte.

„Um auf Nummer sicher zu gehen, werde ich gleich die Papiere heraussuchen. All die unbeantworteten Fragen verwirren mich zutiefst“, sagte er.

Mit einem dicken Ordner kehrte er in die Küche zurück. Eifrig blätterte er durch die Unterlagen, bis sich seine Miene erhellte. „Da ist die Sterbeurkunde ihres Mannes. Ich habe wirklich geglaubt, dass Matilda mich von vorn bis hinten angelogen hat.“ Kjell wirkte erleichtert. Auch er hatte sein Päckchen zu tragen, aber das war gewiss nicht ihre Schuld.

„Wie lautet sein Name?“

„Andreas Nyström“, antwortete er.

„Ich danke dir. Das ist immerhin etwas, mit dem ich arbeiten kann“, sagte Frija.

„Was willst du tun?“

„Nachforschungen anstellen. Ich greife nach jedem Strohhalm.“

„Ich weiß zwar nicht, wie dir diese Information weiterhelfen könnte, aber ich wünsche dir viel Glück.“

„Das werde ich brauchen.“

„Soll ich dich nach Hause fahren?“, fragte Kjell.

„Das wäre wirklich nett von dir, ich habe mich gerade selbst aus dem Krankenhaus entlassen.“

Er griff nach den Autoschlüsseln, die im Flur auf der Garderobe lagen. „Na los, worauf wartest du?“

Innerhalb weniger Minuten hatten sie die kurze Strecke zurückgelegt. Frija verabschiedete sich von Kjell und stieg aus. Wehmütig ließ sie ihren Blick über den

See schweifen. Sie brauchte sich nichts schönzureden, das friedliche Leben, das sie bisher geführt hatten, war vorbei. Dabei liebte sie diese Stille, die nur von Herbst- und Winterstürmen durchbrochen wurde.

Auch wenn es das Schicksal gut mit ihr meinte und sie Sara wieder in ihre Arme schließen könnte, so würden sie dennoch eine neue Identität annehmen müssen. Aber sie haderte damit, ihr geliebtes Zuhause aufzugeben, denn auch Sara hatte hier Freunde und eine Heimat gefunden.

Mit zitternden Händen schloss sie die Haustür auf. Smilla kam ihr laut maunzend entgegen und strich ihr um die Beine.

„Hallo, du Schöne", säuselte Frija.

Sie hob Smilla auf den Arm und drückte sie an sich. Die Katze hatte in Saras Bett geschlafen und der so typische Duft ihrer Tochter haftete am Fell. Bittere Tränen brannten in ihren Augen, weil es noch immer kein Lebenszeichen von Sara gab.

„Gleich werde ich deinen Napf füllen, aber zuerst muss ich ein wichtiges Telefonat führen." Sie strich Smilla flüchtig durchs Fell und griff zum Telefon.

„Hallo, Hedda, ich müsste dringend mit dir reden", sagte Frija.

„Ich weiß, meine Liebe, ich weiß ..."

„Schieß los, was hast du für mich?" Frija war es leid, um den heißen Brei zu reden. Die Lage hatte sich dramatisch zugespitzt.

„Nach dem Tod seines Bruders hat Jordan Anwar jemanden auf Sara angesetzt ..."

„Und das sagst du mir erst jetzt?", rief Frija außer sich.

„Du musst schon entschuldigen, aber die Nachricht ist erst vor ein paar Minuten reingekommen. Alles, was wir wissen, haben wir an die Polizeibeamten vor Ort weitergeleitet."

Frija schritt im Wohnzimmer nervös auf und ab. „Ich habe hier einen Namen für dich – Andreas Nyström. Er soll in Malmö an Krebs verstorben sein und ich möchte dich bitten, seinen Lebenslauf zu rekonstruieren."

„Aber warum denn das?", fragte Hedda irritiert.

„Meine beste Freundin Matilda – zumindest dachte ich bisher, dass sie das wäre – ist ebenfalls verschwunden. Sie war mit diesem Andreas Nyström verheiratet und ich bin mir sicher, dass sie etwas mit Saras Verschwinden zu tun hat. Zuerst habe ich gedacht, dass sie mit einem Clanmitglied verheiratet gewesen wäre. Aber das scheint nicht zuzutreffen."

„Also müsste ich Matilda ebenfalls durchleuchten?"

„Ja, so schnell es irgendwie möglich ist. Ich rechne mit dem Schlimmsten und die Sorge um meine Tochter treibt mich noch in den Wahnsinn."

„Aber ein paar Stunden für die Recherche musst du mir schon zugestehen. Sobald ich mehr in Erfahrung gebracht habe, werde ich mich melden. Einverstanden?"

„Hedda, das hast du beim letzten Mal auch gesagt", antwortete Frija vorwurfsvoll.

„Aber jetzt habe ich einen weiteren Namen. Wir sind an der Sache dran und lassen dich nicht im Stich."

„Die Zeit rinnt wie Sand durch meine Finger. Dieser Jordan könnte in der Zwischenzeit alles Mögliche mit Sara angestellt haben."

„Vertrau auf deinen Instinkt, Frija. Solange du fühlen kannst, dass deine Tochter noch lebt, solltest du die Hoffnung nicht verlieren."

„Das sind doch nur hohle Phrasen", entgegnete Frija.

„Bitte, lass mich jetzt meine Arbeit machen, okay?" Hedda legte einfach auf und Frija griff wütend nach einer Vase und warf sie an die gegenüberliegende Wand.

„Ich will mein Kind zurück!", schrie sie in ihrer Verzweiflung und fühlte sich so hilflos wie noch nie zuvor in ihrem Leben. Sie war zum Nichtstun verdammt und konnte sich nicht aktiv an der Suche beteiligen.

Frustriert setzte sie sich an den Schreibtisch, um die Recherche selbst in die Hand zu nehmen. Sie musste endlich etwas tun, um ihr Mädchen zu retten.

Sie klappte den Laptop auf und wartete ungeduldig darauf, dass er zum Leben erwachte. Dann gab sie den Namen von Matildas verstorbenem Ehemann ein, aber das Suchergebnis war gleich null. Ihr Blick schweifte nachdenklich über den See, während sie angestrengt darüber nachdachte, welcher Schritt sie weiterbringen könnte.

Natürlich, die Todesanzeige! Warum war ihr das nicht gleich eingefallen?

Sie meldete sich online in der Stadtbibliothek von Malmö an, um die Zeitungen zu durchforsten, und es dauerte keine Minute, bis der erste Treffer angezeigt wurde. Was sie dann zu lesen bekam, verschlug ihr den Atem.

Viel zu früh aus dem Leben gerissen,

Lena und Andreas Nyström

In tiefer Trauer um meine Tochter und meinen Mann,

Matilda Nyström und Angehörige
Frija glaubte, ins Bodenlose zu fallen. Wie konnte das sein, wo Matilda doch stets behauptet hatte, keine Kinder bekommen zu können?

# KAPITEL 22

Sara hatte es so satt, hier festzusitzen. Matilda musste irre geworden sein, anders ließ sich ihr Verhalten nicht erklären – sie sprach in Rätseln, kam selten auf den Punkt und dachte nicht daran, nach Hause zurückzukehren. Inzwischen nahm Sara an, dass nicht einmal ihre Mutter wusste, wo genau sie sich aufhielten.

„Wie lange willst du mich noch hier festhalten?", fragte Sara gereizt.

„So lange, bis sich die Lage wieder beruhigt hat", antwortete Matilda, die aus dem Fenster schaute.

„Warum darf ich mich nicht bei meiner Mutter melden? Sie wird ganz krank vor Sorge sein."

„Da muss sie jetzt durch", erwiderte Matilda kühl. „Immerhin bist du am Leben, und nur das zählt."

„Du hast eine seltsame Auffassung davon, jemandem zu helfen. Fällt es dir so schwer, dich in andere hineinzuversetzen? Die Polizei wird schon für meine Sicherheit sorgen, sobald du mich bei meiner Mutter abgeliefert hast."

„Was weißt du schon vom Leben?" Matilda lachte verbittert auf.

„Vielleicht mehr, als du denkst."

„Du kennst doch nicht einmal deinen richtigen Namen", sagte Matilda in verächtlichem Tonfall.

Saras Faust landete krachend auf dem Tisch. „Jetzt hör endlich auf mit dieser Geheimniskrämerei und rede Klartext. Ich bin Sara Larsson, schon immer gewesen, und mich kotzt dein dummes Geschwafel an", schrie sie.

„Ja sicher. Anstatt dir die Wahrheit zu sagen, hat dir deine Mutter den Hintern gepudert, damit du wohlbehütet aufwachsen kannst."

„Und wenn schon, was ist so falsch daran?" Saras Augen blitzten. Tief in ihrem Inneren ahnte sie, dass Matilda durchaus recht haben könnte, wollte es aber um keinen Preis zugeben. Die Abgeschiedenheit, in der sie aufgewachsen war, und die übertriebene Sorge ihrer Mutter hatten ihr schon immer zu denken gegeben. Ein düsteres Geheimnis, das sie wie ein drohender Schatten ein Leben lang begleitet hatte.

Aber weder Matilda noch ihre Mutter waren bereit, das Schweigen zu brechen, um ihr die Ängste zu nehmen.

„Du denkst also, dass ich auf der falschen Seite stehe, nicht wahr?", sagte Matilda und setzte sich zu ihr an den Tisch.

„Ich denke gar nichts, solange du mir die Wahrheit verschweigst." Sara wusste, dass sie sich wie ein trotziges Kind benahm. Aber sie war so müde, so erschöpft, und konnte den toten Jordan nicht aus ihrem Kopf verbannen.

„Ich werde mir jetzt eine lange Dusche gönnen", sagte Matilda. „Du kannst ja währenddessen eine Dose Ravioli aufwärmen, wenn es dir nichts ausmacht."

Sara blieb ihr eine Antwort schuldig. Kaum war Matilda im Badezimmer verschwunden, sprang Sara auf und durchwühlte Matildas sämtliche Kleidungsstücke nach dem Schlüssel, der sie in die Freiheit führte. Schon nach wenigen Minuten war klar, dass Matilda den Schlüssel bei sich tragen musste.

Mit zwei Schritten war Sara an der Badezimmertür und lauschte. Das Wasser rauschte monoton und sie öffnete vorsichtig die Tür. Matilda wusch sich gerade die Haare, die Gelegenheit war also günstig. Zaghaft streckte sie die Hand aus, um nach der Hose zu greifen, die auf dem Boden lag.

„Sara?", rief Matilda plötzlich.

Für eine Schrecksekunde setzte Saras Herzschlag aus. Sie zog sich wieder zurück und drückte die Tür lautlos ins Schloss.

„Ja?"

„Der Dosenöffner liegt in der linken Schublade."

„Danke."

Jetzt oder nie, dachte Sara und öffnete nochmals die Badezimmertür. Ihr blieben nur Sekunden, um nach der Hose zu greifen. Matilda war noch immer damit beschäftigt, die Haare einzuseifen, und Sara zog die Hose Zentimeter für Zentimeter zu sich heran. Mit fliegenden Fingern tastete sie nach dem Schlüsselbund. Volltreffer!

In Windeseile zog sie sich Schuhe und Jacke über, drehte den Schlüssel im Schloss herum und riss die Tür auf. Erst im letzten Moment fiel ihr ein, dass es garantiert sinnvoller wäre, Matilda in der Hütte einzuschließen.

Sara ließ den Gedanken Taten folgen und warf den Schlüssel weg. Dann rannte sie los; erst in Richtung Straße, was sich als enormer Kraftakt herausstellte, und später, vor Blicken geschützt, am Waldrand entlang. Sie hatte ihren Plan kopflos umgesetzt und nicht einmal daran gedacht, etwas zu trinken mitzunehmen. Hoffentlich rächte sich das nicht.

Ein rauer Wind fegte ruppig durch die Fichten und die Kälte kroch ihr unter die Kleidung. Immer wieder warf Sara einen ängstlichen Blick über die Schulter. Ob Matilda ihr bereits auf den Fersen war? Oder überlegte sie noch, wie sie aus dem Haus kommen könnte? Nein, Matilda war clever und es gab Fenster. Schon nach kurzer Zeit spürte sie, wie ihre Kräfte schwanden. Würde sie genauso enden wie Jordan? Mit einem tödlichen Loch in der Stirn?

Matilda war eine gut trainierte Schützin. Sie hatte Jordan anvisiert und in Sekundenschnelle abgedrückt. Das sollte schon etwas heißen, auch wenn Sara von Waffen null Ahnung hatte.

Heftiges Seitenstechen zwang sie, eine unfreiwillige Pause einzulegen. Erschöpft lehnte sie sich an einen Baumstamm und kontrollierte die Atmung, wobei sie stets auf die Geräusche in der näheren Umgebung achtete. Als sich über ihr ein Schwarm Krähen laut krächzend in die Lüfte erhob, hetzte sie weiter.

Keuchend rang sie nach Luft und der Pullover klebte ihr schweißnass am Rücken. Schon bald würde sie ihre Deckung aufgeben müssen, um eines der Fahrzeuge anzuhalten, die in unregelmäßigen Abständen die Straße frequentierten. Aber noch war es nicht so weit, sie wollte erst genügend Abstand zur Finnhütte hinter sich bringen.

Der feuchte Waldboden hatte ihre Schuhe aufgeweicht, die nun bei jedem Schritt ein schmatzendes Geräusch von sich gaben. Während sie sich mit dem Handrücken die Schweißperlen von der Stirn wischte und den Reißverschluss der Jacke öffnete, waren ihre Füße eiskalt. Das hier würde kein lockerer Spaziergang werden, und nur die Hoffnung auf baldige Hilfe trieb sie voran.

Nur wenige Minuten später hörte sie das laute Brummen eines Forstfahrzeuges – ihre Rettung. Behände bahnte sie sich einen Weg durchs Dickicht, nahm Anlauf und sprang über den Straßengraben. Sie schrie und winkte mit hocherhobenen Armen, aber der Fahrer nahm keine Notiz von ihr.

„Hey, so bleib doch stehen!", rief Sara, aber der Typ schaute nicht einmal in den Rückspiegel. Hinter der nächsten Kurve war er aus ihrem Sichtfeld entschwunden.

Sara kehrte der Straße den Rücken zu und setzte stoisch ihren Weg fort. Es konnte Stunden dauern, bis weitere Fahrzeuge hier entlangfahren würden. Das Zeitgefühl war ihr inzwischen abhandengekommen, nur der immer dunkler werdende Himmel kündigte die Dämmerung an. Das Rauschen der Wipfel verstärkte sich, es konnte nachts mitunter sehr ungemütlich werden.

Morgen wird mich ganz sicher jemand mitnehmen, spann sie ihr Mantra, um nicht das letzte Fünkchen Hoffnung zu verlieren. Noch spendete das verbliebene Tageslicht ein wenig Helligkeit, aber schon bald würde es stockdunkel sein. Die Suche nach einem halbwegs geschützten Nachtlager hatte oberste Priorität. Weit und breit war keine Menschenseele zu sehen, und dieser Gedanke ängstigte sie. Warum hatte sie die Waffe nicht an sich genommen, um sich im Notfall verteidigen zu können? Nun hatte Matilda eindeutig die besseren Karten im Spiel.

Die Umgebung verschwamm zu einem düsteren Grau und Sara stolperte über das Wurzelwerk der Bäume. Ziellos irrte sie durch den Wald und war den Tränen nahe, als sie plötzlich mitten auf einer Zufahrt stand. Sollte nach all den Qualen das Glück auch einmal auf ihrer Seite sein?

Mit klopfendem Herzen beschleunigte sie ihre Schritte. Der Boden war eben und sie kam zügig voran. Nach einer Rechtskurve konnte sie im diffusen Dämmerlicht die dunklen Umrisse einer weiteren Finnhütte erkennen – ihre Rettung.

Mit schnellen Schritten umrundete sie das Holzhaus, rüttelte an den Fensterläden und der Klinke. Die Hütte war wie ein Hochsicherheitstrakt geschützt und Sara konnte durch die geschlossenen Fensterläden nicht einmal eine Scheibe einschlagen, um ins Innere zu gelangen. Das war bitter.

Im hinteren Bereich des kleinen Anwesens befand sich eine Art Gerätehaus, das mit einem Vorhängeschloss gesichert war. Sara mobilisierte ihre letzten Kräfte und trat mehrmals kräftig gegen die morsche Tür, die der brachialen Gewalt nicht lange standhielt und aufsprang.

Blind tastete sich Sara voran. Ein Rasenmäher, Gartengeräte und eine schmale Werkbank füllten den Raum. Oben auf dem Regal lag eine Plane, die sie herunterzerrte und auf der Werkbank ausbreitete. Ein spartanisches Nachtlager, aber besser als nichts. Mit einem Spaten sicherte sie notdürftig die Tür, während sie eine Schaufel zu ihrer Verteidigung an die Werkbank lehnte. Anschließend rollte sie sich wie ein Kleinkind zusammen und schlang die Arme um die Knie.

Doch der erholsame Schlaf ließ auf sich warten. Sie fror, ihr Magen rebellierte und die Zunge klebte am Gaumen. Die unheimlichen Geräusche des Waldes, die in dieser Nacht besonders laut zu hören waren, versetzten sie in Panik. Außerdem rechnete sie damit, dass jeden Moment die Tür auffliegen und Matilda mit gezogener Waffe eintreten könnte. Es war ein unverzeihlicher Fehler gewesen, so gedankenlos aus der Hütte geflohen zu sein.

Das leise Klicken, das durch das Entsichern einer Waffe entstand, ließ Sara aus dem Schlaf schrecken. Panisch richtete sie sich auf und starrte die Gestalt an, die sich vor dem Eingang dunkel abzeichnete.

„Matilda?"

Ein Schrei löste sich von ihren Lippen und sie rieb sich über die Augen. Sie musste geträumt haben, sie war mutterseelenallein. Aber was hatte sie dann geweckt?

Lautlos rutschte sie von der Werkbank hinunter. Sie umklammerte den Spaten mit beiden Händen und versetzte der Tür einen leichten Stoß. Wie ein Schatten schlüpfte sie nach draußen und filterte angespannt die nächtlichen Geräusche. Es waren deutlich Schritte zu hören. Wenn jemand nachts durch den Wald irrte, dann konnte es nur Matilda sein.

Sara überdachte ihre Lage. Am schnellsten würde sie auf der Straße vorankommen, deshalb schlug sie diesen Weg ein. Den Spaten ließ sie zurück, er behinderte sie nur bei ihrer Flucht. Geduckt schlich sie sich davon, denn sie wollte keinesfalls Matildas Aufmerksamkeit auf sich ziehen und eine Schussfläche bieten. Die Dunkelheit war wie aus einem Guss und Sara hatte Angst, sich zu verlaufen. Ihr gesamter Körper war in Alarmbereitschaft und jedes Knacken versetzte sie in hellen Aufruhr. Was würde Matilda mit ihr anstellen, wenn sie aufeinandertrafen?

Dieser Ausnahmezustand hielt nun schon seit Tagen an und zehrte an ihren Kräften. Als sie ein leises Knacken hörte, blieb sie erschrocken stehen.

„Komm endlich raus, du bist enttarnt", ertönte Matildas Stimme.

Sara suchte hinter einem Baumstamm Schutz und hörte in einiger Entfernung das leise Rascheln von Kleidung. Jetzt oder nie, dachte sie und stürzte mit einem Satz nach vorn. Sie rannte, was die Beine hergaben.

„Sara, gib endlich auf. Du bringst dich nur unnötig in Gefahr", rief Matilda ihr hinterher.

Na, das werden wir ja noch sehen, dachte Sara. Sie verabscheute Matildas schießwütiges Verhalten und gab alles. Im Zickzack hechtete sie durch den Wald und erst, als Matilda damit drohte, die Waffe einzusetzen, blieb sie stehen.

Nur wenige Meter von ihr entfernt konnte sie die dunklen Umrisse zweier Findlinge ausmachen und robbte über den Boden in diese Richtung. Zwischen den Steinen gab es einen schmalen Spalt, in den sie sich hineinzwängen könnte. Hoffentlich war sie hier sicher.

In einem unachtsamen Moment rutschte Sara aus, schlug mit dem Kopf gegen einen der Steine, und der Mantel der Bewusstlosigkeit legte sich über sie.

Blinzelnd öffnete Sara die Augen. Alles drehte sich und hinter ihrer Stirn tobte ein Inferno.

„Jetzt, wo ich fast am Ziel bin, wachst du auf." Matilda ließ Sara einfach zurück auf den Boden sinken.

„Mir ist kotzübel", murmelte Sara und griff sich an den Hinterkopf. Sie fühlte verklebte Haare und eine Platzwunde.

„Kannst du aufstehen?"

„Weiß nicht ..."

„Warum musstest du dich auch aus dem Staub machen? Verdammt, ich stehe auf deiner Seite."

„Davon habe ich nicht viel gemerkt ..."

Matilda beugte sich nach vorn, griff Sara unter die Arme und half ihr auf.

„Das war schon Hardcore, dich bewusstlos bis zum Wagen zu schleifen."

„Du hättest mich auch gehen lassen können."

„Damit du direkt in dein Verderben läufst?" Matilda drückte mit der freien Hand die Klinke herunter. „So, da wären wir." Sie führte Sara zu einem Stuhl. „Ich sollte mich zuerst um deine Wunde kümmern."

Matilda kramte einen Verbandskasten unter der Spüle hervor.

„Du wirst dich von ein paar Haaren trennen müssen, fürchte ich", sagte sie.

„Das ist meine geringste Sorge", antwortete Sara mit schmerzverzerrtem Gesicht.

„Auch wieder wahr." Matilda schnitt den Bereich um die Platzwunde großzügig frei und lange Strähnen fielen zu Boden. „Das Desinfektionsmittel wird ordentlich brennen, aber Strafe muss sein", sagte sie.

„Autsch ..."

„Jetzt halte gefälligst still."

„Du bist ziemlich rabiat."

„Was erwartest du auch nach dieser Aktion?" Matilda tastete vorsichtig Saras Hinterkopf ab. „Die Blutung hat aufgehört. Ich werde auf einen Verband verzichten, damit sich Schorf bilden kann. Dann heilt es schneller."

„Ich habe Durst ... und Hunger."

„Erst weglaufen und dann Sonderwünsche." Matilda seufzte und schenkte Sara ein Glas Wasser ein. „Bitte schön. Die Ravioli vom Mittag?"

„Mhm."

Matilda schüttete den Inhalt der Dose in einen Topf und zündete mit einem Streichholz den zweiflammigen Gaskocher an.

„Wir hätten die Nacht ruhig und gesittet in unseren Betten verbringen können. Aber nein, du musstest ja auf Entdeckungstour gehen."

„Matilda, dann kläre mich endlich auf, was Sache ist."

„Das kann und das will ich nicht, weil das die Aufgabe deiner Mutter ist. Sie wird mit dir darüber reden und bis dahin hältst du deine Füße still. Haben wir uns verstanden?"

„Das ist doch Bockmist." Sara griff sich stöhnend an den Kopf. „Diese Höllenschmerzen ..."

„Dann bleib einfach still", sagte Matilda und rührte im Topf herum. Anschließend stellte sie zwei tiefe Teller auf den Tisch und teilte die Mahlzeit auf. „Guten Appetit."

Sara griff wortlos zum Besteck. Ihr war zwar immer noch übel, aber das Hungergefühl siegte. Nach dem Essen stand sie zu hastig auf und klammerte sich mit den Händen an der Tischkante fest, weil ihr schwindelig geworden war.

„Wo willst du hin?", fragte Matilda.

„Badezimmer, wenn's recht ist."

„In Ordnung. Aber denke dran, dass ich von nun an immer ein wachsames Auge auf dich haben werde."

„Ja, schon klar." Sara fehlte für weitere Auseinandersetzungen die nötige Kraft. Sie ging auf die Toilette, wusch sich Gesicht und Hände und kehrte zurück. „Gute Nacht, ich gehe ins Bett", sagte sie knapp.

„Okay. Falls du deinen Zimmerschlüssel suchst, den habe ich in meiner Hosentasche. Nur zu deiner eigenen Sicherheit."

„Mir doch egal."

Erschöpft kroch Sara unter die Bettdecke. Einfach nur schlafen und dieses ganze Elend vergessen.


Sara war immer noch angeschlagen, als sie sich zu Matilda an den Tisch setzte. Auch in dieser Nacht hatte Jordan sie in ihren Träumen heimgesucht.

„Da ich die Eingangstür nicht mehr abschließen kann, appelliere ich an deine Vernunft", sagte Matilda und schenkte den Tee in die Tassen.

„Keine Sorge", antwortete Sara. „In meinem Zustand komme ich keine drei Meter weit."

„Dann hätten wir das ja geklärt. Ich bin jetzt im Badezimmer“, sagte Matilda und zog die Tür hinter sich zu. Auch sie hatte in den letzten Tagen Federn gelassen, wirkte fahrig und nervös.

Für Sara war die Situation unerträglich geworden. Wie lange wollten sie noch in dieser Hütte ausharren? Gedankenverloren ließ sie den Blick über das Inventar schweifen. Trotz der körperlichen Blessuren wollte sie von hier verschwinden, sobald sich eine günstige Gelegenheit ergab. Matilda hatte nicht das Recht, sie gegen ihren Willen festzuhalten. Nur eine Sekunde später war er da, der erlösende Gedanke – das Satellitentelefon.

So leise wie möglich zog sie die Schubladen auf und durchwühlte die Schränke, ohne Erfolg. Matilda musste das Telefon auf der Empore aufbewahren. Vorsichtig kletterte Sara die Leiter hinauf und verharrte reglos, sobald eine Diele unter ihren Füßen knarrte. Aber die Badezimmertür blieb geschlossen.

Mit fliegenden Fingern durchsuchte sie Matildas Habseligkeiten und wurde fündig. Sie hatte gerade die Notrufnummer gewählt, als das Rauschen des Wassers verstummte. Hastig legte sie das Satellitentelefon zurück an seinen Platz, kletterte hinunter und setzte sich wieder an den Tisch. Sie spürte, wie ihr die Hitze zu Kopf stieg. Das könnte eng werden.

„Was wolltest du an meinen Sachen?“, fragte Matilda frei heraus und taxierte Sara mit ernstem Blick.

„Ich werde nicht tatenlos herumsitzen und dir bei deinem irren Treiben zuschauen“, erwiderte Sara.

„Wann kapierst du endlich, dass es nur zu deinem Besten ist?“

„Jeder meint, das Recht zu haben, mich wegzusperren. Was würdest du in dieser beschissenen Situation tun?" Sara war lauter geworden, als sie beabsichtigt hatte.

„Ich bin es so leid, mit dir darüber zu diskutieren", erwiderte Matilda müde und wandte sich ab, um auf der Empore ihre Sachen zu kontrollieren.

Mit einem unguten Gefühl lauschte sie Matildas Schritten. Sie hatte die Verbindung zur Notrufzentrale zwar gleich gekappt, befürchtete aber, dass Matilda ihr auf die Schliche kommen würde.

„Was hast du mitgehen lassen?" Matilda lehnte sich über die Brüstung.

„Mach doch eine Leibesvisitation", antwortete Sara schulterzuckend.

„Warum musst du alles boykottieren?"

„Die gleiche Frage könnte ich auch dir stellen", erwiderte Sara. Obwohl das Holz im Ofen knisterte und die Hütte mollig warm war, rieb sie sich fröstelnd über die Arme. Ob ein Satellitentelefon auch geortet werden konnte? Plötzlich hörte sie ein Motorengeräusch und sprang unvermittelt auf.

„Das darf doch wohl nicht wahr sein, sie haben uns gefunden!", schrie Matilda entsetzt. „Wie konnten sie uns so schnell aufspüren?" Sie suchte Blickkontakt. „Hast du etwa das Telefon benutzt? Ich fasse es nicht!"

Sara blieb stumm, während Matilda mit gezogener Waffe zum Fenster stürmte, es aufschob und sofort das Feuer eröffnete.

„Oben in der Reisetasche ist eine Schachtel mit Munition. Ich brauche sie, *sofort*!", schrie Matilda, doch Sara war zur Salzsäule erstarrt. Die Schüsse klingelten in ihren Ohren und sie war wie betäubt.

„Die Munition!", rief Matilda abermals.

Endlich löste sich Sara aus ihrer Starre, erklomm die Leiter und warf Matilda die Schachtel zu.

„Wir sitzen in der Falle, sie sind zu dritt." Matilda lud keuchend die Waffe nach.

Sara stand unter Schock und kroch in ihrer Panik schutzsuchend unter das Bett. Sie spürte die Maserung der Dielen unter ihren Fingerspitzen und hatte Todesangst. Die Fensterscheiben zerbarsten klirrend und das Holz splitterte im Kugelhagel. Statt eines Polizeiwagens hatte ein dunkler SUV vor der Hütte gehalten. Waren diese Männer Jordans Komplizen?

Mit einem Mal herrschte Stille.

„Sind sie weg?", rief Sara.

„Nein, es sieht so aus, als ob sie sich in den Wald zurückgezogen haben und abwarten. Außerdem kann ich nicht die gesamte Munition verballern, dann würden sie sofort die Hütte stürmen." Resigniert hockte sich Matilda auf den Boden. „Warum hast du das Satellitentelefon benutzt?"

„Willst du mir etwa die Schuld in die Schuhe schieben? Du hast schließlich Jordans Smartphone eingesteckt." Sara hätte niemals für möglich gehalten, dass es noch schlimmer kommen könnte.

# KAPITEL 23

Nachdem Jacob die Information von Berger erhalten hatte, war er auf dem Weg zu dem leer stehenden Bungalow, in dem Jordan Anwar zu Tode gekommen war. Jugendliche hatten das verfallene Holzhaus für eine illegale Party nutzen wollen – die, kaum begonnen, ein jähes Ende gefunden hatte.

„Kopfschuss aus nächster Nähe", sagte der Kriminaltechniker. „Muss ein geübter Schütze gewesen sein."

Jacob fuhr sich nachdenklich übers Kinn. Könnte Matilda zu so einer Tat fähig sein? Und wenn ja, wo und wann hatte sie schießen gelernt? Sie schien abgebrühter zu sein, als er angenommen hatte.

„Ist der Leichnam schon abtransportiert worden?", fragte Jacob.

Der Mann mit dem Vollbart und dem Waschbärbauch nickte.

„Wir sind so weit fertig, Sie können sich in den *Räumlichkeiten* umsehen." Er machte eine ausladende Handbewegung. „Auf dem Dach fehlen ein paar Schindeln. Es sieht ganz danach aus, als wäre hier eine Person festgehalten worden."

„Danke, das passt genau ins Schema."

Aufmerksam durchstreifte Jacob die einzelnen Räume. Ein Kampf schien nicht stattgefunden zu haben, nur der Küchentisch stand mitten im Flur und die

Dachluke war geöffnet. Was war passiert? Er versuchte, die einzelnen Puzzlestücke zusammenzufügen, aber es wollte ihm nicht gelingen. Matildas Rolle in diesem Spiel blieb weiterhin fragwürdig. Hatte sie Sara aus Jordans Händen befreit oder mit ihm gemeinsame Sache gemacht? Fragen über Fragen, auf die er immer noch keine Antwort wusste.

Sein Smartphone gab einen leisen Ton von sich.

„Jacob Hedlund, Kriminalkommissar."

„Am späten Vormittag wurde die Notrufnummer von einem Satellitentelefon aus gewählt", sagte Lennard. „Die Kollegen haben diese Info sofort an uns weitergeleitet."

„Wer war dran?"

„Keine Ahnung, es wurde sofort wieder aufgelegt. Die örtliche Behörde hat umgehend zwei Streifenwagen in das unwegsame Gelände geschickt", erklärte Lennard.

„Hast du die Koordinaten?"

„Einen Moment."

Jacob hörte das leise Klackern der Tastatur.

„Du willst doch wohl nicht etwa …?", brummte Lennard und gab die Koordinaten durch. „Mensch, Jacob, wir brauchen dich hier an der Front."

„Wer ist dein Vorgesetzter?"

Am anderen Ende der Leitung herrschte Stille.

„Na also. Dann bitte kein Kompetenzgerangel."

„Und was soll ich den Kollegen erzählen?"

„Denk dir etwas aus." Jacob beendete das Gespräch und lief zu seinem Wagen. Er stieg ein, tippte die Koordinaten in das Navi und startete den Motor. Sein Instinkt hatte ihn noch nie getäuscht und er vermutete, dass Sara die Notrufnummer gewählt hatte. Waren Matilda und sie in den Händen des Clans?

Erneut klingelte sein Smartphone und Jacob schaltete die Freisprechanlage ein.

„Ich bin's noch mal. Wir haben eine Autovermietung gefunden, die bestätigt, dass Matilda Eriksson einen Wagen unter falschem Namen gemietet hat. Sie muss auf alles vorbereitet gewesen sein, wenn sie mit gefälschten Papieren unterwegs ist."

„Danke für die Info. Ich kann nur hoffen, dass Matilda nicht mit diesen Männern unter einer Decke steckt."

„Du weißt doch, wie unberechenbar Frauen sind", sagte Lennard, dessen ehemalige Gattin mit einem jüngeren Macho durchgebrannt war. Wahrscheinlich lag es am Beruf, dass die ständige Abwesenheit der Ehemänner die Frauen auf dumme Gedanken brachte.

„Erinnere mich bloß nicht daran. Sobald dieser leidige Fall abgeschlossen ist, lade ich dich auf ein Bier ein und dann machen wir so richtig einen drauf."

„Darauf kannst du deinen Hintern verwetten", antwortete Lennard und legte auf.

Jacob bog auf die Schnellstraße und trat das Gaspedal durch. Der Verkehr hielt sich um diese Uhrzeit in Grenzen und er hatte freie Fahrt. Idyllische Dörfchen, dichte Waldgebiete und schimmernde Seen flogen an ihm vorüber. Er musste Sara finden, um Schlimmeres zu verhindern.

Zwischendurch legte er nur eine kurze Pause ein, um sich zu erleichtern, und kündigte bei dieser Gelegenheit den Kollegen vor Ort sein Kommen an. Die Beamten zeigten sich wenig begeistert, aber das war ihm egal.

Nachdem er den Abzweig erreicht hatte, setzte er den Blinker und bog auf eine schmale Zufahrt ab. Dort stoppte er den Wagen schon nach nur wenigen Metern, weil zwei Streifenwagen die Durchfahrt versperrten. Die Polizisten forderten ihn mit gezogener Waffe auf, sich umgehend auszuweisen.

„Kriminalkommissar Jacob Hedlund", sagte er und reichte den Dienstausweis durch das geöffnete Seitenfenster.

„Bitte wenden Sie und parken Sie an einer anderen Stelle. Die Lage ist außer Kontrolle geraten und jeden Moment könnte die angeforderte Verstärkung eintreffen."

Jacob befolgte die Anweisung und stellte sein Dienstfahrzeug am Straßenrand ab. Im Eiltempo sprintete er den Weg zurück.

„Also, wie ist der Stand der Lage?", fragte er den jungen Mann, der gerade über Funk angefragt hatte, wo die Mannschaft blieb.

„Es hat einen heftigen Schusswechsel gegeben, als sich meine Kollegen einen ersten Überblick verschaffen wollten. Eine Frau hat sich in der Hütte verbarrikadiert, während sich drei Männer ein Gefecht mit ihr aus dem Wald heraus geliefert haben. Inzwischen wurde der Schusswechsel jedoch eingestellt."

„Können Sie mir sagen, wie viele Personen sich in der Hütte aufhalten?", fragte Jacob.

„Nein, die Tatverdächtigen haben sofort das Feuer auf uns eröffnet. Ohne die Männer vom Einsatzkommando sind wir zum Warten verdammt."

„Wie sieht es mit den Fahrzeugen aus?"

„Der dunkle SUV ist als gestohlen gemeldet worden und der Wagen, der direkt vor der Hütte steht, gehört einer Autovermietung."

Zwei Krankenwagen trafen ein und Jacobs Puls beschleunigte sich. Der Einsatz konnte ziemlich ungemütlich werden und er sorgte sich um Sara. Die Männer mussten gestoppt werden, bevor sie die Hütte stürmen, Geiseln nehmen und unsinnige Forderungen stellen würden. Dieser Wahnsinn durfte sich kein zweites Mal wiederholen.

„Hat einer von Ihnen eine Zigarette?", fragte Jacob in die Runde. Er hatte zwar mit dem Rauchen aufgehört, aber das Warten war mehr als nervenaufreibend. Seine Hände zitterten leicht, als er sich die Zigarette anzündete.

„Haben sich die Tatverdächtigen in den Wald zurückgezogen?", fragte er und inhalierte den Rauch, der einen Hustenreiz auslöste.

„Ja. Zwei Kollegen behalten sie immer im Auge, damit sie sich keinen Zugang zur Hütte verschaffen können. Wird eine heikle Angelegenheit."

In der Ferne waren Motorengeräusche zu hören.

„Jetzt wird es ernst."

Die Beamten kontrollierten ihre Ausrüstung und Jacob trat die Zigarette auf dem Waldboden aus. Seine Waffe steckte griffbereit im Holster.

Der Mannschaftsbus hielt direkt neben ihnen. Die dunkel gekleideten Männer schwärmten sofort in alle Richtungen aus, während sich die Streifenbeamten und Jacob zurückzogen.

Plötzlich erschollen laute Kommandos und erste Schüsse fielen. Jacob tastete unbewusst nach der

Waffe, seine Nervosität steigerte sich ins Unermessliche. Er wollte Frija auf gar keinen Fall schlechte Nachrichten überbringen.

Über Funk teilten die Männer der Spezialeinheit mit, dass sie bereits zwei Tatverdächtige festnehmen konnten. Der dritte Mann sei noch auf der Flucht.

Kurz darauf hörten sie das Splittern von Holz, die Männer waren gerade dabei, die Hütte zu sichern. Ein erneuter Schusswechsel blieb aus, was Jacob zur Hoffnung veranlasste.

Das Funkgerät knackte.

„... zwei verletzte Personen befinden sich im Gebäude. Krankenwagen erst auf Anforderung ...“

Noch immer hatten sie den dritten Mann nicht gefasst und die Nervosität unter den Beamten stieg. Als Jacob hinter sich einen vertrockneten Zweig knacken hörte, zog er seine Waffe, zielte und schoss. Er verfehlte sein Ziel nur knapp und wurde von den Kollegen sofort zurückgerissen.

„Verdächtiger flieht in Richtung Straße, Verfolgung sofort aufnehmen!“, brüllte der Streifenbeamte ins Funkgerät.

Nur wenige Sekunden später durchkämmten die Männer der Spezialeinheit das Waldstück. Erneut peitschten Schüsse durchs Unterholz, bis endlich die erlösende Nachricht eintraf.

Der Tatverdächtige war durch den Schusswechsel schwer verletzt worden, ein weiterer Krankenwagen bereits unterwegs.

„Können wir endlich rein?“ Jacob fiel es schwer, sich zurückzuhalten.

Über Funk erhielten sie die Bestätigung, die Hütte betreten zu dürfen. Die weiblichen Personen seien entwaffnet und ebenfalls festgenommen worden.

Jacob eilte voraus, während sich hinter ihm der erste Krankenwagen seinen Weg bahnte. Die Tür zur Hütte stand offen. Matilda und Sara lagen auf dem Boden. Ihre Hände waren mit Kabelbindern auf dem Rücken fixiert und die Männer, deren Gesicht von einer Schutzmaske bedeckt wurde, standen direkt über ihnen. Sara zitterte unkontrolliert und weinte leise.

„Bei dieser jungen Frau handelt es sich um die Vermisste. Sie ist als Geisel genommen worden", sagte Jacob und beugte sich zu Sara hinunter, um ihr auf die Beine zu helfen. Schluchzend fiel sie ihm in die Arme, sie musste Todesängste ausgestanden haben.

„Du brauchst keine Angst mehr zu haben, du bist in Sicherheit", sagte er und begleitete sie zum Krankenwagen.

Matilda wurde gleichzeitig abgeführt. Sie blutete stark aus einer Wunde am Oberarm und senkte den Blick, als sie an Jacob vorüberlief.

Nachdem er Sara den Sanitätern anvertraut hatte, konnte er endlich den erlösenden Anruf tätigen. Er drückte auf den Lautsprecher, damit Sara mithören konnte.

„Hallo, Frija, gute Nachrichten. Deine Tochter ist in Sicherheit."

„Ist sie wohlauf?"

„Ja. Sie hat nur kleinere Schnittverletzungen davongetragen, es geht ihr den Umständen entsprechend gut." Er wandte sich Sara zu. „Möchtest du mit deiner

Mutter sprechen?“, fragte er und reichte das Telefon an sie weiter.

„Hallo, Mom …“ Saras Stimme brach.

„Liebes, geht es dir gut?“

„Ja, ich … ich bin am Leben …“ Sie stand noch immer unter Schock.

„Wo bist du gerade?“ Frija konnte nicht aufhören, ihre Tochter mit Fragen zu bombardieren.

„Im Krankenwagen …“

„Gut, mein Schatz. Ich kann es kaum erwarten, dich wieder in die Arme zu schließen. Wo bist du, dass ich mich auf den Weg machen kann?“

„Das … Das weiß ich nicht.“

„Ich möchte sofort losfahren, ich halte es keine Sekunde länger aus.“

Sara gab ihm das Smartphone zurück.

„Frija, bist du noch dran?“

„Ja, bin ich“, sagte sie atemlos.

„Ich halte es für keine gute Idee, wenn du losfährst. Bleib bitte, wo du bist.“

„Ich will sofort zu meiner Tochter.“

„Das verstehe ich, aber ich möchte mit Sara gemeinsam zurückfahren.“

„Einverstanden. Aber ich muss dir noch etwas Wichtiges mitteilen.“

„Schieß los.“

„Ich habe soeben erfahren, dass Matilda damals vom Fluchtwagen angefahren worden ist. Sie hat bei diesem Unfall ihr ungeborenes Kind und ihren Mann verloren.“

„Was sagst du da?“

„Ich bin genauso fassungslos und hoffe, dass du Licht ins Dunkel bringen kannst."

„Ich werde die Informationen weiterleiten, damit die Kollegen sofort mit den Nachforschungen beginnen können."

„Danke, Jacob. Bitte bring mir mein Mädchen so schnell wie möglich nach Hause zurück."

„Das werde ich."

Er steckte das Smartphone in seine Jackentasche und legte Sara tröstend seine Hand auf die Schulter. Ein bekümmertes Lächeln huschte über ihr Gesicht.

„Sobald du im Krankenhaus gründlich untersucht worden bist, werden wir nach Svanberga zurückfahren, und ich verspreche dir, dich keine Sekunde mehr aus den Augen zu lassen."

Sara schaute dankbar zu ihm auf, während sie noch immer zitterte.

Nach einem zweistündigen Krankenhausaufenthalt hatten Jacob und Sara die Heimreise nach Svanberga angetreten. Der Arzt hatte Sara ein leichtes Beruhigungsmittel injiziert und jetzt saß sie zusammengesunken auf dem Beifahrersitz und schlief. Ihre gleichmäßigen Atemzüge hatten etwas Beruhigendes und Jacob entspannte sich ein wenig.

Noch immer war er aufgeputscht und dachte mit Unbehagen an die letzten Stunden. Saras Rettung war knapp gewesen und er konnte Matildas Verhalten absolut nicht nachvollziehen. Was hatte sie dazu bewogen, so kopflos zu handeln?

Die Scheinwerfer zerschnitten die Dunkelheit und jeder Kilometer, den er zurücklegte, brachte ihn näher ans Ziel. Er war glücklich, sein Versprechen Frija gegenüber einhalten zu können. Die zwei waren ihm sehr ans Herz gewachsen, es war der persönlichste Fall seiner Laufbahn gewesen.

Endlich hatte er Svanberga erreicht. Die Straßen waren leer gefegt, aber in einigen Häusern brannte noch Licht. Sara hatte die gesamte Fahrt über verschlafen und erst als der Wagen vor dem Haus am See zum Stehen kam, rührte sie sich.

„Wir sind da", sagte er leise und nur ein Atemzug später wurde die Haustür aufgerissen.

Frija stürzte zum Wagen und riss die Beifahrertür auf.

„Mein Engel, ich bin so froh, dass du wieder da bist", rief sie überwältigt, bedeckte Saras Gesicht mit unzähligen Küssen und drückte sie an sich. Weinend lagen sich Mutter und Tochter in den Armen.

Jacob stand abseits und erst jetzt registrierte er, dass dieser Fall tatsächlich ein gutes Ende gefunden hatte. Erst nach Minuten lösten sich Frija und Sara voneinander.

„Kommt ins Haus", sagte Frija und schaute sich ängstlich um. Sie alle würden im Nachhinein noch mit den Folgen zu kämpfen haben.

„Soll ich bei euch bleiben?", fragte er unschlüssig.

„Nein, das musst du nicht", antwortete Frija.

„Bist du dir sicher?"

Sie nickte. „Fahr nach Hause und erhole dich, du siehst vollkommen erschöpft aus."

„Du aber auch."

„Ich werde Sara eine Menge zu erklären haben."

„Gut. Falls du Hilfe brauchst, einfach anrufen, ich bin immer für dich da."

„Danke, Jacob ... für alles."

Sie erwiderte seinen Blick und zum ersten Mal sah er die Wärme darin, die ausschließlich ihm galt. Ein seltsames, aber auch wunderbares Gefühl. Er wandte sich ab und stieg wieder in seinen Wagen. Er wusste, dass niemand in dieser Nacht an Schlaf dachte, Frija und Sara würden bis zum Morgengrauen reden. Erschöpft, aber unendlich erleichtert, brach Jacob auf.

# KAPITEL 24

Sara hatte am Küchentisch Platz genommen und schaute zu ihrer Mutter auf, die sehr nervös wirkte und sich fahrig eine Strähne aus der Stirn strich. Trotz der Geborgenheit, die das Haus ausstrahlte, fühlte sich Sara unwohl. Die sanfte Stimme ihrer Mutter, die sie früher beruhigt hatte, klang jetzt gedämpft, als ob eine unsichtbare Mauer zwischen ihnen stehen würde, und das Lächeln, das sie ihr schenkte, erreichte sie nicht mehr.

„Du bist jetzt in Sicherheit", hatte ihre Mutter zur Begrüßung gesagt. Aber in Saras Kopf schwirrten die Gedanken, wild und ungeordnet. Sicher? Was bedeutete das jetzt noch? Sie versuchte, sich an die Zeit vor der Entführung zu erinnern, an die Unbeschwertheit, die sie damals empfunden hatte. Doch es war, als würde sie versuchen, durch dichten Nebel zu sehen.

„Möchtest du einen Tee?", fragte Frija und unterbrach ihre Gedankengänge.

„Ja, gern."

„Mit Honig?"

„Unbedingt."

„Kommt sofort."

„Mama!" Sara wollte nicht länger warten, wollte endlich eine Erklärung für das, was ihnen zugestoßen war.

„Entschuldige, es fällt mir schwer, über alles zu reden." Ihre Mutter goss das heiße Wasser in die Tasse und hängte einen Teebeutel hinein. „Ich weiß gar nicht, wo ich anfangen soll."

„Du hast mich all die Jahre belogen, stimmt's?"

„Nicht unbedingt. Ich habe nur einige Details weggelassen."

„Wie ist Papa gestorben? Und was hat Matilda damit zu tun?"

Sara ließ ihre Mutter keine Sekunde aus den Augen, um jede ihrer Bewegungen in sich aufzunehmen. In aller Seelenruhe nahm sie den Teebeutel aus der Tasse und verrührte zwei Löffel Honig. Es hatte den Anschein, als würde sie nach den richtigen Worten suchen. Sie stellte die Tasse vor Sara hin und setzte sich ihr gegenüber. Smilla hatte es sich auf der Fensterbank bequem gemacht und schnurrte leise, während ihre bernsteinfarbenen Augen funkelten.

„Liebes ..." Ihre Mutter atmete tief durch und ergriff ihre Hand. „Dein Vater ist bei einem Einsatz ums Leben gekommen und nicht bei einem Unfall. Er war Polizist und gerade dabei, ein Drogenlabor im Haus, in dem wir gewohnt haben, auszuheben. Die Betreiber des Labors haben den Schusswechsel eröffnet und es sind mehrere Polizisten ums Leben gekommen." Ihre Mutter brauchte einen Moment, um sich zu sammeln. „Ich war gerade im Keller und wurde als Geisel genommen ..."

„Oh mein Gott, Mama, das ist ja schrecklich", rief Sara entsetzt aus. „Warum hast du nie mit mir darüber gesprochen?"

„Lass mich bitte zu Ende erzählen ..."

Sara nickte stumm.

„Diese Verbrecher haben mich im Heck eingesperrt und sind geflohen. Auf ihrer Flucht sind sie über eine rote Ampel gefahren und haben Matilda und ihren Mann angefahren. Ihre ungeborene Tochter und ihr Mann haben nicht überlebt.“

„Das ist ja schrecklich“, rief Sara entsetzt. „Hast du es gewusst?“

„Nein, von Matildas Schicksal habe ich erst heute erfahren.“

„Wie bist du freigekommen?“ Sara hing an den Lippen ihrer Mutter. Sie hatte noch nicht verarbeitet, was heute Furchtbares geschehen war, und jetzt stürmten noch viel schlimmere Dinge auf sie ein.

„Der Fahrer hat sich überschätzt und einen Unfall gebaut. Die Männer standen noch unter Schock und ich habe die Situation ausgenutzt und bin aus dem Fahrzeug geflohen. Es war knapp, ich hatte Glück im Unglück und bin mit zwei Streifschüssen davongekommen.“

„Oh, Mama ...“ Sara stand auf, um ihre Mutter zu umarmen. Jetzt begriff sie, warum sie sich stets wie eine Glucke verhalten hatte. „Aber warum hast du nie etwas gesagt und alles mit dir allein ausgemacht? Das muss doch furchtbar gewesen sein.“

„Gleich, mein Schatz.“ Ihre Mutter brauchte einen Moment, um sich zu sammeln und trank einen Schluck von Saras Tee. „Nachdem ich gegen die Männer ausgesagt habe, um für den Tod meines Mannes Gerechtigkeit einzufordern, sind wir zwei in ein Zeugenschutzprogramm aufgenommen worden. Zuerst haben wir unter falschen Namen in Stockholm gewohnt, aber das ist mir zu gefährlich gewesen. Das beschauliche Örtchen Svanberga war genau das, was ich gesucht habe – abgelegen, aber dennoch idyllisch und einfach perfekt, um dich friedlich aufwachsen zu sehen." Verstohlen wischte sie sich eine Träne aus den Augenwinkeln.

„Ist Sara eigentlich mein richtiger Name?", fragte Sara.

„Nein, wir zwei heißen eigentlich Ava und Lilly Holm."

„Oh mein Gott ..." Sara war sprachlos. „Deshalb sind wir nie zu Vaters Grab gefahren, falscher Name, falsche Stadt?"

„Es tut mir so leid, Liebes."

„All diese Lügen ... Wie bist du damit überhaupt klargekommen?" Allmählich begriff Sara, unter welchem Druck ihre Mutter tagein, tagaus gestanden haben musste. Ihr Herz wurde schwer, wenn sie an all die Vorwürfe und sinnlosen Streitereien dachte.

Ihre Mutter schluckte geräuschvoll. „Es war schwer."

„Oh, Mama, es tut mir so leid."

„Das muss es nicht."

„Doch, ich war so oft ungerecht zu dir."

„Wie hättest du es auch anders wissen können?" Ihre Mutter strich ihr sanft über die Wange.

„Wie wird es für uns weitergehen?", fragte Sara. „Werden wir eine neue Identität bekommen?"

„Das kann ich noch nicht genau sagen, wir müssen einfach abwarten."

„Erst jetzt wird mir so richtig bewusst, wie gern ich hier bin. Ich habe alles für eine Selbstverständlichkeit gehalten, aber jetzt?" Bittere Tränen brannten in den

Augen. „Ich kann mir absolut nicht vorstellen, den Kontakt zu Joline und Svea zu verlieren."

„Das musst du auch nicht." Ihre Mutter fing ihren Blick auf. „Aber ich würde vorschlagen, falls wir hierbleiben können, dass wir uns dann für eine Therapie entscheiden. Wir haben eine Menge aufzuarbeiten."

„Ja, das würde Sinn ergeben." Sara umfasste die Tasse mit beiden Händen und trank einen Schluck.

Ihre Mutter stand auf, um sie wieder in den Arm zu nehmen. „Bitte hab mehr Vertrauen zu mir, und mach nie wieder solche Dummheiten. Es hätte dich das Leben kosten können." Sie unterdrückte ein Schluchzen.

„Es tut mir so leid, Mama. Ich hätte auf dich hören sollen." Sie fühlte sich so elend in diesem Moment, war aber froh, endlich die Wahrheit zu kennen. „Es wird eine Weile dauern, bis ich das alles verarbeitet habe."

„Ich weiß, dass es für dich nicht einfach wird. Aber ich habe mir dieses Schicksal nicht ausgesucht und ich würde alles dafür geben, wenn dein Vater noch bei uns wäre."

„Mama?"

„Mhm."

„Du bist die Beste, und ich hab dich lieb."

„Und ich dich noch viel mehr."

Sie setzten sich wieder und sprachen noch eine Weile über ihren Vater. Ihre Mutter erzählte Anekdoten und wie sie ihn in Malmö kennengelernt hatte. Sara durchströmte bei diesem Gespräch eine intensive Wärme, sie hatte sich ihrem Vater noch nie so nahe gefühlt. Ihre Mutter sprach zum ersten Mal offen über all die Dinge, auf die Sara vorher nie eine Antwort erhalten hatte.

Irgendwann, am späten Abend, lag Sara in ihrem Bett, die Decke bis zum Kinn gezogen, und starrte in die Dunkelheit ihres Zimmers. Die sonst so vertrauten Geräusche des Hauses klangen fremd, als ob sie sich in einer anderen Welt befinden würde. Die Wände, die sie früher als Schutz empfunden hatte, konnten die Erinnerungen an ihre Entführung nicht fernhalten. Jeder Schatten, den die Nacht in ihrem Zimmer warf, erinnerte sie an die endlosen Stunden der Angst und Unsicherheit. Ohne es zu wollen, nahm sie den muffigen Geruch des Hauses wahr, in dem sie festgehalten worden war, und fühlte sich dorthin zurückversetzt.

Sie atmete tief durch, um die unerträglichen Gedanken zu vertreiben, und drehte sich auf die andere Seite. Entrückt betrachtete sie die vertrauten Gegenstände in ihrem Zimmer – das alte Stofftier, das sie als Kind getröstet hatte, die Fotos von Freunden an der Wand, den Stapel ungelesener Bücher auf dem Nachttisch. Früher hatten all diese Dinge ihr Sicherheit gegeben, waren Zeugen eines normalen Lebens. Aber jetzt schienen sie so weit weg, als ob sie jemand anderem gehören würden.

Tränen sammelten sich in ihren Augen, aber sie unterdrückte sie. Sie hatte genug geweint, genug Angst gehabt. Es würde ein verdammt langer Weg zurück zur Normalität werden, aber sie war bereit, ihn zu beschreiten. So schwer die Wahrheit auch zu ertragen war, jetzt stand nichts mehr zwischen ihnen, und egal, was kommen würde, sie würden es gemeinsam meistern.

# KAPITEL 25

Frija näherte sich mit gemischten Gefühlen dem quadratischen Gebäude. Würde sie endlich die Antworten erhalten, die sie seit Tagen quälten?

Noch immer verharrte sie in einem Zustand der Angst, und es fiel ihr schwer, die Kontrolle abzugeben. Sobald sich ein fremdes Fahrzeug dem Grundstück näherte, schnellte ihr Puls in die Höhe. Hoffentlich änderte sich das bald.

Trotz allem war sie überglücklich, Sara wieder bei sich zu haben. Die Stunden des Wartens hatten ihr Höllenqualen beschert, bis sie ihre Tochter endlich wieder in die Arme schließen konnte. Dafür war sie Jacob unendlich dankbar.

Inzwischen hatte sie die Strafvollzugsanstalt betreten und wurde aufgefordert, die persönlichen Dinge abzugeben. Anschließend wurde sie in den Raum geführt, in dem Matilda bereits auf sie wartete. Sie hatte ihren Blick gesenkt, als sich Frija zu ihr an den Tisch setzte. Eine Beamtin stand an der Tür und verfolgte mit wachsamen Augen jede ihrer Bewegungen.

„Du bist mir einige Erklärungen schuldig", sagte Frija.

„Ich weiß", antwortete Matilda kaum hörbar.

„Warum hast du das alles getan? Es ist mir noch immer ein Rätsel, wie ich mich in dir so täuschen konnte."

„Du hast dich nicht in mir getäuscht, ich bin dir immer eine aufrichtige Freundin gewesen.“

Frija schüttelte den Kopf. „All die Jahre hast du geschwiegen und mir nie etwas von deinem Schicksal erzählt.“

„Weil dich das verunsichert hätte. Du wärst nie zur Ruhe gekommen.“

„Wie hast du mich überhaupt aufspüren können?“

Matilda hob ihren Blick, in dem so viel Schmerz, Verzweiflung und Trauer lag. Ihre Hände, die leicht zitterten, verbarg sie unter dem Tisch.

„Ich weiß gar nicht, wo ich anfangen soll ...“

„Matilda, lass dich nicht bitten. Dich wiederzusehen, hat mir einiges abverlangt.“

„Von dem Unfall weißt du ja bereits“, sagte Matilda.

„Ja, aber ich will es trotzdem noch einmal von dir persönlich hören.“

„Gut.“ Matilda atmete tief durch. Ihr Gesicht war blass und unter den Augen lagen tiefe Schatten.

„Zu diesem Zeitpunkt bin ich hochschwanger gewesen, und mein Mann hatte sich extra einen freien Tag genommen, weil wir noch letzte Einkäufe für unser kleines Mädchen erledigen wollten. Die Fußgängerampel hatte gerade auf Grün geschaltet, als das Fahrzeug mit einem Wahnsinnstempo angerast kam. Mein Mann hat mich noch zur Seite gestoßen, bevor ihn der Wagen mit voller Wucht erfasst hatte. Andreas war auf der Stelle tot. Der Fahrer bremste kurz ab, geriet ins Schleudern, und das Heck des Wagens erwischte mich am Ende doch noch.“

Matilda starrte auf ihre Fingerspitzen. Frija ahnte, was nun kommen würde, und eine Welle des Mitleids erfasste sie.

„Als ich wieder zu mir gekommen bin, war mein Bauch leer und mein ungeborenes Kind tot. Die Nachricht, die der Arzt mir anschließend überbracht hatte, ließ mich ins Bodenlose fallen – die Gebärmutter war mir während der Notoperation entfernt worden, um mein Leben zu retten. Der Traum von einer Familie würde sich für mich nie erfüllen, und in diesem Augenblick habe ich mir gewünscht, gemeinsam mit meinem Kind gestorben zu sein."

„Matilda, es tut mir so leid für dich. An diesem Tag wurde das Leben vieler Menschen zerstört", sagte Frija mit sanfter Stimme.

„Und genau aus diesem Grund habe ich Rache geschworen, nur so hatte mein Leben wieder einen Sinn. Erst aus der Zeitung habe ich erfahren, wie schlimm es dich getroffen hat, und dass du als Kronzeugin vorgeladen worden bist. Nach dem Prozess bist du wie vom Erdboden verschluckt gewesen, deine Spuren waren anscheinend absichtlich verwischt worden."

Frija nickte. „Wie ist es dir trotzdem gelungen, mich zu finden?"

„Durch die Lebensversicherung meines Mannes war ich in der Lage, mir einen Computerspezialisten herauszupicken, der kein Problem damit hatte, sich die Finger schmutzig zu machen. Es hat tatsächlich ein Jahr gedauert, bis er dich und deine Tochter ausfindig machen konnte. Ich hatte mittlerweile Kjell kennengelernt, ihn geheiratet und ihn später gebeten, mit mir nach Svanberga zu ziehen."

„Das kann ich alles nachvollziehen", sagte Frija. „Aber warum bist du uns gefolgt? Du hättest genauso gut mit Kjell woanders neu anfangen können."

„Es war für mich ein tröstlicher Gedanke, euch in meiner Nähe zu haben. Ihr wart auf eine gewisse Weise wie Verbündete für mich, mit denen ich mein Schicksal teilen konnte. Außerdem liebe ich Sara wie eine eigene Tochter. Sie aufwachsen zu sehen, war wie ein Gottesgeschenk für mich."

„Dein Schweigen ist dennoch enttäuschend." Frija schüttelte traurig den Kopf. „All die Jahre hätten wir darüber reden und uns gemeinsam Mut machen können."

„Das Risiko wollte ich nicht eingehen", widersprach Matilda. „Irgendwann wären die Täter entlassen worden, und darauf musste ich vorbereitet sein."

„Was willst du mir damit sagen?"

„Ich hatte Angst, dass sie nach uns suchen könnten. Das musste ich mit allen Mitteln verhindern."

„Du?" Frija konnte kaum glauben, was Matilda ihr da gerade gestanden hatte.

„Was hast du angestellt, um das zu verhindern?"

„Die Clans sind untereinander stark verfeindet, und mit dem nötigen Kleingeld kann man alles regeln. Zwei Insassen haben den Auftrag übernommen."

„Warum hast du nicht abgewartet, bis die Mörder wieder auf freiem Fuß sind? Die Chance, nicht erwischt zu werden, wäre doch um ein Vielfaches höher gewesen."

„Die Männer hätten doch sofort die Chance genutzt, um unterzutauchen oder das Land zu verlassen. Ein unkalkulierbares Risiko. Im Gefängnis waren sie sicher untergebracht, das hat mir eine Menge Sucherei und Geld erspart."

„Trotzdem verstehe ich nicht, warum sie sterben mussten?"

„Frija, diese Frage kannst du dir doch selbst beantworten. Die Mehrfachmörder sollten wegen guter Führung vorzeitig entlassen werden – ein Skandal, wie ich im Übrigen finde. Ich weiß, dass dein bisheriges Leben zum Großteil aus Angst bestanden hat. Allein der Gedanke, dass durch einen dummen Zufall deine wahre Identität gelüftet werden könnte, hat dich selten zur Ruhe kommen lassen. Und sage mir nicht, dass ich falschliege. Ich konnte dich oft dabei beobachten, wie du aufmerksam die Umgebung abgesucht hast. Es war dir bereits in Fleisch und Blut übergegangen."

Frija lehnte sich zurück und schloss für einen Moment die Augen. „Und Sara?", hauchte sie.

„Ich habe die Familienangehörigen der Täter gelegentlich von einem Privatdetektiv beschatten lassen, damit ich immer auf dem Laufenden war. Ich kannte die Fahrzeuge, ihre Angewohnheiten und Bewegungsabläufe. Nur so konnte ich Sara aufspüren ... und retten. Aber dafür habe ich einen hohen Preis bezahlt, weil meine Deckung irgendwann aufgeflogen ist, als einer der von mir engagierten Privatdetektive gesungen hat. Sie haben mit uns gespielt, uns verunsichert und falsche Fährten gelegt. Als ich Jordan Answer erschossen habe, wussten sie ganz genau, dass ich es gewesen bin. Ich wollte sie vernichten und erst dann mit Sara zu dir zurückkehren."

Frija atmete tief durch. „Ich will nicht undankbar erscheinen, aber du hättest dich bei mir melden müssen.

Ein wenig mehr Vertrauen von dir und wir hätten gemeinsam Vorkehrungen treffen können, um Saras Entführung zu verhindern."

„Frija, du solltest diesen Ansatz schon zu Ende denken. Als Mitwisserin wärst du angeklagt und höchstwahrscheinlich auch verurteilt worden. Mir macht das Gefängnis nichts aus, meine Schuld ist beglichen. Es ging mir einzig und allein darum, euch zu beschützen."

„Aber Kjell ..."

„Er ist ein intelligenter, gut aussehender Mann, der mit einer neuen Frau an seiner Seite schnell darüber hinwegkommen wird."

„Da täuschst du dich gewaltig, Matilda. Er leidet wie ein Hund."

„Du musst es mir nicht noch schwerer machen ..."

„Ich würde dir gern zur Seite stehen, aber ich muss alles erst einmal aufarbeiten", sagte Frija. „Gib mir ein wenig Zeit, und ich verspreche dir, hierher zurückzukehren." Sie lächelte, obwohl ihr eher zum Weinen zumute war.

„Wie wird es weitergehen, jetzt, nachdem deine Tarnung aufgeflogen ist?"

„Darüber zerbreche ich mir tagtäglich den Kopf. Ich habe in Svanberga eine zweite Heimat gefunden, die Menschen bieten mir ihre Hilfe an, kochen für mich, die Unterstützung ist einfach unbeschreiblich. Inzwischen ist mir auch bewusst geworden, dass es keinen Sinn hat, sich weiter zu verstecken. Jeder hinterlässt Spuren."

„Frija?"

„Ja?"

„Ich möchte dich als Freundin nicht verlieren."

„Ich werde wiederkommen, du hast mein Wort“, antwortete Frija.

„Danke.“

„Ihre Besuchszeit ist zu Ende“, sagte die Beamtin, die an den Tisch getreten war, um Frija wieder nach draußen zu begleiten.

„Halt die Ohren steif“, sagte Frija zum Abschied.

„Ich werde mir Mühe geben.“ Matilda atmete tief durch.

Frija hätte sie gern umarmt, aber das war nicht möglich. An der Tür warf sie einen letzten Blick zurück, und es zerriss ihr das Herz, wie Matilda in Handschellen abgeführt wurde. Doch sie konnte nicht so schnell vergeben und vergessen. Sara litt seitdem unter den Albträumen, die sie Nacht für Nacht durch den Schlaf peitschten. Ein Wort, nur ein einziges Wort von Matilda hätte alles geändert.

Auf dem Parkplatz direkt vor dem Gefängnisgebäude wartete Jacob in seinem Wagen. Seit er von Frijas Vergangenheit erfahren hatte, wachte er über Sara und sie und war quasi über Nacht bei ihnen eingezogen. Reporter und Schaulustige pilgerten in Massen zum Haus am See, und ein Ende war nicht abzusehen. Jacob hatte mit Freunden ein provisorisches Holztor errichtet, um den vielen Fahrzeugen Einhalt zu gebieten. Die Einwohner von Svanberga hielten sich bedeckt, gaben keine Interviews und hatten sich schützend vor Frija und ihre Tochter gestellt.

Das war mehr, als sie erwarten konnte, so eine Hilfsbereitschaft hatte sie noch nie erlebt. Die Einwohner bestärkten sie in ihrem Entschluss, nicht weiterzuziehen und das Haus nicht zu verkaufen.

„Wie ist es gelaufen?", fragte Jacob, als Frija die Beifahrertür öffnete und sich auf den Sitz fallen ließ.

„Matilda hat meine Fragen beantwortet, und es schmerzt, sie so zu sehen. Ich bin dankbar, dass sie Sara aus Jordans Fängen gerettet hat. Aber in mir brodelt auch die Wut, dass es überhaupt so weit kommen musste."

„Es bringt nichts, das Gesetz in die eigene Hand zu nehmen, Matildas Schweigen hat die Sache nur verschlimmert."

„Ich weiß", sagte sie mit Bedauern.

„Lass uns lieber das Thema wechseln. Sara scheint es endlich besser zu gehen", sagte er.

„Ja, das ist mir auch aufgefallen. Die Therapie scheint erste Fortschritte zu erzielen, und besonders Adrian bemüht sich rührend um sie."

„Wie sieht es bei dir aus?"

Sie spürte seinen fragenden Seitenblick, als er den Motor startete.

„Das braucht noch viel Zeit. Mir ist gar nicht bewusst gewesen, wie tief ich in diesem Sumpf drinstecke. Die Angst, von diesen Verbrechern aufgespürt zu werden, hat immer im Vordergrund gestanden, sodass ich den Tod meines Mannes nie richtig verarbeiten konnte." Da war noch so vieles, was in ihrem Inneren schwelte.

Inzwischen hatten sie Svanberga erreicht. Jacob bog schwungvoll auf den Weg, der zum See führte, stoppte den Wagen und öffnete das Tor.

„Ich hätte nie gedacht, dass die Bäume einmal einen Schutzwall bieten könnten", sagte Frija, als Jacob sich wieder hinter das Steuer setzte und die letzten Meter zum Haus zurücklegte.

„Dieses kleine Anwesen ist wie für euch geschaffen“, erwiderte er und parkte den Wagen in der Einfahrt. „Hast du schon eine Entscheidung getroffen, ob du bleiben wirst?“, fragte er. Ein gewisser Schmerz lag in seinem Blick, den sie vorher noch nie wahrgenommen hatte. Waren sie etwa auf dem besten Weg, sich näherzukommen?

„Darauf kann ich dir noch keine Antwort geben. Aber es fühlt sich falsch an, wieder davonzulaufen.“ Sie kramte den Schlüssel aus ihrer Tasche. „Svanberga ist mein Zuhause, und ich würde dieses herrliche Fleckchen Erde nur ungern zurücklassen.“

Jacob atmete hörbar aus. Er schien erleichtert zu sein.

Nachdem sie eingetreten waren, steckte Sara den Kopf zur Tür heraus, murmelte ein „Hi“ und verschwand wieder in ihrem Zimmer. Der Umgang mit ihr gestaltete sich momentan schwierig. Sara konnte ihr nicht verzeihen, dass sie das Geheimnis all die Jahre für sich behalten hatte.

„Weißt du eigentlich, wie mies man sich fühlt?“, hatte Sara wutentbrannt geschrien. „Mein Leben ist ein einziger Scherbenhaufen, und nicht einmal mein Name gehört zu mir!“

Eine Entschuldigung hatte Sara nicht hören wollen, sie war außer sich gewesen. Nicht nur Matilda hatte sie belogen, nein, auch ihre eigene Mutter hatte falsche Tatsachen vorgetäuscht und ihr nicht vertraut.

Frija musste sich in Geduld üben. Eigentlich hatte sie Sara nach ihrem achtzehnten Geburtstag alles erzählen wollen, aber das Schicksal war ihnen zuvorgekommen. Irgendwann würde Sara erkennen, dass die Anonymität ihnen ein friedliches Leben ermöglicht hatte und sie wohlbehütet zu einer wunderschönen jungen Frau heranwachsen konnte.

Jacob legte ihr tröstend seine Hand auf die Schulter. „Das wird schon. Sara hat Freunde und Familie, die sie auffangen und nach Kräften unterstützen."

„Ich fühle mich schuldig, weil sie so viel hat durchmachen müssen."

„Gib dir nicht die Schuld, du bist für dieses Chaos nicht verantwortlich."

„Das sagt sich so leicht." Müde ließ sich Frija auf einen Stuhl fallen.

„Soll ich heute das Kochen übernehmen?", fragte er.

„Tütensuppe?" Ein scheues Lächeln umspielte ihre Lippen.

„Einen Nudelauflauf sollte ich gerade noch so hinbekommen. Käse und Schinken sind im Kühlschrank?"

Frija nickte.

Jacob krempelte die Ärmel hoch. „Na dann, in einer halben Stunde steht das Abendessen auf dem Tisch."

„Wenn du nichts dagegen hast, ziehe ich mir rasch etwas Bequemes über", sagte Frija.

„Kein Problem, ich weiß ja inzwischen, wo alles steht."

Sie lief nach oben und zog sich um. Seit Tagen lagen ihre beruflichen Projekte auf Eis. Sie konnte sich einfach nicht dazu aufraffen, sich an den Schreibtisch zu setzen und wieder an einen normalen Alltag anzuknüpfen. Nacht für Nacht stand sie auf und schlich sich nach unten, um nachzusehen, ob Sara auch tatsächlich in ihrem Bett lag. Es war fast schon zur Obsession geworden, ihre Tochter auf Schritt und Tritt zu begleiten.

Wann, fragte sie sich, wann würde es endlich wieder aufwärts gehen?

# EPILOG

Das Haus lag friedlich vor ihnen, als sie auf den Waldweg abbogen. Keine Menschenseele war weit und breit zu sehen, und Frijas Herzschlag beruhigte sich. Sara war allein zu Hause geblieben, was bei ihr hin und wieder zu leichten Panikattacken führte. Doch Sara hatte darauf bestanden, sie wollte sich nicht länger eingesperrt fühlen und entzog sich ihrer Kontrolle mehr und mehr. Aber das Wichtigste war, dass Sara ihr endlich verziehen hatte.

Jacob hielt in der Einfahrt, und sie stiegen aus.

„Hallo, mein Schatz." Frija umarmte ihre Tochter, die in der Tür stand. „Alles in Ordnung?"

Sara nickte. „Joline, Svea und ich sind am Wochenende zu einer Party eingeladen. Adrian feiert seinen Geburtstag nach."

„Adrian, wie schön." Frija freute sich.

„Mama, kein Wort über Adrian", erwiderte Sara und lachte.

Es war schön, sie so zu sehen. Sara würde wie ein normaler Teenager aufwachsen, auch wenn keiner von ihnen die Vergangenheit je vergessen könnte. Die nächtlichen Albträume waren weniger geworden, es ging endlich aufwärts.

„Möchtest du noch zum Abendessen bleiben?", fragte sie Jacob.

„Gern, mein Bärenhunger ist weit über die Grenzen hinaus bekannt“, sagte er mit einem Lächeln.

Frija ließ sich von seiner guten Laune anstecken. „Es ist schön, dass du da bist.“

„Das freut mich zu hören.“ Seine Wangen röteten sich.

„Ich müsste nur noch den Auflauf aufwärmen und den Tisch decken, dann können wir essen.“

Frija bereitete alles für das Abendessen vor und schenkte für Jacob und sich selbst noch ein Glas Rotwein ein. Dann rief sie Sara und sie nahmen zu dritt am Tisch Platz.

„Lasst es euch schmecken“, sagte sie.

„Guten Appetit“, erwiderten Sara und Jacob beinahe zeitgleich.

„Wie ist der Prozess gelaufen?“, fragte Sara.

„Es ist ein anstrengender Tag im Gerichtssaal gewesen und ich bin erleichtert, dass das Gerichtsurteil für Matilda so milde ausgefallen ist“, sagte Frija. „Die Haftstrafe von siebzehn Monaten ist ein überschaubarer Zeitraum und Kjell wird auf sie warten. Die Richter waren aufgrund ihres erlittenen Traumas nachsichtig.“

„Hast du dich mit ihr ausgesöhnt?“

Frija nickte. „Wir wollen die Vergangenheit ruhen lassen.“

„Das ist eine gute Entscheidung. Ich mag Matilda sehr, auch wenn sie mir für ein paar Tage mächtig Angst gemacht hat.“

„Ja, mir auch.“ Frija griff nach Saras Hand und drückte sie sacht. „Zum Glück gehört der Vergangenheit an und ich habe Matilda versprochen, sie regelmäßig zu besuchen.“

„Darüber hat sie sich sicher gefreut.“

„Ja, das hat sie.“

Frija war zufrieden, momentan lief es gut. Jacob hatte sich für sie starkgemacht, das Grundstück eingezäunt und eine Videoüberwachung installiert. Sie hatte seine pragmatische Art zu schätzen gelernt und wollte ihn nicht mehr missen. Aber sie würde es langsam angehen und nichts überstürzen, eine Beziehung lag noch in weiter Ferne.

Katzendame Smilla lag auf der Truhe im Flur und schnurrte so laut, dass sie es alle hören konnten. Auch sie schien sich wohlzufühlen.

„Übrigens, ich habe noch eine kleine Überraschung für euch. Aber dafür müsste ich noch einmal kurz weg, der Wein muss warten“, sagte Jacob.

Frija musterte ihn aufmerksam. „Du machst es aber spannend.“

„Na ja, sonst wäre es ja keine Überraschung mehr.“ Er räusperte sich verlegen. „Ich verspreche auch, in ein paar Minuten wieder da zu sein, es wird nicht lange dauern.“

Frija wechselte mit Sara einen ratlosen Blick, während Jacob nach draußen eilte. Der Motor seines Wagens heulte auf und dann war es wieder still.

„Hast du eine Ahnung, was er vorhat?“, fragte sie Sara.

„Nein, er hat kein einziges Wort gesagt.“

„Hm, ich bin ganz schön verunsichert ...“

Sara lächelte. „Er wird dir schon keinen Heiratsantrag machen.“

„Also, was du wieder denkst.“ Frija schaute nervös zur Uhr. „Ich werde mal den Tisch abräumen.“

„Soll ich dir helfen?“

„Nein, nein, so viel ist es ja nicht." Frija stellte sich ans
Fenster und schaute gedankenverloren nach draußen.
Na ja, eine Überraschung musste nichts Negatives bedeuten. Vielleicht wollte er ihr nur eine hübsche Staude
für den Garten schenken und sie machte sich umsonst
verrückt. Genau in diesem Moment tauchte sein Wagen aus dem Waldstück auf und sie lief zur Tür.

Jacob stieg aus und nahm eine kleine Box vom Beifahrersitz, die er behutsam zum Haus trug. Frija fragte
sich, ob er wohl einen Kuchen für den Nachtisch besorgt hatte, quasi zur Feier des Tages. Sie machte einen
Schritt zur Seite, damit er eintreten konnte.

„Darf ich ins Wohnzimmer?", fragte er.

„Selbstverständlich." Sie lehnte sich an den Türrahmen und wartete gespannt.

„Also ... Ich ..." Er räusperte sich. „Könntest du bitte
Sara holen?"

„Gerne."

Sie klopfte an Saras Zimmertür. „Jacob ist zurück."

Zu zweit kehrten sie ins Wohnzimmer zurück und
schauten die Box an.

„Ich weiß nicht, ob es euch überhaupt recht ist, ob ich
mit diesem Geschenk nicht über das Ziel hinaus-
schieße, aber ..."

„Jacob, jetzt komm endlich zur Sache", sagte Frija ungeduldig.

„Okay." Er schluckte hörbar und öffnete die Box.

Ein kleines, weißes Pfötchen war zu sehen, dann ein
zweites und dann steckte ein Katzenkind seine rosafar-
bene Nasenspitze heraus.

„Oh nein, wie süß", rief Sara. „Das ist ja der pure Zu-
ckerschock." Sie nahm das kleine Katzenkind auf den

Arm und kraulte es zwischen den Ohren, bis ein wohliges Schnurren erklang.

„Jacob ...“ Frija wusste nicht, was sie dazu sagen sollte.

„Hilda hatte noch dieses eine Kätzchen aus dem Wurf übrig. Sie hat überall herumgefragt, ob ihm jemand ein Zuhause schenken möchte und ich habe spontan an euch gedacht, wie traurig ihr damals gewesen seid.“

„Was für eine wunderbare Idee“, sagte Frija und war ganz gerührt.

„Wollt ihr sie behalten?“, fragte Jacob.

Sie deutete mit einem Kopfnicken zu Sara, die auf dem Boden saß und bereits mit dem Katzenkind spielte. „Das sollte Antwort genug sein.“

„Puh, dann bin ich erleichtert.“

Sara schaute zu ihnen auf. „Ich würde sie gern Minnie nennen.“

„Der Name passt wunderbar, dann willkommen, Minnie“, sagte Frija, die das Gefühl hatte, dass ihre kleine Familie nun vollständig war. Es herrschte eine friedliche Stimmung im kleinen Haus am See und sie wünschte sich, dass es für immer so bleiben würde. Das hier war alles, was sie sich erträumt hatte, mehr brauchte es nicht, um glücklich zu sein.